一九八四

〔英〕乔治·奥威尔 著
傅 霞 译

时代文艺出版社

图书在版编目（CIP）数据

一九八四 / （英）乔治 · 奥威尔著；傅霞译. —长春：
时代文艺出版社，2018.2（2022.12重印）

ISBN 978-7-5387-5603-6

Ⅰ. ①一… Ⅱ. ①乔… ②傅… Ⅲ. ①长篇小说－英国－现代 Ⅳ.①I561.45

中国版本图书馆 CIP 数据核字（2017）第 319733 号

出品人 陈 琛
产品总监 郭力家
出版总监 宁德伟
策划编辑 张 楠
责任编辑 田 野
助理编辑 刘 力
装帧设计 WONDERLAND Book design 仙境 QQ:344581934
排版制作 北京蚂蚁字坊文化有限公司

一九八四
〔英〕乔治 · 奥威尔 著 傅 霞 译

出版发行 / 时代文艺出版社
地址 / 长春市福祉大路5788号 龙腾国际大厦A座15层 时代文艺出版社
邮编 / 130118
总编办 / 0431-81629751 发行部 / 0431-81629755
网址 / www.shidaicn.com
印刷 / 北京盛通印刷股份有限公司
开本 / 880mm × 1230mm 1 / 32 字数 / 222 千字 印张 / 9.25
版次 / 2018 年 2 月第 1 版 印次 / 2022 年 12 月第13 次印刷 定价 / 32.00 元

图书如有印装错误 请寄回印厂调换

目　录

译　序　/ 1

第一部

第一章　打倒老大哥　/ 003
第二章　思想有罪　/ 018
第三章　初见黄金乡　/ 026
第四章　扔进记忆洞　/ 033
第五章　食堂遇险　/ 042
第六章　偷欢无罪　/ 055
第七章　希望就在无产者身上　/ 060
第八章　杂货铺子　/ 071

第二部

第一章　神秘纸条　/ 093
第二章　又见黄金乡　/ 104

第三章　林中幽会　/ 113
第四章　藏身之处　/ 122
第五章　苟且偷生　/ 132
第六章　终于发生了　/ 140
第七章　梦见母亲　/ 143
第八章　他们终于来了　/ 150
第九章　闭门读禁书　/ 161
第十章　我们是死者　/ 198

第三部

第一章　仁爱部牢房　/ 207
第二章　二加二等于几　/ 221
第三章　改造温斯顿　/ 241
第四章　党始终是正确的　/ 254
第五章　一〇一房间　/ 262
第六章　热爱老大哥　/ 267

附录：新话的原则　/ 277

译　序

早听闻乔治·奥威尔的《一九八四》已作为世界反乌托邦三部曲之一，入选为二十世纪“百年百部最佳英文小说”。但作为女性译者，我自然偏爱女性作家的经典作品，而非这般高冷和极权的政治讽刺小说。尽管它在排行榜上名列前茅，我依然对它敬而远之。

直到有一天，我读到了钱锺书先生对奥威尔的评论：“他的政论、文评和讽刺小说久负当代盛名。至于其文笔，有光芒，又有锋芒，举的例子都极巧妙，令人读之唯恐易尽。”到底是何等力作，让钱先生如此青睐，唯恐读尽？我不免好奇，谁知读来竟欲罢不能，每每读到神来之笔或精准预言，惊叹之余，相见恨晚。

既然读不过瘾，便动了译的念头。读者朋友总以为，译者是幸福的，他们得以和弘美的灵魂朝夕相对，按其脉搏、听其心跳。然而，在我看来，译者又是孤独的。他们常在阒静深夜里出没，活在与作者神交的世界里。不只为与高贵的灵魂相对，更为不辱使命，不负期待。纵然为译消得人憔悴，孤灯冷炊终不悔。

而《一九八四》，正是这样一部值得译者为之憔悴而无怨无悔、欲与读者分享的好书。王小波曾说："一九八〇年，我在大学里读到了乔治·奥威尔的《一九八四》，这是一段终生难忘的经历。……对我来说，它已经不是乌托邦，而是历史了。"王小波在《黑铁时代》里所描绘的"黑铁公寓"，正是仿效了《一九八四》里的监狱式公寓。这部未竟之作，可看作王小波向奥威尔的致敬。如果说，像王小波一样经历过二十世纪六十年代那场革命的中国作家对《一九八四》产生强烈的共鸣尚不足为奇，那么出生于一九八四年的雨果奖得主郝景芳在高一时读到《一九八四》，"才知道好文学的样子"。这便是该书影响久远的明证了。郝景芳后来还写了一部现实版的《生于一九八四》，与奥威尔虚构版的《一九八四》遥相呼应。

不仅中国作家致敬《一九八四》，日本作家村上春树也仿此书名，写下了同样具有极权色彩兼政治讽喻的《1Q84》。可以说，《1Q84》就是从《一九八四》里分离出来的另一个荒诞不经的离奇世界。

说了这么多的《一九八四》，读者也许会问，为什么是一九八四？而不是一九八三或一九八五？一九八四那一年究竟发生了什么？这些问题正是此书的关键所在，我将在下文一一解答。

奥威尔于一九四八年创作这部政治讽刺小说，他认为这样的极权社会不久就会到来。因此，他将一九四八年的最后两位阿拉伯数字"四八"颠倒便成了"八四"。

在《一九八四》中，作者以先知般冷峻的笔调刻画了一个黑白颠倒的梦魇世界：真理部负责篡改历史，和平部负责发动战争，仁爱部负责施加酷刑。在如此极端专制的世界里，思想有罪、人性泯灭、亲情缺失、爱情沦陷，看不见任何生机与希望。个人的理智完全被狂热的集体无意识所控制，民众已别无选择地接受了"战争即和平，自由即奴役，无知即力量"等诸般谬论。

男主人公温斯顿·史密斯也曾孤独地反抗这虚妄的世界，执着地追寻人性的本真，这些已然弥足珍贵。但是，作为极权社会的“最后一个人”，他终难逃脱暴政的“清洗”与摧残。这般极权统治，不仅于一九四八年之前已在世界范围内肆虐，即便在当下，极权的阴影仍然笼罩着世界某些地方。因此，奥威尔不仅书写了历史，还预言了历史。

倘若只有精准的预言，尚不足以成为文学经典。更令人折服的还有奥威尔精湛的语言艺术。他曾在《我为何写作》一文中提及：“我最想做的，就是将政治性写作变成一种艺术。只要我活着，就会继续追求文字上的风格。”因此，奥威尔的作品，将政治性和艺术性极为巧妙地融为一体，于嬉笑怒骂中刻画出世界的荒诞、同胞的异化、自我的惶惑。他将一则则黑色幽默信手拈来，犀利的语言闪耀着智慧的光芒，犹如漆黑夜空中闪烁着的点点星光，那是人性之光，指引着文明前行的方向。

遇见如此的奥威尔，除了惊叹其天才的预见，唯有静心品读这部传世经典。

傅霞

2017 年初夏于杭州

第一部

一九八四

第一章　打倒老大哥

这是四月里的一天，明朗而清冷，时钟刚敲了十三下。温斯顿·史密斯低垂着头，快步溜进胜利大厦的玻璃门，想要躲过这阵讨厌的冷风。但他还是不够快，没能阻止一股卷着沙砾的旋风跟着他进门。

过道里弥漫着一股煮白菜和旧地垫的气味。过道尽头的墙上钉着一张彩色海报，大得显然不适合挂在室内。上面只画有一张巨大的面孔，一米多宽。脸的主人大约四十五岁，蓄着乌黑浓密的八字胡，轮廓粗犷英俊。温斯顿朝楼梯走去，他压根儿没想过要坐电梯。即使在状况最好的时候它也很少运行，更别提现在白天都断电了，这是为迎接“仇恨周”的节约运动做准备。

温斯顿住在七楼，三十九岁的他右脚踝上方患有静脉曲张性溃疡，所以爬楼很慢，中途要歇息好几次。他每次在楼梯平台停下来，都能看到正对着电梯墙上的那张海报，上面有一张硕大的脸庞正凝视着自己。此图设计煞费苦心，当你移动时，那双眼睛便随你而动。“老大哥正在看你”，图下的文字如此说明。

在公寓里，一个字正腔圆的声音正在播报一连串数字，与生铁产量相关。这声音来自嵌在右边墙上那块形似毛玻璃镜面的长方形金属板。温斯顿调了下开关，音量多少低了些，但依旧清晰可辨。这个仪器（也叫电屏幕）可以调低音量，但没法完全关闭。他走到窗前，瘦弱的身躯裹在蓝色的党员制服里，更显单薄。他发色很淡，脸色红润自然，皮肤却因劣质肥皂、钝剃须刀片，以及刚刚过去的寒冬而显得粗糙。

公寓外面，即使隔着紧闭的窗户，看上去还是很冷。楼下街道上，阵阵小旋风卷起尘土与纸屑，在空中打转。尽管阳光灿烂，天也蓝得刺眼，但除了那张无处不在的海报，似乎一切都失去了颜色。那张蓄着浓黑胡须的面孔正从每一个角落居高临下地审视着你。正对面的房子前面就有这么一张，说明文字也是“老大哥正在看你”，那双黑色的眼睛正紧盯着温斯顿。楼下街上还有另一张海报，一角已破，在风中噼啪作响，一会儿合上，一会儿又露出唯一的一个词“英社[①]”。远处有架直升机掠过屋顶，像只绿头苍蝇[②]似的在空中盘旋片刻后，划了道弧线便急速离开，那是警察巡逻队在窥探人们的窗户。然而，巡逻队并不可怕，可怕的是思想警察。

在温斯顿背后，电屏幕传出的声音还在喋喋不休地播报有关生铁产量以及超额完成第九个三年计划的消息。电屏幕可以同步接收和发送信息，温斯顿发出的任何声音，只要略高于极微弱的细语，就能被它捕捉到。不仅如此，只要他在金属板的可视范围之内，就会被看到。当然，你不可能知道自己在某个时刻是否被监视着。思想警察的监控频度如何，或者用何种系统来监控何人，这些都只能臆测了。但可以确信的是，他们可以随时监控任何人。无论何时，只要他们想要，就可以随时接通你的线路。你只能这样生活——就这样生活，从习惯变成本能——设想你的每个声音都会被监听，每个举动都会被监视，除非在黑暗中。

温斯顿一直背对着电屏幕，这样更安全。尽管他十分清楚，即

---

① 英社，即英国式社会主义。

② 绿头苍蝇，也叫青蝇，英语口语中还有“警察”的意思，一语双关。

使一个后背也能泄露信息。一公里之外的真理部，是他工作的地方，一栋白色大楼矗立在一片污浊之地上。这里——他带着几分厌恶地想——竟然是伦敦，第一空域的首要城市，而第一空域本身是大洋国人口密集的第三大省。他绞尽脑汁地想要找回一丝童年的记忆，试图回忆起当年的伦敦：遍地都是十九世纪的破旧房子，墙面靠木架支撑，窗户用硬纸板挡着，屋顶盖着波纹铁皮，坍塌的院墙东倒西歪；凡是被轰炸过的地方无不尘土飞扬，破砖残瓦上杂草丛生，废墟堆里冒出许多像鸡舍一样龌龊的棚屋。难道伦敦一直如此吗？可惜他一点儿都想不起来了。除了一幅幅色彩明亮但背景空白、模糊难辨的静态画面外，儿时的记忆已化为乌有。

真理部——新话[①]称“真部”——与目光所及的其他建筑截然不同。这是座巨大的金字塔形建筑，白色的混凝土闪闪发亮，层层叠叠，高三百米，直入云霄。从温斯顿所站的地方望去，刚好能看见党的三条标语，用考究的字体镌刻在真理部白色大楼的正面：

战争即和平

自由即奴役

无知即力量

据说，真理部在地面上有多达三千间屋子，地下还有相应的附属建筑。整个伦敦只有三栋大楼，在外观和规模上可与其比肩。它们使周围的建筑相形见绌，所以从胜利大厦的屋顶你能同时看到这四栋大楼。它们是四个政府部门的所在地，政府的所有职能都集中在这四个部门了。真理部负责新闻、娱乐、教育和美术；和平部负责战争；仁

① 新话，是大洋国的官方语言，关于其结构和词源的介绍请参考附录。

爱部负责法律和秩序；富裕部负责经济。它们的名称在新话中分别是“真部”“和部”“仁部”和“富部”。

真正令人心生恐惧的部门是仁爱部，整栋大楼没有一扇窗户。温斯顿从未进过仁爱部，也从未踏入其方圆半公里之内。那里“非公禁入”，即使进入，也得跟过迷宫似的穿越一重重铁丝网、一道道钢铁门，以及一个个隐蔽的机枪暗堡。甚至在通向其外围屏障的街道上，还有凶神恶煞的警卫在巡逻，他们身穿黑色制服，手持双截警棍。

温斯顿突然转身，已换上一副相当乐观的表情，这可是面对电屏幕的明智之举。他穿过房间来到狭窄的厨房，此时离开部里意味着失去了食堂的午餐。他也清楚，除了一块要留作明天早餐用的黑面包，厨房里空空如也。他从架子上取下一个装有无色液体的瓶子，简单的白色标签上印有“胜利 杜松子酒”的字样。

这酒散发出一股令人作呕的油腻气味，如同中国的米酒。温斯顿倒了将近一茶杯，硬着头皮，像喝药似的一股脑儿灌了下去。霎时，他的脸变得通红，眼中渗出了泪水。这东西就像硝酸，而且喝的时候，还有后脑勺儿挨了一下橡胶棍的感觉。稍后，胃里的灼烧感消退了些，世界看起来也更美好了。他从一个皱巴巴的印着“胜利香烟”的烟盒里抽出一根烟，不小心拿竖了，结果烟丝撒了一地。他又抽出一根，这回成功了。他回到客厅，坐在电屏幕左侧的小桌子边上。他从桌子抽屉里取出一支笔杆、一瓶墨水和一本厚厚的四开[①]大小的空白笔记本——有着大理石花纹的红色封面。

不知为何，客厅里的电屏幕安装在一个不同寻常的位置。它通常应该装在远端的墙上，这样可以监控整个房间，但它却装在了正对窗户的那面较长的墙上。在电屏幕的一侧，有个浅凹的壁龛，温斯顿此

---

① 英语中的四开大约是240mm×300mm。

刻就坐在那儿。当初建这幢公寓时，壁龛很可能是用来放书架的。温斯顿坐在壁龛里，身体尽量往后靠，这样可以避开电屏幕的监控。当然，他只要待在目前的位置，就不会被看到，但还是会被听到。他之所以想到要做现在这件事，部分原因是这个与众不同的房间格局。

不过，也和他刚从抽屉里取出的那个笔记本有关。这本子异常精美，纸质细腻光滑，因年长日久而略微泛黄，这种纸张至少已停产四十年了。不过，他猜笔记本的年代应该更久远。他是在一家肮脏的杂货铺的橱窗里发现它的，那铺子就在镇上某个贫民区（具体哪个区，他已经不记得了），他当时就有股难以抑制的冲动想要得到它。按理说，党员是不该进“普通商店”的（那里也被称为“自由市场”），但这规定也不是特别严格，因为那儿能买到各种各样的东西，如鞋带、剃须刀片，这些在别处是不可能买到的。他迅速瞥了眼街道周边，很快溜进铺子，花了两元五角把它买下。当时也没想好要派什么用场，就把它放在公文包里，惴惴不安地带回了家。即使里面一字未写，拥有它也会让人怀疑。

他打算做的事，就是开始写日记，这并不违法（没有什么是违法的，因为法律已不复存在）。但一旦被发现，可以相当肯定的是，会被判处死刑或者至少二十五年的劳教。温斯顿把钢笔尖装到笔杆上，用嘴嘬去上面附着的油脂。这种钢笔已经过时，连签名时也很少用了。他偷偷地花了不少力气才弄到一支，只因为他觉得如此精致细腻的纸张只有真正的钢笔才配书写，而不是拿墨水笔随意涂划。其实，他并不习惯手写，除了很简短的便条。通常，他会对着述录器口述一切，但眼下这事显然不能再用这机器了。他提起钢笔在墨水瓶里蘸了蘸，迟疑了片刻，感到全身一阵战栗，一旦落笔便成定论。他用笨拙的小号字体写道：

一九八四年四月四日

他往后靠了靠，一种彻底无助的感觉向他袭来。首先，他完全没有把握今年是不是一九八四年，但总归是在这年前后，因为他很肯定自己今年三十九岁，而且相信自己出生在一九四四或一九四五年。不过，如今在确定日期时没有一两年误差是根本不可能的。

他突然想到，这日记为谁而写？为将来，为后代？他的思绪围绕着纸上那个可疑的年份徘徊了片刻，猛地想起新话里的“双重思想”一词，他第一次意识到所做之事有多么重要。你怎能与未来交流？这根本毫无可能。如果未来与现在相似，此种情况下，未来不会听从于他；如果未来与现在不同，他的困惑也就毫无意义。

他盯着那张纸呆坐了一会儿，电屏幕里已经切换到刺耳的军乐了。奇怪的是，他看起来不仅丧失了自我表达的能力，还遗忘了原本想说的话。在过去几周里，他一直在为此刻做准备，从未想过除了勇气还需要什么。真正动笔不难，他只需将多年来一直徘徊在头脑中无休无止、焦躁不安的内心独白诉诸笔端即可。然而此刻，连内心独白也枯竭了。而且，静脉曲张处的溃疡开始奇痒难忍。他不敢去搔，因为一搔总会红肿发炎。时间在嘀嗒流逝，他只能意识到面前的空白纸张、脚踝上方的瘙痒、电屏幕里吼叫的音乐，以及杜松子酒带来的一丝醉意。

突然，他开始慌慌张张地动笔了，只是对所写内容并非十分清楚。他那孩子气的小号字体参差不齐地散落在纸上，先是省略了大写字母，最后连句号也省略了。

一九八四年四月四日。昨晚去看了电影，全是战争片。其中很好看的一部讲述了一艘满载难民的船在地中海某处被轰炸的故事。观众被一个大胖子逗乐了，他拼命游泳想要逃脱身后追赶他的直升机。一开始看到他像海豚一样在水里扑腾，接着是通过直升机的瞄准器看到他，然后他就全身布满枪眼，周围的海水都变成了粉红色。他突然下沉，好像是枪眼进了水。看他下沉，观众哄堂大笑。你还会看到一艘满载儿童的救生艇，直升机在它上空盘旋。有个像是犹太人的中年妇女坐在船头，怀里抱了一个大约三岁的小男孩儿。小男孩儿吓得哇哇大哭，一头扎进她怀里，似乎想钻进她体内躲起来。那女人用胳膊搂着他，安抚他，尽管她自己也吓得脸色铁青，但她一直尽可能地保护着他，她似乎觉得她的胳膊能为他抵挡子弹。随后直升机在他们中间投下一颗二十公斤重的炸弹，一阵冲天火光后小艇被炸成碎片。接着是一个很精彩的镜头：一个孩子的手臂在空中越来越高越来越高装在直升机前端的摄像机肯定一直在跟拍，党员席里传来很多掌声但群众席里突然有个女人大声叫嚷起来他们不应该当着孩子的面放这部电影不应该当着孩子的面放这部电影直到警察把她赶走我想她应该不会有什么事没人会关心群众说什么典型的群众反应他们从来不——

温斯顿停下笔，一部分原因是他感到肌肉痉挛。他不知道是什么使他倾吐出这许多废话。但奇怪的是，当他写作时，有一种截然不同的记忆在他心中明朗起来，使他觉得自己有能力把它写下来。他现在意识到，正是因为这另外一件事让他忽然决定回家并从今天开始写日记。

如果这样模模糊糊的事也能当它发生过，那这件事就发生在那天上午，在部里。当时快十一点了，在温斯顿工作的记录司，大家纷纷把小隔间的椅子往外拉，摆在大厅中间正对着电屏幕的地方，为两分钟仇恨会做准备。温斯顿正打算在中间一排就座时，有两个他只是面熟但从未说过话的人出乎意料地进了大厅。

其中一个是他经常在走廊里碰面的姑娘，他不知道她的名字，但知道她在小说司工作。据他猜测——因为他有时候见到她满手油污，还拿个扳手——她应该是个机械工，负责那些小说写作机。她看上去胆子很大，约莫二十七岁，头发乌黑浓密，一脸雀斑，动作像运动员一样敏捷。一条窄窄的猩红色饰带——青少年反性同盟标志——在她工作服的腰部绕了几圈，松紧程度刚好能显现出她优美的臀部曲线。温斯顿从第一次见到她的那刻起就不喜欢她，他是知道原因的。因为她在竭力营造一种诸如曲棍球场、冷水浴、集体远足，以及总体而言心无杂念的氛围。他几乎讨厌所有的女人，尤其是年轻貌美的。那些女人，尤其是年轻的女人，她们是党最盲目的追随者、宣传口号的轻信者、业余的间谍和异端思想的侦查员。而这个姑娘给他的印象是她比绝大多数女人更危险。有一次他们在走廊里擦肩而过，她迅速地瞥了他一眼，那眼神仿佛要刺穿他的身体并在瞬间注入黑色恐惧。他曾经想过她或许是思想警察的特务，尽管这种可能性微乎其微。但每次只要她在附近出现，他就会觉得特别不安，那种不安半是恐惧半是敌意。

另一个是叫奥布赖恩的男人，是名核心党党员。他的职务重要而隐蔽，所以温斯顿对此仅有一个模糊的概念。当看到身穿黑色制服的核心党党员走近时，椅子周围的人群瞬间安静下来。奥布赖恩体格高大魁梧，脖子很粗，面容粗糙、滑稽又冷酷。尽管外表令人畏惧，举止却独具魅力。他有一个奇招能让人消除戒心，就是推推鼻梁上的眼镜。说不清为什么，就是很奇怪地给人文质彬彬的感觉。若有人一直联想下去，便会想到十八世纪的贵族用鼻烟壶待客。这么多年来，温斯顿见到奥布赖恩也不过十来次，却被他深深地吸引。让他感兴趣的并不仅仅是其斯文的举止和一流拳师的体格所形成的对比，更是因为一个秘密的信念——也许算不上信念，只是希望——奥布赖恩的政治性并非完全正统，他的面部表情无疑说明了这一点。也许他脸上的表情不是不正统，而恰恰是智慧。但不管怎样，从外表看他是那种可以谈心的人，如果有什么办法能避开电屏幕和他单独相处的话。但温斯顿从未尝试去证实这个猜测：事实上，也不可能去证实。

这时，奥布赖恩看了看手表，快十一点了，显然他决定留在记录司直至两分钟仇恨会结束。他在与温斯顿同一排隔了几个位置的地方就座，一个发色浅黄的小个子女人坐在他俩中间，她在温斯顿隔壁的小隔间工作，而那个黑发姑娘就坐在他们后面。

这时，大厅那头的电屏幕发出了刺耳的演讲声，就像巨大的机器在运作时因缺少润滑油而发出的那种摩擦声。这声音不由得让人牙关咬紧、寒毛直竖。仇恨会开始了。和往常一样，伊曼纽尔·戈德斯坦这个全民公敌的脸会闪现在屏幕上，观众群里嘘声一片。那个浅黄头发的矮个女人发出一声尖叫，叫声里掺杂着恐惧与厌恶。

戈德斯坦是个叛徒、变节者，他在很久以前（到底多久，没人记得清楚）曾是党的领导人之一，几乎和老大哥平起平坐。后来参加了反革命运动，被判死刑，但却神秘脱逃，不知所踪。两分钟仇恨会的内容每天都不一样，但没有一次不以戈德斯坦为主角，他是最早玷污党的纯洁性的头号卖国贼。后来所有的叛党罪、叛国罪、破坏活动、异端邪说、背信弃义都直接源自他的教唆。他仍然活着，在某个地方策划阴谋：也许在大洋彼岸，在国外后台势力的保护下；也许甚至——时不时有这样的传言——就藏在大洋国国内某个隐秘的地方。

温斯顿的心不由得一阵抽搐，他每次看到戈德斯坦的脸都有一种五味杂陈的痛楚感。这是一张瘦削的犹太人的脸，顶着一头冠冕似的蓬松白发，蓄着一小撮山羊胡须——这是一张聪明人的脸，但不知为何觉得天生可鄙，鼻子细长，鼻尖上架着一副眼镜，给人一种年迈昏聩的感觉。这张脸像绵羊的脸，连声音都像绵羊。

戈德斯坦对党的教条进行一贯恶毒的攻击——这种攻击如此夸张且有悖常理，连孩子都能一眼看穿，但又似乎不无道理，不免让人心生警惕，以致头脑不及自己清醒的其他人很可能会上当受骗。他辱骂老大哥，谴责党的独裁，要求立即与欧亚国和谈，他还鼓吹言论自由、新闻自由、集会自由、思想自由，他歇斯底里地叫嚣革命已遭背叛——所有这些都是以多音节词快速地说出，是对党的演说家的惯常风格的拙劣模仿，甚至掺杂了一些新话词汇。的确，比任何党员在实际生活中通常使用的新话词汇还要多。

自始至终，为避免有人对戈德斯坦那似是而非、哗众取宠的言论所掩盖的事实有所怀疑，电屏幕上，他的脑袋后面有无数欧亚国的军队在前进——一排接一排的壮实士兵长着毫无表情的亚洲面孔涌到电屏幕前，随即消失，取而代之的是极其相似的其他士兵。单调而有节奏的军靴行进声构成了戈德斯坦绵羊音的背景音乐。

仇恨会进行还不到半分钟，房间里已有半数人发出了遏制不住的怒吼声，那张自鸣得意的绵羊脸及身后欧亚国军队可怕的威慑力实在叫人难以忍受。此外，看到甚至想到戈德斯坦就不禁令人产生恐惧和愤怒，他比欧亚国或东亚国更频繁地成为仇恨的对象，因为当大洋国与以上任一国进行交战时，它通常会与另一国和平相处。

然而奇怪的是，尽管戈德斯坦被所有人仇恨、鄙视，他的理论每天无数次在讲台、电屏幕、报纸、书本上被批驳、抨击、嘲讽，让普通大众看看这些是多么可鄙的垃圾，但他的影响力似乎从未减弱，总有新的傻瓜等着被他诱骗。思想警察没有一天不揭露受其指使的间谍和破坏分子。他是一个庞大的影子部队的司令，那是一个由企图推翻政府的阴谋家们组成的地下网络，据说叫“兄弟会”。秘传还有一本可怕的书，集各种异端邪说之大成，作者正是戈德斯坦，此书在暗中到处流传。它没有书名，人们若不得已提到它，干脆称之为“那本书”。不过，都是些道听途说。任何一个普通党员，只要能避免，谁都不愿提“兄弟会”或者“那本书”。

仇恨会在进行到第二分钟时上升到了狂热状态。人们在座位上上蹿下跳，想用声嘶力竭的叫喊声淹没电屏幕里传来的疯狂绵羊音。发色浅黄的矮个女人脸涨得通红，嘴巴一张一翕，像条离开水的鱼。就连神情凝重的奥布赖恩也涨红了脸，他在椅子上坐得笔挺，健硕的胸膛气鼓鼓地颤抖着，仿佛正在忍受电波的袭击。温斯顿身后的黑发姑娘开始叫嚷“猪猡！猪猡！猪猡！”突然，她抓起一本厚厚的新话词典砸向屏幕，击中了戈德斯坦的鼻子又弹开了。那声音不为所动，仍在继续。

在某个清醒的瞬间，温斯顿发现自己在与别人一起叫喊，用鞋跟猛踢座椅的横档。两分钟仇恨会的可怕之处在于你不是被迫参与，恰恰相反，你会不可避免地参与其中。不出三十秒，一切掩饰都变得毫无必要。一种混杂着恐惧与复仇的可怕快意，一种想要杀戮、折磨，用大铁锤击碎人脸的欲望像电流般传遍整个人群，甚至能使人违反本意，把自己变成面容扭曲、尖声厉叫的疯子。然而，你所感受到的那种狂怒是一种抽象而盲目的情绪，就像喷灯上的火焰一样，会从一个对象转移到另一个对象。

有那么一阵子，温斯顿的仇恨根本没有指向戈德斯坦，恰恰相反，指向了老大哥、党，以及思想警察。那一刻，他的心向着屏幕上那个孤独而受尽嘲讽的异端分子，他是谎言世界里真理和理智的唯一守护人。然而，就在下一刻，他又跟周围的人站到了一起，觉得任何攻击戈德斯坦的言论全部属实。那时候，他对老大哥的暗中憎恨又变成了崇拜。老大哥似乎高高在上，成了不可战胜、无所畏惧的保护神，如巨石般屹立不倒，对抗亚洲的乌合之众。而戈德斯坦尽管孤立无援，连他是否存在还是个疑问，却似乎成了邪恶的巫师，仅凭话语的力量就可将文明的架构摧毁殆尽。

有时候，一个人的仇恨甚至可以随意转换，就像你在噩梦里猛地将自己的头从枕头上扭过来，温斯顿成功地将他对屏幕上那张面孔的仇恨转移到了背后这位黑发姑娘的身上。他的头脑中闪现生动、美丽的幻觉：他会用橡胶棍把她殴打致死；或将她赤身裸体绑到一根木桩上，然后让她像圣塞巴斯蒂安[①]那样被乱箭射死；又或者强暴她，然后在达到高潮时割断她的喉咙。此外，他比以前更清楚自己为什么恨她，因为她年轻漂亮却毫不性感，因为他想和她上床却不能如愿，因为她那婀娜柔软的腰肢似乎在诱惑你伸出手臂去搂她，然而围绕它的只有那条可恶的猩红饰带，那是咄咄逼人的贞洁的标志。

仇恨会达到了高潮。戈德斯坦的声音变成了真正的绵羊音，有那么一瞬间，这张脸也变成了绵羊脸。接着绵羊脸逐渐化成一个似乎在大步前进的欧亚国士兵，高大吓人，手中的冲锋枪正在咆哮，整个人似乎要从屏幕里跳出来，吓得前排那些人真的从座位上往后退缩。但正当此时，每个人都如释重负地松了一口气，因为屏幕上敌人的脸化成了老大哥的脸，黑头发、黑胡须，充满力量与超乎寻常的镇静，脸大得几乎占据了整个屏幕。

没人听到老大哥说了什么，无非是一些鼓励的话，类似那种在战斗的喧闹声中所说的话，听不清到底说了什么，但只要说了便能恢复信心。然后，老大哥的脸又渐渐隐去，取而代之的是用黑体大写字母书写的党的三条标语：

战争即和平

自由即奴役

无知即力量

---

① 圣塞巴斯蒂安（256-288）是三世纪的基督教徒，引导许多士兵信奉基督教，被罗马教皇下令乱箭射死。当教皇得知他未死后，又下令将他乱棍打死。

但是老大哥的脸似乎在屏幕上停留了几秒钟，好像他对每个人的视觉冲击都过于强烈，以至不能立即消失。发色浅黄的矮个女人扑倒在前排椅子的靠背上，颤声低语："我的救星啊！"她向电屏幕伸出双手，随后又双手掩面，显然在祈祷。

此时，全场人群发出了低沉、缓慢而有节奏的呼喊："B—B！[1]……B—B！……B—B！"一遍又一遍，十分缓慢，两个B之间还有长长的停顿。不知为何，这低沉的声音听上去奇怪地带有野蛮的气息。在如此的背景下，似乎能听到赤脚跺地和手鼓敲打的声音。大约三十秒的时间，他们一直这样呼喊着。在情绪激烈压倒一切时，常常能听到这样的压抑声。这部分是对老大哥英明和权威的歌颂，但更多的是一种自我催眠，故意用有节奏的噪音来麻痹自我意识。

温斯顿似乎感到五内俱寒，在两分钟仇恨会上，他情不自禁地陷入集体狂乱，但这种非人的"B—B！……B—B！"吼叫让他惊恐不已。当然他是和别人一起喊叫的，不这样做是不可能的。掩饰你的感情，控制你的表情，别人做什么，你也做什么，这是一种本能的反应。然而就有这么一两秒钟，他的眼神出卖了他，偏偏就在那一瞬间，那件重要的事情发生了，如果它的确发生过。

就在那一刻，他遇见了奥布赖恩的目光。奥布赖恩已经起身，摘下了眼镜，正要用他特有的动作把眼镜重新架到鼻梁上。刹那间，他们四目相对，这件事就这样发生了！温斯顿明白——没错，他明白了！——奥布赖恩正和他想着同样的事。一个确凿无误的信息已传递过来，好像彼此都已敞开心扉，各自的思想通过眼神的交流抵达对方的内心。"我和你一样，"奥布赖恩似乎在对他说，"我完全理解你的感受，我知道你的蔑视、你的仇恨、你的厌恶。不过别担心，我站在

① B—B，英语"老大哥（Big Brother）"的两个首字母的缩写。

你这边！”但很快，那心领神会的瞬间一闪而逝，奥布赖恩的表情变得和别人一样深不可测。

事情的经过便是如此，但他已不能确定这一切是否发生过。此等事件绝无后续，所起的作用无非让他在内心持有这种信念或希望，即除了他自身，另有他人与党为敌。也许，关于巨大的地下阴谋的谣言确有其事——也许兄弟会真的存在！尽管总有没完没了的逮捕、招供与处决，但仍然难以确定兄弟会并非只是空穴来风。他时而信其有，时而信其无，并无确凿的证据，只有一些瞬间隐约的感觉，也许意义重大，也许毫无意义，无意间听到的只言片语，厕所墙上的模糊涂鸦——甚至两个陌生人相遇，不起眼的手势，看起来都像是接头的暗号，这些都是臆测，很可能都是他想象而来的。

他回到自己的隔间，没有再看奥布赖恩。他几乎从未想过要延续他们的神交瞬间，即使他知道怎么做，但那种危险也是难以想象的。他们只不过在一两秒钟内交换了一个模棱两可的眼神，故事便戛然而止。但即便如此，对不得已生活在与世隔绝的孤独中人而言，此事依然难忘。温斯顿挺起身坐得更直，他打了个嗝，杜松子酒从胃里泛了上来。

他又注视着那张纸，他发现在他无助幻想的同时，也在不停地写，这行为不由自主。字迹也不像之前那样潦草难辨了。他的笔在光滑的纸张上龙飞凤舞，用大写字母整整齐齐地书写着：

打倒老大哥
打倒老大哥
打倒老大哥
打倒老大哥
打倒老大哥

一遍又一遍，足足写了半页纸。他不禁感到一阵恐慌，其实毫无必要，因为写这些字并不比写日记更危险。但有那么一刻，他想把写了字的几页撕下来，并彻底放弃写日记。

但他没有这么做，因为他知道这没有用。不管他是否写下“打倒老大哥”或是忍着没写，并没有什么区别。不管他是继续写日记，还是停笔不写，也没有什么区别，思想警察一样会抓到他。他已经犯了——即使他从未写到纸上，他还是会犯——包含其他一切罪行的根本大罪，他们称之为思想罪。思想罪是无法永远隐藏的。你也许能躲过一时，甚至几年，但他们早晚一定会抓到你。

总是在夜里——逮捕总是发生在夜里。睡梦中突然被惊醒，粗暴的手摇晃你的肩，电筒直射你的双眼，床边围了一圈凶狠的脸。绝大多数情况下，没有审讯，也没有逮捕报道，人们就这么消失了，而且总是在夜里。你的名字被注销，关于你的任何事情的任何记录都被清除，你曾经的存在也遭否认，而后被遗忘。你被消除了，消灭了，通常说来，就是“被蒸发了”。

有那么一会儿，他陷入歇斯底里的状态，开始胡乱涂写：

他们枪毙我我不在乎他们向我脖子背后开枪我不在乎打倒老大哥他们总是向我脖子背后开枪我不在乎打倒老大哥——

他往椅背上一靠，略觉惭愧，便放下了笔。突然传来了一阵敲门声，他猛地一惊。

已然来了！他像只耗子似的坐着一动不动，徒劳地巴望着不管是谁，敲几下就走开。但事与愿违，敲门声还在持续，最糟糕的便是迟迟不去开门。他的心怦怦直跳犹如打鼓，但他的脸由于长期习惯使然，也许仍面无表情。他站起身，步履沉重地向门口走去。

第二章　思想有罪

抓到门把手时，温斯顿发现日记本还在桌上摊开着。上面写满了“打倒老大哥”，字体大得几乎在房间的另一头也能认出来，这真是愚蠢至极。但他意识到，即使惊慌失措他也不愿意在墨迹未干时合上本子，他不想弄脏乳白色的纸张。

他吸了口气开了门。顿时，如释重负，一股暖流涌上心头。门口站着一个面容苍白，有些憔悴的女人，她头发稀疏、满脸皱纹。

“哦，同志，”她以疲惫哀怨的声音开口，“我就觉着听到您进门了，您能过来帮我看看我家厨房的水池吗？它堵住了，而且——”

原来是帕森斯太太，同层楼一个邻居的妻子。（“太太”一词党并不怎么赞成——你应当称每个人为“同志”——但你还是会本能地使用该词去称呼一些女人。）这是个年约三十岁的女人，但看起来却要老得多。她给人一种仿佛脸上的皱纹都嵌满了灰尘的印象。温斯顿跟着她向过道走去，这种业余维修的活儿几乎成了每天都有的烦心事。

胜利大厦是幢老公寓楼，建于一九三〇年前后，现在几乎摇摇欲坠了。天花板和墙上的灰泥不断地剥落，每逢霜冻，水管都会爆裂，一下雪屋顶便漏水，供暖系统如果不是因为节约运动而完全关闭通常会有一半的热量。维修的事除非你自己动手，不然得经过高高在上的委员会批准，就连修窗玻璃这种小事也有可能拖上两年。

“当然只是因为汤姆不在家。”帕森斯太太嘀咕着。

帕森斯的公寓比温斯顿的要大，是另一种形式的脏乱。所有东西都是一副被击打和践踏过的样子，看起来像是之前有猛兽闯入。体育用品——曲棍球棒、拳击手套、踢爆的足球、有汗渍的外翻短裤——铺了一地，桌上还有一堆脏碗碟和折了角的练习簿。墙上有几面青年团与侦察队的鲜红旗帜，以及老大哥的巨幅海报。房间与整幢楼一样，弥漫着一股常有的煮白菜的气味。但又混杂着一股更强烈的汗臭味，那汗味——一闻便知，但又说不清为什么——来自某个当时不在现场的人。另一个房间里，有人在吹用梳子和卫生纸桶做成的喇叭，想要跟上那电屏幕里传来的军乐声。

“那是孩子们，”帕森斯太太有些忧虑地朝那门口望了一眼，“他们今天没出去，当然——”她有个习惯，话说到一半就停了。

厨房水池里发绿的脏水满得快要溢出来了，那比煮白菜的味道更难闻。温斯顿跪了下来，检查水管弯头的接口处。他讨厌做这种事，他讨厌弯下身子，因为这样总会引得他咳嗽。帕森斯太太无助地在一旁看着他。

“当然，如果汤姆在家，他很快就能修好，”她说，“他喜欢干这个，他的手很巧，他真的是这样。”

帕森斯是温斯顿在真理部的同事，他有点儿胖，是个愚蠢的活跃分子，带着满腔盲目的热情——是那种唯命是从、忠心不二的喽啰。比起思想警察，党的稳固统治更依赖他们。

他三十五岁时，才很不情愿地被青年团清退。在升入青年团之前，还想方设法在侦察队超龄多待了一年。他在部里担任一个对智力无甚要求的低级职位。另一方面，他是体育委员会和其他组织集体远足、自发游行、节约运动和义务劳动等委员会的领导人物。他会趁抽烟斗的间隙，得意地告诉你，过去四年他每晚都会出席社区中心的活动。无论他走到哪儿，都会把一股浓烈的汗臭味带到那儿，这也成了他精力旺盛的无言的证明。即使他人走了，汗臭味还留着。

“你家有扳手吗？”温斯顿摸索着接口处的螺帽问道。

“扳手，”帕森斯太太说着声音就变弱了，“我不知道，也许孩子们——”

随着一阵靴子的踩踏声和用梳子吹出的喇叭声，孩子们冲进了客厅。帕森斯太太拿来了扳手，温斯顿放掉了脏水，忍住恶心拿掉了那团堵住水管的头发。他用冰冷的自来水尽量把手指冲洗干净，然后回到另一个房间。

“举起手来！”一个野蛮的声音喊道。

一个长相英俊却神情凶恶的九岁男孩儿从桌子后面跳了出来，拿着玩具枪威胁他，而小他两岁的妹妹也拿着一块木头做着同样的动作。他俩都穿着蓝色的短裤、灰色的衬衣，戴着红领巾，那是侦察队的制服。温斯顿把手举过头顶，但总有种不安的感觉，男孩儿的样子如此凶狠，不完全是在玩游戏。

“你这个卖国贼！”男孩儿叫喊道，“你是个思想犯！你是欧亚国的间谍！我要毙了你！我要蒸发你！我要把你弄到盐矿去！”

突然，他俩围着他跳跃，叫嚷着“卖国贼！”“思想犯！”小女孩儿的每个动作都在模仿他的哥哥。这真让人有点儿后怕，怕嬉闹的幼虎很快就会长成食人的猛兽。男孩儿的眼神狡猾凶残，他想对温斯顿又踢又打的欲望暴露无遗，而且也意识到自己很快就能长大做这事了。幸亏他手里拿的不是真枪，温斯顿想。

帕森斯太太的眼神不安地在温斯顿和孩子之间游走，在客厅较亮的灯光下，他有趣地发现她脸上的皱纹里真的嵌着灰尘。

“他们真是太闹了，”她说，“因为不能去看绞刑所以失望了，就为了这事。我忙得没法带他们去，而汤姆又不能按时下班。”

“我们为什么不能去看绞刑？”男孩儿大声吼道。

“要去看绞刑！要去看绞刑！”小女孩儿一边喊叫一边蹦跳。

温斯顿想起来了，今天晚上，几个欧亚国的囚犯将在公园被处以绞刑。这种事情每月一次，是很受欢迎的盛事，孩子们总是吵着要大人带他们去看。他向帕森斯太太告辞，朝门口走去。

在过道上还没走几步，脖子后面就被什么东西狠狠地打了一下，疼痛难忍，就好像有一根烧红的铁丝刺了进去。他转过身，刚好看到帕森斯太太拖着她的儿子进了房门，那男孩儿正往口袋里塞一把弹弓。

“戈德斯坦！”男孩儿被关进门时大吼了一声。但最让温斯顿惊骇的还是那女人灰暗的脸上那无可奈何的惊恐表情。

回到自己的公寓后，他快步经过电屏幕，重新在那张桌子前坐下来，还继续揉着脖子。电屏幕里音乐已停，一个吐字清晰的军方声音，带着残忍和狂喜的语气，正在读一篇关于新式浮动堡垒上的武器装备的文字，该浮堡位于冰岛和法罗群岛之间。

他想：带着那样的孩子，那个可怜的女人一定过着担惊受怕的日子。再过一两年，他们会日夜监视她，以便发现她异端思想的征兆。现如今，几乎所有的孩子都很可怕。最糟糕的是，通过侦察队之类的组织，他们都被系统地训练成无法管教的小野人，但又不会在他们身上产生任何反对党纪的倾向。恰恰相反，他们崇拜党及与党相关的一切。唱歌、游行、挥旗、远足、木枪操练、高喊口号、崇拜老大哥——这些对他们来说都是光荣而有趣的事。他们的凶残特性展露无遗，直指国家公敌、外国人、卖国贼、破坏分子、思想犯等。年过三十的人几乎都会害怕自己的孩子，这都是因为《泰晤士报》每隔一周就会刊登一篇小密探如何偷听的报道——一般用的是“小英雄”这个词——偷听到了父母的一些危险的言论，然后向思想警察告发。

被弹弓打到的疼痛已逐渐消退。他心不在焉地拿起钢笔，寻思着是否还有什么可以写进日记里。突然，他又想起了奥布赖恩。

多年前——有多久？七年肯定有了——他梦到自己正穿过一个漆黑的房间，有个坐在他身边的人在他经过时说："我们将在没有黑暗的地方见面。"这句话说得很平静，几乎是漫不经心的——是个陈述，而非命令。他没有停留，继续往前走。奇怪的是当时在梦里这句话并未给他留下深刻的印象，只是到后来它似乎才逐渐显现出意义。

他现在已不记得第一次见到奥布赖恩是在这个梦之前还是梦之后，也不记得第一次辨认出奥布赖恩的声音是在什么时候。但无论如何，总算是辨认出来了，在黑暗中和他说话的就是奥布赖恩。

温斯顿一直未能确定——即使今早和奥布赖恩的目光一闪而过，他仍不能确定——奥布赖恩终究是敌是友。但这似乎无关紧要。他们心有灵犀，这比友情或同志之情更重要。"我们将在没有黑暗的地方见面。"他曾经说过。温斯顿不明白这意味着什么，只知道它会以某种方式实现。

电屏幕里的话暂停了。一阵清脆悦耳的小号声回荡在停滞的空气中。刺耳的话音又继续响起：

"注意！各位请注意！现在插播一则来自马拉巴尔前线的急电，我军在南印度大获全胜。我受权宣布，这次胜利很可能推动战争结束的进程。急电如下——"

"坏消息来了。"温斯顿想。果然不出所料，在播报完如何血淋淋地歼灭一支欧亚国军队及杀敌、俘虏的骇人数字后，通告来了，从下周开始，巧克力的定量供应从三十克减到二十克。

温斯顿又打了个嗝，杜松子酒的酒劲儿正在消退，留下一种泄气的感觉。电屏幕里——也许为了庆祝战争顺利，也许为了冲淡减少供应巧克力的记忆——奏响了《为了你，大洋国》。按理此时应该立正，但电屏幕看不到他此刻的位置。

《为了你，大洋国》之后播放的是轻音乐。温斯顿走到窗前，保持背对屏幕的姿势。天气依然晴朗而清冷，远方某处，一颗火箭弹爆炸了，沉闷的轰鸣声在空中回荡。现在的伦敦每周要投下二三十颗这样的火箭弹。

在下面的街道上，冷风把那张破损的海报吹得啪啪响，“英社”两字时隐时现。英社，英社的神圣原则；新话，双重思想，过去的变化无常。他觉得自己好像在海底森林中游荡，迷失在一个怪兽的世界里，自己也化身为怪兽。他茕茕孑立，过去已死，未来不可知。他如何确定有个活人站在他这边呢？又怎么知道党的统治不会长久呢？真理部白色墙面上的三句口号近在眼前，仿佛给出了问题的答案：

战争即和平
自由即奴役
无知即力量

他从口袋里掏出一枚二角五分的硬币。硬币的一面用纤细而清晰的字母刻着这三句口号，另一面则是老大哥的头像。即使在硬币上，那双眼睛也紧盯着你。硬币上、邮票上、书籍封面上、旗帜上、海报上及烟盒上——无所不在。那双眼睛总是盯着你，声音也总是在你耳边环绕。不管睡着还是醒着，工作还是吃饭，室内还是室外，洗澡还是在睡觉——无处可逃。除了你脑袋里面的几立方厘米，没有什么是属于你自己的。

夕阳西斜，真理部的无数扇窗户因为没了阳光的照耀显得阴森可怕，如同堡垒上的枪眼。面对这座庞大的金字塔般的建筑，他的心不由得一阵畏缩。它太坚固了，无法摧毁，一千颗火箭弹也炸不掉它。

他又开始寻思这日记到底为谁而写？为将来、为过去——为一个也许是幻想中的时代。等在他面前的不是死亡而是消灭。日记将化为灰烬，而他自己也将被蒸发。只有思想警察能读到他写了什么，然后他们会销毁它，从记忆中抹杀。当你的任何痕迹，甚至连纸片上随意涂的一个未知单词都不可能实际存在时，你如何向未来呼吁呢？

电屏幕里的钟敲了十四下，他必须在十分钟内离开，得赶在十四点半之前回去上班。

奇怪的是，报时的钟声似乎使他换了一种心情。他像个孤魂野鬼，诉说着谁都不会听到的一个真理。但不知为何，只要说出来，连续性就不会被打断。不必让旁人听到，只要保持头脑清醒，就能将人类的传统延续下去。他回到桌前，蘸了蘸钢笔，写道：

致未来或过去，致那个思想自由、人人与众不同、但毫不孤独的时代——致真理尚存、事实不被抹杀的时代：

从一个一成不变的时代，从一个孤独的时代，从一个老大哥的时代，从一个双重思想的时代——致礼！

他反省自己已经死了。对他而言，只有现在，当他开始能够理清自己的思绪时，他才迈出了决定性的一步。一切行动的结果都包含在行动本身。他写道：

思想罪并不导致死亡，思想罪就是死亡。

现在，既然他已承认自己是个已死之人，尽可能活得长久变得尤其重要。他右手有两个手指沾上了墨水，这很可能就是出卖他的细节。部里某个爱打听的好事者（可能是个女人，如那个浅黄头发的矮个女人或小说司里那个黑发姑娘）也许会怀疑为什么他要在午餐休息时写东西，为什么他要用一支老式的钢笔，他到底在写什么——然后向有关部门暗示这件事。他走进浴室，用一块粗糙的深褐色肥皂小心翼翼地擦掉墨迹。这种肥皂能像砂纸那样打磨你的皮肤，因此，用来清除墨迹倒是不错。

他把日记本放回抽屉，想要藏它简直徒劳。但他至少要想办法确认它是否已被人发现，夹根头发太明显了，他用指尖蘸起一粒尚可辨认的白色尘埃放在封面的一角，若是有人动过这本子，它一定会被抖落。

第三章　初见黄金乡

温斯顿梦到了他的母亲。

他想：母亲失踪时，他大概十岁或者十一岁。她身材高挑，仪态端庄，很少说话，动作缓慢，还有一头极美的金发。至于父亲，他的印象就更模糊了。只记得他又黑又瘦，总是穿着一身整洁的深色衣服（他尤其记得父亲的鞋底很薄），戴着一副眼镜。他们俩显然是在五十年代第一场声势浩大的清洗运动中"消失"的。

此刻，他正梦到母亲坐在他下面很深的某个地方，臂弯里躺着他的妹妹。他完全想不起妹妹的模样了，只记得她是个瘦小虚弱的小婴儿，总是很安静，有一双警觉的大眼睛。她俩都抬头望着他，她们是在地下的某个地方——比如说井底或墓穴里——那是个已然离他很远，却仍在不停下沉的地方。

她们在一艘沉船的船舱里，透过逐渐变深的海水仰望着他。船舱里尚有空气，她们还能见到他，他也能见到她们。但她们却一直往下沉，往绿色的海水深处沉去。不一会儿，那海水定会让她们从他的视野中永远消失。他在有亮光有空气的地方，而她们正在被死亡一点点吸噬至死。她们之所以在下面是因为他在上面。他明白这一点，她们也明白，他可以从她们脸上看出这一点。无论脸上还是心里，她们全无责备之意，只是明白为了让他能继续活下去，她们必须死去，这是不可避免的结局。

他不记得发生了什么，但在梦里他明白，母亲和妹妹其实是为他而牺牲的。有一些梦虽保留了梦境的特点，但也是人的思维活动的延续，即使梦醒，仍觉得梦中的所见所想似乎依然鲜活而珍贵，这个梦便是如此。

此刻，温斯顿突然想到母亲近三十年前的死是个悲剧，令人哀痛，这在如今已绝无可能。他认为悲剧只属于遥远的旧时代，在那个时代尚有隐私、爱情和友谊，一家人互相扶持而不必问原因。一想到母亲他心如刀割，因为她至死都爱着他，而他却因为年幼、自私不懂得用爱来报答她。不知为什么，他已经不记得是怎么一回事了，她为了内心一个坚定的忠贞信念而牺牲了自己。他知道，这样的事情不可能发生在今天。今天只有无尽的恐惧、仇恨和痛苦，但没有感情的尊严，没有深切或复杂的哀痛。所有这一切，他似乎从母亲和妹妹睁大的眼睛里看到了，她们从那绿水深处抬头望着他。已经几百英寸深了，可还在往下沉。

突然，他站在一片短短的松软的草地上，那是个夏日的黄昏，夕阳的余晖将大地染成金黄色。这景色如此频繁地在他的梦里出现，以至于他不能确定是否在现实世界中遇到过。梦醒后，他称之为黄金乡。那是个被野兔啃咬过的古老牧场，一条步行小径蜿蜒其中，到处都是鼹鼠打洞时堆出的小土丘。牧场对面参差不齐的树篱边，榆树的枝条在微风里轻轻摇曳，一簇簇茂密的树叶在微微抖动，宛如秀发。近在咫尺却无法看到的某个地方，有一条清澈的小溪在徐徐流淌。柳树下，鲮鱼在溪潭里缓缓游弋。

那个黑发姑娘正穿过牧场朝那些柳树走去，她似乎一下子就脱掉了衣服，不屑地扔向一旁。她的胴体洁白光滑，但丝毫勾不起他的欲望。说真的，他都没怎么看她。此刻他满脑子都是对她扔衣服这一动作的钦佩之情。就这么优雅、随性地一扔，似乎摧毁了整个文化和思想体系，这个漂亮的挥手动作也将老大哥、党和思想警察消灭于无形。这个动作同样属于遥远的旧时代。温斯顿醒来时，嘴里正念叨着“莎士比亚”。

电屏幕发出一阵刺耳的哨音，这声音以同一个调子持续了三十秒钟。此刻正是七点十五分，是办公室工作人员起床的时间。温斯顿挣扎着起了床——全身赤裸，因为一个外围党党员每年只有三千张配给券，而一套睡衣就要六百张——他抓起搭在椅子背上的脏背心和一条短裤。

体操在三分钟后开始。这时，一阵剧烈的咳嗽咳得他直不起腰来，几乎每天起床后都要被折磨一阵子。咳嗽彻底清空了他的肺，他只得平躺下，深喘几口气，才开始恢复呼吸。他因用力咳嗽而青筋毕露，这时静脉曲张溃疡处又痒了起来。

“三十到四十组！”一个刺耳的女人尖叫道，“三十到四十组！请站好位置。三十到四十组！”

温斯顿一跃而起，在电屏幕前站好。一个年轻女人已出现在电屏幕上，骨瘦如柴，但肌肉发达，穿着束腰运动衣与运动鞋。

“伸屈胳膊！”她厉声喊道，“跟我一起做。一、二、三、四！一、二、三、四！加油，同志们，拿出点精神来啊！一、二、三、四！一、二、三、四！……”

咳嗽引发的疼痛尚未驱散梦境留给温斯顿的印象，有节奏的体操动作多少又恢复了那个印象。他一边机械地挥动着胳膊，脸上挂着做体操时被认为合适的愉快表情，一边拼命地回忆模糊的幼年时代。这实在是太难了，五十年代后期以前发生的一切都被淡忘了。找不到可以参考的外部资料，甚至连自己的生活轨迹都模糊不清了。你所记得的重大事件很可能根本没有发生过，你记得事情的细节但又无法重温当时的气氛，还有一段段漫长的空白期，你想不起来发生过什么。那时的一切都和现在不同，甚至连国家的名字、版图的形状都不一样了。比如，第一空域当时并不是这个名字，而是叫英格兰或不列颠。不过伦敦一直就叫伦敦，他对此很有把握。

温斯顿记不清他们国家什么时候不处于战争状态，但是很显然在他的童年时代曾有过一段相当长的和平时期。因为他早期的记忆里就有一次似乎让所有人都措手不及的空袭，也许就是原子弹轰炸科尔切斯特那次。他已不记得空袭本身这件事，但他还记得父亲紧紧攥着他的手，急急忙忙往下走啊走，走到地下一个很深的地方，绕过一圈又一圈的螺旋楼梯，最后，他走得双腿发软，哭了起来，他们这才停下来休息。他母亲在后面远远地跟着，迟缓而恍惚，怀里抱着他妹妹——也许只是抱着一捆毯子，他不确定当时妹妹是否已出生。最后，他们来到一个嘈杂、拥挤的地方，他认出那是一个地铁站。

石板地上坐满了人，还有人挨挤着坐在双层铁板铺位上。温斯顿和他的父母在地板上找到一块地方，他们身旁有一对老先生和老太太，并肩坐在一个铺位上。老先生穿一身体面的黑色套装，后脑勺扣着一顶黑布帽，露出花白的头发。他满脸通红，蓝色的眼睛里噙满泪水，浑身散发出浓烈的杜松子酒味，就好像代替汗水从皮肤中渗出来似的，让人不禁联想他眼里涌出的纯粹是杜松子酒。虽有几分醉意，但也经历着难以忍受的切肤之痛。温斯顿幼小的心灵，隐隐感觉到，一定有一件可怕的事情、一件无法原谅也无法弥补的事情发生过。他好像知道是什么事了，老先生深爱的某人——也许是他的小孙女——被炸死了。每隔几分钟，他都会重复道：

“我们不该信任他们。我说过的，孩子他妈，不是吗？这就是信任他们的后果。我一直说，我们不该信任那帮浑蛋！”

但他们不该信任哪帮浑蛋，温斯顿现在已经不记得了。

大约从那时起，战争便持续不断。不过严格说来，也并非一直是同一场战争。在他的童年时代，伦敦就连续好几个月发生街头混战，有些他还记忆犹新。然而要想追述那段历史，说出某个时段谁和谁打仗，已绝无可能，因为既没有任何书面记载，也没有在任何讲话中提及除了目前的同盟国是否还有别的同盟国。

譬如当下，在一九八四年（如果真是一九八四年），大洋国与欧亚国交战，与东亚国结盟。无论在公开或私下讲话中，都没有人承认这三国曾经有过其他盟约关系。其实，温斯顿记得一清二楚，大洋国与东亚国交战、与欧亚国结盟只有四年时间，但这只是他记忆力失控而碰巧暗中知道的一点儿事。按官方说法，大洋国从未更换过盟友，大洋国在跟欧亚国打仗，那他就一直在跟欧亚国打仗。现在的敌人总是代表绝对的邪恶，因此无论过去还是将来，都不可能与其达成什么协议。

令人恐惧的是，当他努力将肩膀往后仰时（手撑在臀部，腰部以上做旋转运动，据说这对背部有好处），他曾千万次想到——令人恐惧的是，这一切可能都是真的。如果党能插手干涉过去之事，说这件事、那件事从未发生过——那岂不是比单一的拷打和死亡更可怕吗？

党说大洋国从未与欧亚国结盟，而他，温斯顿·史密斯，知道就在短短的四年前大洋国曾与欧亚国结盟。但这种认知存于何处呢？仅存于他自己的意识里。而且不管怎样，肯定很快就会被消灭。如果其他所有人都接受党强加的谎言——如果所有记录都千篇一律——那谎言就会被载入史册而成为事实。

“谁控制过去，”党的口号这样说，“谁就控制未来；谁控制现在，谁就控制过去。”然而过去，虽然其本质可改变，但从未被改变。任何现在真实的事情将来永远都是真实的。这其实很简单，你所需的无非就是一次次战胜自己的记忆。他们称这为“现实控制”，用新话来说便是“双重思想”。

“稍息！”女教练喊道，声音柔和一点儿了。

温斯顿垂下手臂，缓缓吸了口气，他的大脑滑向了双重思想迷宫般的世界。知与不知：明知事实的全部真相却说着精心编织的谎言；同时持有两种相抵触的观点，明知它们互相矛盾却两者皆信；用逻辑来推翻逻辑；否定道德却又拥护道德；不相信民主却相信党是民主的捍卫者；忘掉一切必须忘掉的，在需要时重拾记忆，然后再次迅速忘掉。尤其是，对方法本身也要如法炮制，这简直太玄妙：有意识地进入无意识，然后就意识不到刚才对自己实施的催眠行为。甚至理解“双重思想”这个词，也得用到双重思想。

教练又叫他们立正。“现在看看我们当中谁能摸到脚尖！”她热情地喊道，“请从臀部往下弯，同志们。一、二！一、二！……”

温斯顿厌恶这节体操，这会让他从脚后跟一直刺痛到臀部，又常常以咳嗽再次发作而结束。他在沉思中得到的一点儿乐趣也荡然无存了。“过去，”他想，“岂止是被篡改，其实是被毁灭。”因为当所有的记录都不复存在而只剩你自己的记忆，你又怎能确定一件哪怕是显而易见的事？

他努力回忆第一次听到老大哥这个名字是在哪一年，他想应该是在六十年代的某一年，但又无法确定。当然，在党史中老大哥从建党初期就是革命的领导者和捍卫者。他的丰功伟绩被逐步追溯，一直追溯到不可思议的三四十年代。当时资本家们戴着古怪的圆筒礼帽，坐在锃亮的豪华汽车里，或坐在镶有玻璃窗的马车里，穿梭在伦敦的大街上。无人知晓这种传说有几分真实，又有几分杜撰。

温斯顿甚至不记得党是何时成立的，他不确定自己在一九六〇年以前是否听说过“英社”这个词，但它有可能以其旧话的形式——也就是“英国社会主义”——早就流行开来。一切都在迷雾之中。有时候，你的确很清楚哪些一定是谎言，但其实不然。譬如，党史声称是党发明了飞机，而他记得在他孩提时代就有飞机了，但你什么都无法证明，没有任何证据。他这一生仅有一次掌握了某历史事件被篡改的确凿证据。那一次——

“史密斯！”电屏幕那里传来了泼妇般的尖叫声，“6079 号温·史密斯！对，说你呢！请再弯低点儿！你能做得更好，但你没尽力。请再低点儿！这样好多了，同志。现在稍息，全体看我做。”

温斯顿突然冒出一身热汗。他的面部表情看上去神秘莫测——千万不要显露出沮丧！千万不要显露出怨恨！眼神一闪就有可能暴露自己。他站着看女教练把手举过头顶——不能说很优雅，但特别干脆利落——弯下身子，把手指第一个关节垫到了脚尖下面。

“瞧，同志们！这就是我想要看到你们做的。再看我做一遍。我已经三十九岁了，生过四个孩子。你们瞧，”她又弯下腰，“你们看我的膝盖没有弯，如果你们想做也能做到。”

她边说边直起身子：“任何四十五岁以下的人完全能碰到自己的脚尖，我们并非人人都有机会上前线，但至少能保持身体健康。记住我们在马拉巴尔前线的那些小伙子！还有浮堡上的士兵们！想想他们需要忍受什么。现在再试一次。好点儿了，同志，好很多了。”

她对温斯顿鼓励道。而他猛地弯下腰，终于碰到了脚尖，这是他若干年来的第一次。

第四章　扔进记忆洞

温斯顿不由自主地深叹一口气，尽管电屏幕近在咫尺，但每天开始工作时他都会忍不住叹气。他把述录器拉到面前，吹去话筒上的灰尘，戴上眼镜，然后把办公桌右边的气力输送管里送来的四小筒卷纸展开并夹好。

隔间的墙上有三个传送口。述录器右边那个小气力输送管是传递书面指示的；左边稍大的那个是传递报纸的；而侧面墙上触手可及的地方有个罩着铁丝网的长方形大口子，这是用来处理废纸的。类似这种的口子在整幢大楼里有成千上万个，不仅在每个房间里有，每条走廊上相隔不远也有一个。不知何故，它们得了个绰号叫记忆洞。当有人想起某个文件应该被销毁，甚至当他看到地上躺着一张废纸时，都会自动掀开离自己最近的一个记忆洞的盖子然后把它扔进去。很快，它会被一股暖气流卷走，卷到隐藏在大楼某处的巨型熔炉里。

温斯顿仔细看了看他刚才打开的四张小纸条，每张纸条上都只有一两行字的指示，用的是行话的缩写——并非真正的新话，但包含了大量的新话词汇——供内部使用。它们是：

泰晤士报 17.3.84 老大讲话误报非洲 核正

泰晤士报 19.12.83 预测三年计划 83 年四季度误印 核正现发

泰晤士报 14.2.84 富部巧克力定量误报 核正

泰晤士报 3.12.83 报道老大当日指示双加不好提到非人 全部重写存档前提交

带着些许满足感，温斯顿把第四项指示放在一边。那是一项错综复杂又责任重大的工作，最好留到最后处理。另外三项都是常规工作，不过第二项可能意味着要单调乏味地查阅一系列数据。

温斯顿在电屏幕上拨了“过刊”的号码，要了几期相关的《泰晤士报》。没几分钟，报纸就从气力输送管里滑了出来。他刚收到的指示都和文章或新闻有关，出于这样那样的原因都必须修改，官方的说法是核正。

例如，三月十七日的《泰晤士报》报道，老大哥在此前一日的讲话中预测，南印度前线将平安无事，欧亚国将很快对北非发起进攻。结果却是欧亚国最高统帅在南印度发动攻势，并未攻打北非。因此老大哥讲话里的那段必须重写，要使他预测到实际发生之事。

又如，十二月十九日的《泰晤士报》刊登了对一九八三年第四季度，即第九个三年计划的第六季度的各种消费品产量的官方预测。今天的报纸刊登了关于实际产量的报道，从中可以看出每一项预测都严重有误。温斯顿的工作就是纠正原来的数字，使其与后来的一致。

至于第三项指示，它提到了一个几分钟就可以改好的极其简单的错误。就在前不久的二月，富部许下诺言（官方措辞是“绝对保证”），一九八四年内不再削减巧克力的定量。而实际上正如温斯顿所知，巧克力的定量从本周末开始将从三十克减至二十克。这一切只需用一则提醒代替原来的承诺，提醒在四月的某个时候可能需要降低巧克力的定量。

温斯顿每处理完一项指示，就把述录器记下的更正纸条与那份相应的《泰晤士报》夹在一起，放进气力输送管。然后，他用尽可能像是无意识的动作，将原来的指示及自己所做的笔记揉皱，把它们扔进记忆洞，任烈火吞噬。

气力输送管通往的那个看不见的迷宫里究竟发生着什么，他并不清楚细节，只了解大概。无论哪一期《泰晤士报》，所有必须更正的材料在集中校对后，那一期将被重印，原来那期则被销毁，更正后的报纸将代替原始文件存档。这种持续不断的篡改不仅适用于报纸，也适用于书籍、期刊、宣传册、海报、传单、电影、录音带、漫画、照片——任何能想到的具有政治或思想意义的印刷品或文献。每一天，甚至每一分钟，过去都被改得与现在完全一致。如此，党的每一则预言都有文献证明是正确的，凡是与当前需要相抵触的，无论是新闻或发表的意见，都不允许留有记录。所有的历史都是重写本，只要有需要，随时可以擦干净彻底重写。此行为一旦完成，就再无可能证明发生过任何篡改之事。

在记录司最大的部门里，那儿比温斯顿工作的部门要庞大得多，人们的职责仅仅是追查并收回所有不合时宜的也就注定要被销毁的书籍、报纸及其他文件。由于政治联盟的变化或老大哥语言的失误，许多期《泰晤士报》可能已被重写多达十余次，却仍以原来的日期存档，也不存在与其矛盾的其他版本。书籍也被一遍遍地召回、重写，重新发行时一如既往地不会承认有过任何改动。甚至温斯顿收到的那些处理完一律被立即销毁的指令，也不曾明说或暗示需要伪造：总是提示失误、错误、误印或误引，为准确无误，需对其进行更正。

但实际上，他在重新调整富部的数字时想道，这甚至都算不上伪造，只不过用一句胡话代替另一句胡话。所处理的大多数材料都与现实世界毫无关联，甚至连赤裸裸的谎言与现实世界的那种关联都没有。修改前和修改后的数据都属异想天开，大多数情况下要靠你的大脑凭空捏造。例如，富部预测本季度的靴子产量为一亿四千五百万双，而实际产量仅为六千两百万双。但温斯顿在写预测数字时，需将其调低为五千七百万双，这样便可一如往常地声称超额完成任务。但不管怎样，六千两百万并未比五千七百万或一亿四千五百万更接近事实，因为很可能连一双靴子也没生产出来。更为可能的是，没有人知道到底生产了几双，更没有人会在意。你所知道的只是每季度的报纸上会生产出天文数字的靴子，而在大洋国也许有半数人是光脚的。无论是否重要，每一类被记录下来的事实皆是如此。一切都默默消失在一个影子世界里，到最后连年月日都变得不确定了。

温斯顿扫视了下大厅，在对面相同的小隔间里有个外表谨慎、下巴微黑，名叫蒂洛森的矮个男人正在有条不紊地工作着，他的膝盖上放了张折叠的报纸，嘴巴离述录器的话筒很近。他的样子像是尽量避免被别人听到他正对着电屏幕所说的话。他抬起头，眼睛朝温斯顿的方向满怀敌意地看了一眼。

温斯顿并不怎么了解蒂洛森，也不知道他究竟在做什么工作，档案司里的人不愿谈及他们的工作。这个没有窗户的长长的大厅有两排小隔间，纸张的沙沙声和对着述录器讲话的嗡嗡声没完没了。其中有十几个人温斯顿连名字也不知道，虽然他也能看到他们在走廊里来去匆匆，或者在两分钟仇恨会上挥手跺脚。

他知道隔壁那个小隔间里那个浅黄头发的矮个女人一天到晚忙个不停，她的工作仅仅是从报刊上查找并删除那些已被蒸发掉，因而被认为从未存在过的人的名字。这事正适合她，因为她的丈夫早在几年前也被蒸发掉了。

再过去几个小隔间，有个性情温和、长相窝囊、心不在焉的家伙，他叫安普尔福思。他的耳朵上长着浓密的汗毛，在玩转音韵格律上有着惊人的天赋。他的工作是为那些在意识形态上有冒犯之处，但出于这样或那样的考虑，需要保留在选集中的诗歌，并创作出篡改版本——他们称之为定稿本。

这个大厅里有大约五十个工作人员，这还只是庞大复杂的记录司的一个下属部门，一个细胞而已。此外，从上至下还有一群群工作人员干着多到无法想象的工作。那儿有大型的印刷车间，配有专门的审稿人和排版专家，有设备考究用来伪造照片的暗房；有电屏幕节目组，配有工程师、制片人，以及精心挑选的善于模仿他人声音的众多演员；有大批大批的资料员，他们的工作只是列出需要被找回的书籍和期刊的清单；有巨大的仓库，用来存放更正后的文件，以及烧毁原件的隐蔽的炉子；不知在何处，还有一些匿名的智囊团成员，他们负责协调整体工作，制定方针政策，决定过去的哪部分需要保留，哪部分需要伪造，剩下的则一律清除。

毕竟，记录司本身只是真理部的一个部门而已，而真理部的主要工作不是重建过去，而是向大洋国的公民提供报纸、电影、课本、电屏幕节目、戏剧、小说——任何能够想到的信息、教育或娱乐。从雕像到标语，从抒情诗到生物学论文，从孩子的拼写书到新话词典。真理部不仅要满足党的各种需求，还要为了无产阶级的利益再复制一整套更低层次的模式。因此，真理部另设一系列部门，负责无产阶级的文学、音乐及大众娱乐，出版一些除体育、犯罪、星象之外几乎再无其他内容的低俗小报，五分钱一本的耸人听闻的微小说，色情电影，以及用一种叫谱曲器的特制机器——以机械的方式谱出的靡靡之音。竟然还有一个单独的部门——新话称之为“色情部”——负责生产低级的色情电影，用密封包装发出，除了参与制作的党员，其他党员一律不得偷窥。

就在温斯顿工作时，又有三项指示从气力输送管传来，不过都是些简单的事务，他在两分钟仇恨会打断他工作之前就已经处理完毕。仇恨会结束后，他回到自己的小隔间，从架子上取下新话词典，把述录器推到边上，擦了擦眼镜，然后开始专心致志地做今天上午的主要工作。

温斯顿生活中最大的乐趣在于他的工作。虽然大部分都是枯燥的例行公事，但也有一些困难而复杂的工作，使你像解答数学难题一样沉浸其中——那是些精细的伪造工作，除了对英社原则的了解及对党的意图的揣测，你没有任何指南。温斯顿擅长做这类工作，有时，他甚至受命核正《泰晤士报》上全部用新话写成的头版文章。他展开那项之前放在一边的指示，上面写着：

> 泰晤士报 3.12.83 报道老大当日指示双加不好提到非人 全面重写存档前提交

用旧话（即标准英语）解释如下：

> 一九八三年十二月三日的《泰晤士报》对老大哥当日指示的报道极其不当，提到了不存在的人。全文重写，存档前先将草稿提交上级。

温斯顿通读了一遍那篇问题文章，老大哥当日的指示似乎主要为表彰一个名为 FFCC 的机构的工作，该机构为浮动堡垒上的士兵们提供香烟和其他慰问物品。有位叫威瑟斯的核心党要员被特别点名表扬并授予二等卓越勋章。

三个月后，FFCC 不知何故突然遭解散。可以推测，威瑟斯和他的同事们如今已失宠了，但这件事却未在报刊或电屏幕上报道过。这也在意料之中，因为政治犯通常不被审判，也不公开批斗。在涉及成千上万人的大清洗运动中，叛国贼和思想犯会被公审，他们在卑躬屈膝地坦白罪行后被处决，但这也是几年才能遇到一次的特别的公开示众。更普通的情况是，令党不满的人只是失踪了，从此销声匿迹，也没有人知道关于他们的一丁点儿消息，有些人可能根本没有死。在温斯顿认识的人中，不包括他的父母，可能有三十个左右的人先后失踪了。

温斯顿用回形针轻轻地刮了下鼻子。在他正对面的小隔间里，蒂洛森同志仍然神秘兮兮地对着述录器弓着腰。他抬了下头，眼镜片又闪过敌意的反光。温斯顿怀疑蒂洛森同志是否做着和他一样的工作，完全有可能，如此棘手的工作从来不会只交给一人负责。另一方面，如果把它交给一个委员会去做，就等于公开承认要进行伪造。此时，很可能有多达十余人正在竞争修改老大哥实际讲过的话。不久，就会有一位核心党的高参从中挑选一个版本，对其再编辑，然后进入复杂却必要的交叉审核程序，那则被选中的谎言就会被永久存档，并成为事实。

温斯顿不知道威瑟斯为何会失宠，也许是因为贪污或无法胜任，也许老大哥只是除掉一个太受欢迎的下属，也许威瑟斯或者他亲近的某个人被怀疑有异端倾向，或者也许——这最有可能——此事发生仅仅是因为清洗和蒸发是政府机制必不可少的一部分。唯一真正的线索在于“提到非人”，这意味着威瑟斯已经死了。并不是所有被逮捕的人都可以这样推测，有时候他们会被释放，自由生活一两年后再被处决。非常罕见的是，有些你认为早就死去的人在公审时会突然像鬼魂一样露面。他的证词会株连好几百人，然后他再次消失，这次是永久的。但威瑟斯已是个“非人”了，他不存在，也从未存在过。温斯顿决定，仅仅改变老大哥讲话的趋势是不够的，最好把讲话内容改成与原来话题毫无关联的事。

他可以把讲话变成常见的对卖国贼和思想犯的谴责，但是这样做过于明显；而去编造一次前线的胜利或者第九个三年计划超额生产的成功，又会把记录变得太复杂，需要的只是一次纯粹的异想天开。突然，他脑海里冒出一个似乎早已准备好的某位奥吉尔维同志的形象，他最近在战斗中英勇牺牲了。有时老大哥发出的每日指示是为纪念某位卑微的普通党员，他的生死被认为是别人学习的榜样。今天他应该纪念奥吉尔维同志，尽管并不存在什么奥吉尔维同志，但只要印上几行字，再放上几张伪造的照片，就能让他即刻存在。

温斯顿思考片刻，将述录器拉向自己，开始以老大哥熟悉的腔调口述。这腔调既有军人风格又有学究气息，而且，还有一个先提问再快答的套路（同志们，从这件事中我们能得到什么教训呢？教训——也是英社的一个基本原则——那……），很容易模仿。

奥吉尔维同志在三岁时什么玩具都不要，除了一面鼓、一架冲锋枪、一个直升机模型。六岁时——提前了一年，属于破格——加入侦察队，九岁时担任队长。十一岁时，他偷听到叔叔的谈话似乎有犯罪倾向，于是向思想警察告发。十七岁时，他成为青少年反性同盟的区域队长。十九岁时，他设计了一种手榴弹被和平部采用，首次试用就炸死了三十一个欧亚国战俘。二十三岁时，他在战斗中牺牲。当时他正携带重要文件在印度洋上空飞行，遭遇敌方喷气式飞机追击，他将机关枪绑在身上增加重量，然后跃出直升机，与重要文件一起沉入海底——这一结局，老大哥说，不能不令人心生羡慕。老大哥还补充了几句关于奥吉尔维同志这一生的纯洁和忠诚：他完全不沾烟酒，每天除了在健身房锻炼一小时外，没有其他娱乐活动；他立誓独身，坚信婚姻生活和照顾家庭与一天二十四小时的尽职奉公是无法兼得的。除了英社的原则，他再无谈话主题；除了击败欧亚国敌人，搜捕间谍、破坏分子、思想犯及卖国贼，他再无人生目标。

温斯顿对是否授予奥吉尔维同志卓越勋章举棋不定，最后决定放弃，因为授予必定会导致不必要的交叉审核。

他又扫了一眼坐在对面小隔间里的竞争者，似乎有什么东西明确地告诉他，蒂洛森正忙于和他同样的工作。虽然无法知道谁的版本最后会被采用，但他坚信会是他的。奥吉尔维同志一小时前还不存在，现在已成事实。你可以造出死人，却造不出活人，这让温斯顿觉得好奇。在现实中从未存在过的奥吉尔维同志，如今却存在于过去。一旦伪造行为被遗忘，他就会像查理曼大帝和凯撒大帝一样，被真实地载入史册，而且有同样的证据可以证明这一切。

第五章　食堂遇险

在地下很深的地方，有个天花板很低的食堂，等午餐的队伍在缓缓向前挪动。食堂里人满为患，人声鼎沸。炖菜的蒸汽正热腾腾地从柜台的铁栏处冒出，虽带着一股酸酸的金属味，但仍不能完全盖过胜利牌杜松子酒的气味。食堂那头有个小酒吧，其实只不过在墙上开了个洞，花一角钱就能在那儿买到一大杯杜松子酒。

“我正要找你！”温斯顿背后传来一个声音。

他转过身去，是他的朋友赛姆，在研究司工作。也许“朋友”一词用得并不恰当，如今没有朋友，只有同志，但是跟某些同志相处还是比另外一些同志更愉快些。赛姆是位语言学家、新话专家。其实，他还是目前正在编撰第十一版《新话词典》的众多专家中的一位。他是个小个子男人，比温斯顿还小，眼睛大而突出，眼神悲伤又带些嘲讽。跟你说话时，他的眼睛似乎在你脸上仔细搜寻着什么。

“我想问问你还有没有剃须刀片。”他说。

“一片也没了！”温斯顿有点儿心虚，急着说，“我到处都找了，再也找不到了。”

每个人都来问他要剃须刀片。其实，他还藏了两片没用。过去几个月，剃须刀片特别紧缺。无论何时，党营商店里总会有一些必需品供应不上。有时是纽扣，有时是毛线，有时是鞋带，目前是剃须刀片。实在想要的话，你只能偷偷摸摸地去“自由”市场弄到一些。

“我那片已经用了六个星期了。”他很不诚实地补充了一句。

队伍又往前挪了一点儿。等到停下来时，温斯顿转过身和赛姆面对面。他俩从柜台末端那堆油腻的金属托盘中各取了一个。

“你昨天去看战俘的绞刑了吗？”赛姆问。

“我那时在工作，”温斯顿有些冷淡，“我想可以从电影上看到。”

“那可差太远了。”赛姆说。

他那双嘲讽的眼睛在温斯顿脸上扫来扫去。“我了解你，”那双眼睛似乎在说，“我看穿你了，我很了解你为什么不去看战俘的绞刑。”从知识分子的角度看，赛姆的思想正统到了恶毒的程度。他会以一种令人厌恶的幸灾乐祸的满足感谈论直升机对敌方村庄进行袭击及思想犯被审讯、招供、在仁爱部的地下室里被处决。跟他谈话时，可以把他从这些话题上岔开，有可能的话，用新话的技术细节缠住他，他在这方面算是权威，也讲得有趣。温斯顿稍微侧过头去，以避开他那双黑色大眼睛的审视。

“那绞刑很不错，”赛姆回忆道，“不过，我觉得美中不足的是，他们把战俘的脚捆起来了，我就喜欢看他们蹬脚的样子。尤其最后，他们的舌头伸得很长，颜色发青——青得发亮，吸引我的是这些细节。”

“下一位，请！”那个系着白色围裙的食堂工人手持长柄勺子喊道。

温斯顿和赛姆把他们的托盘放在铁栏下面，一份定量的午餐很快盛好：一小盘红得发灰的炖菜，一大块面包，一块小奶酪，一杯不加奶的胜利牌咖啡，一片糖精。

“那边有张桌子，电屏幕下面，”温斯顿说，“我们顺便也买点儿杜松子酒吧。”

酒盛在无柄的瓷杯里。他们穿过拥挤的人群，到了食堂那边，然后把托盘放在金属桌面上。在桌子一角，有人洒了一摊炖菜，看上去像呕吐物一样脏兮兮、黏糊糊的。温斯顿拿起他的酒杯，停了一会儿，硬着头皮把那带着油味的酒咽了下去。当他眨掉眼泪后，突然发现自己饿了，于是开始一勺一勺地吞下炖菜。除了整体是糊糟糟的感觉外，炖菜里还有些软软的粉红色方块，可能是肉制品。在吃完小杯里的炖菜前，他们谁都没再说话。在离温斯顿左后方不远的桌子旁，有人正急促地说个不停，像鸭子似的喋喋不休，在一片嘈杂的人声中很是刺耳。

“词典编得怎样了？”温斯顿大声问道，想要盖过喧哗声。

“很慢，”赛姆说，“我负责形容词部分，很有意思。”一提到新话，他立刻来了精神。他把炖菜杯推到一边，用一只细长的手拿起面包，另一只手拿着奶酪，身体往桌子上倾斜，免得大喊大叫。

“第十一版是定稿，”他说，“我们正在让语言最终定型——也就是除了这种语言，人们不再使用其他形式的语言。等我们完成后，像你这样的人就得重新学一遍。我敢说，你肯定以为我们的工作是在创造新词。完全不是！我们在消灭单词——几十个、几百个地消灭，每天都在消灭，我们把语言剔得只剩下骨头。二〇五〇年前会过时的单词，第十一版里一个也不留。”

他狼吞虎咽地啃了几口面包，然后带着学究式的热情继续说着。他那张黝黑瘦削的脸庞已然神采飞扬，眼神里没了嘲讽，几乎只剩心醉神驰的模样。

“消灭单词是件很美妙的事。当然，动词和形容词里多余的词最多，不过名词里也可以去掉好几百个，不仅仅是同义词，反义词也一样。毕竟，那些只作为其他词的反义词的词还有什么理由存在下去呢？一个词本身已包含了相反的意义。譬如，‘好’这个词，如果你已经有了像‘好’这样的词，又有什么必要存在‘坏’这个词呢？‘不好’一样能用——而且还更好用，因为他是最准确的反义词，另一个却不是。再譬如，如果你需要比‘好’语气强烈的词，又何必存在一连串像‘优秀’‘精彩’这样含糊不清的词呢？‘加好’就涵盖了这个意义。如果你需要语气更强烈的词，就用‘双加好’。当然，我们已经在使用这种形式的词了，但在新话的最终版本里，不会再有别的词存在。到最后，所有好与坏的含义都可用六个词来概括——实际上只有一个词。你难道看不出其中的妙处吗，温斯顿？”他想了想还是补充道，“当然，这是老大哥最先想到的。”

听他提起老大哥，温斯顿的脸上掠过一丝乏味的热情，赛姆很快就察觉到他缺乏相应的热情。

“你还没有真正领略到新话的好处，温斯顿。”他几乎难过地说，“甚至当你在用新话写作时，仍在用旧话思考。我有时候在《泰晤士报》上读到你写的文章，它们都写得很不错，但只是翻译而已。在你心里，你还是喜欢用旧话。尽管它们含义不清、变化细微又不实用。你不懂消灭单词的好处，你难道不知道新话是世界上唯一一种词汇在逐年减少的语言吗？”

温斯顿当然不知道，但他笑了，希望是那种表示赞同的笑，因为没把握他不敢开口接话。赛姆又咬了口黑面包，嚼了几下继续说：

“你难道看不出新话的全部目的是要缩小思想范围吗？到最后，我们将会让思想罪变得根本不可能再犯，因为没有单词可以表达它。每种必要的概念都将由一个单词准确地表达出来，这个单词的意义有严格的限定，其他次要意义将被消除、遗忘。在第十一版里，我们离这个目标已经不远了，但这个过程在你我死后仍将继续进行。年复一年，词汇量越来越少，意识的范围也越来越窄。当然，即使现在，也没有什么理由或借口去犯思想罪，这是个自律与现实控制的问题。不过到最后，就连那些也用不着了。语言完美之时，便是革命完成之日。新话即英社，英社即新话。”他带着一种神秘的满足感补充道，“温斯顿，你想过没有，最迟到二〇五〇年，没有一个活着的人能听懂我们现在这番谈话？”

“除了——”温斯顿有些迟疑，欲言又止。

“除了无产者”这句话已到嘴边，却还是忍住没说，因为他不是很有把握此话在某种意义上算不算异端思想。不过，赛姆已猜到了他的心思。

“无产者不是人，”他说得很轻率，“到二〇五〇年，可能还会再早一点儿——所有旧话中真正的知识都将消失，过去所有的文学都将被摧毁。乔叟、莎士比亚、弥尔顿、拜伦——他们只存在于新话版本中，被改成了不一样的东西，实际上是被改成了和原来意义相反的东西。甚至党的文献也要改，连标语也要改。既然自由的概念已被消灭，怎么还可能有‘自由即奴役’这样的标语？整个思想都将截然不同。实际上，那时候不会再有我们现在所理解的思想了。正统意味着不去想——不必想，正统就是无意识。”

“总有一天，赛姆会被蒸发掉。”温斯顿突然想到，并对此深信不疑。他太聪明了，他看得太透彻，又说得太直白，党不喜欢像他这样的人。总有一天他会消失，命运已写在他的脸上。

温斯顿已吃完了面包和奶酪，他坐在椅子上，略微侧过身去喝他那杯咖啡。他左边的桌子旁，那个尖嗓门的男人还在没完没了地说个不停，一个像是他秘书的年轻女孩背对着温斯顿坐着，正在听他说话，好像对他所讲的一切都表示由衷地赞同。温斯顿时不时地听到这样的话“我觉得您说得太对了，我完全赞同”，这是个年轻却又透着愚蠢的女声。但另一个声音几乎没停顿，即使在她插话的时候。

温斯顿认出了那个男人，但只知道他在小说司里担任要职。他三十岁左右，喉结突出，一张大嘴能说会道。他的头微微向后仰，因为他坐的角度关系，他的眼镜片有些反光，温斯顿只能看到两片空白的圆盘，而看不到眼睛。让人觉得有些可怕的是，从他嘴里滔滔不绝流出来的词，几乎一个也分辨不出。只有一次，温斯顿听到一个短语——完全彻底消灭戈德斯坦主义——这话迸得飞快，像铸成一行的铅字，浑然一体。其余的只不过是些吱吱嘎嘎的噪音。尽管你无法听清他在说什么，但也能猜出个大概。他可能在谴责戈德斯坦，要求对思想犯及破坏分子采取更严厉的措施，可能在斥责欧亚国军队的暴行，可能在歌颂老大哥或马拉巴尔前线的英雄——这些都一样。无论说了什么，你能肯定的是每一个字都绝对正统，绝对英社。

当温斯顿看到那张没有眼睛的脸上只有下巴在飞快地一张一翕时，他有一种异样的感觉，这个人不像是个真正的人，而是个傀儡。不是他的大脑，而是他的喉头在控制着声音。从他嘴里冒出来的东西虽然也由单词组成，但不是真正意义上的话语，那只是无意识状态下发出的如同鸭叫的噪音。

赛姆沉默了一会儿，他用勺子柄在自己的炖菜里画着图案。尽管周围一片喧嚣，从那张桌子上传来的急促的鸭叫声仍然清晰可闻。

“新话里有个词，”赛姆说，“不知道你是否听说过，叫鸭话，就是说话像鸭子嘎嘎叫。它属于那种很有意思的词，有两个相反的含义。用在你反对的人身上，就是骂人；用在你赞同的人身上，那就是表扬了。”

“毫无疑问，赛姆将会被蒸发掉。”温斯顿又冒出这个念头，想来不由得感到一阵悲哀。尽管他清楚赛姆瞧不起他，不是很喜欢他，如果能找到什么证据，也完全有可能把他当思想犯揭发。

赛姆身上隐约有些不太对劲的地方，他缺少一些东西：谨慎、超脱、守愚唯藏拙。你不能说他不正统，他深信英社原则，崇拜老大哥，对胜利欢欣鼓舞，对异端痛恨入骨。他不仅真心实意，而且有股不可遏制的热情，对最新消息也颇为灵通，这些都是普通党员无法做到的。但他还是给人一种不太可靠的感觉，他会说一些不该说的话，读的书太多，还经常光顾栗树咖啡馆，那是画家和音乐家出没的场所，尽管没有法律，甚至连不成文的规定也没有禁止你常去那儿，但不知为何，它却成了不祥之地。那些声名狼藉的党的前领导人在被清洗之前经常在那里出没。据说戈德斯坦也曾在那里露面，不过那是几年甚至几十年前的事了。赛姆的命运不难预料，但可以肯定的是，如果赛姆掌握了他温斯顿的隐秘想法，哪怕只有三秒钟，也会马上向思想警察告发。虽然任何人知道了都会这样做，但赛姆肯定是最积极的。光有热情还不够。正统思想就是无意识。

赛姆抬起头："帕森斯来了。"

他话里有话，似乎在说：那个可恶的蠢货。帕森斯就是和温斯顿同住胜利大厦的邻居。果然他穿过食堂走过来了。他胖乎乎的，中等身材，头发浅黄，脸长得像青蛙。今年三十五岁，脖子和腰上已堆起一圈圈肥肉，但动作却敏捷得像个小伙子。他的外表看起来像那种过早发育的小男孩儿，尽管他穿的是工作服，可你总觉得他穿的是少年侦察队的蓝短裤、灰衬衣和红领巾。一想起他你的脑海里便会浮现出这样的画面：胖鼓鼓的膝盖和撸起袖管就能看到的粗短浑圆的胳膊。的确，如果参加像集体远足或其他类似的活动，只要给他一个穿短裤的理由，他都会无一例外地穿上。

他兴高采烈地说着"哈罗，哈罗"，和他俩打招呼，然后就在这张桌子旁坐了下来，他的身上散发出一股浓烈的汗臭味。他粉红色的脸上布满汗珠，他出汗的本领令人吃惊。在社区活动中心，你只要看到潮湿的乒乓球拍手柄，就知道他刚才在这儿打球。赛姆掏出一张纸条，上面有一长列单词，他用手指夹着一支墨水笔正在琢磨。

“你瞧他午饭时间还在用功呢，”帕森斯用胳膊肘顶了下温斯顿，“工作狂，呃？你在干吗呢，伙计？估计对我来说有点儿太烧脑了。史密斯，伙计，告诉你我为啥要追着你，因为你忘记捐款了。”

“什么捐款？”温斯顿一边问一边下意识地去掏钱。每个人大约有四分之一的工资得用于主动捐款，名目繁多，很难记得清楚。

“为仇恨周。你知道的——每家每户都要捐的。我是我们区的出纳，我们可是要全力以赴——大张声势地表现一番。我告诉你，要是胜利大厦的旗帜数量不是整条街上最多的，那可不是我的错。你答应过捐两块钱的。”

温斯顿找出两张皱巴巴、脏兮兮的纸币递给他，帕森斯用那种文盲般整齐的字体记录到一个小笔记本上。

“还有，伙计，”他说，“我听说我家那个小家伙昨天用弹弓打了你，我好好地修理了他一顿。真的，我告诉过他如果再那么干，我就没收他的弹弓。”

“我想他是因为看不成绞刑有点儿不开心。”温斯顿说。

“哎，对了——这正是我想说的，说明他们思想正统，不是吗？他们俩虽然都很淘气，但提到热情可真没话说！他们整天想的就是侦察队，当然还有打仗。你知道我的小女儿上周六去伯克汉姆斯坦德远足时做了什么吗？她居然带了另外两个女孩儿偷偷离开队伍，花了整整一下午去跟踪一个陌生人。她们尾随了他两小时，穿过整片树林，一直到阿默夏姆，才把那人交给巡逻队。”

“她们为啥要这么干？”温斯顿多少有点儿吃惊。帕森斯则得意扬扬地继续道：

“我的孩子认准他是某类敌方特务——比如说可能是跳伞空降下来的。但是关键在这儿，伙计，你知道是什么东西第一时间引起她的注意吗？她发现他穿了双古怪的鞋子——从没见过任何人穿过这样的鞋子，所以有可能是个外国人。一个七岁的孩子，怪聪明的，是吧？”

“那人后来怎样了？”温斯顿问。

“哦，那我当然说不上来。不过，我一点儿也不会吃惊，如果——”帕森斯做了个步枪瞄准的姿势，嘴里还发出开枪时的咔嗒声。

“好。”赛姆敷衍道，他仍然头也不抬地盯着那张纸条。

“当然，我们不能冒险。”温斯顿只好老老实实地附和道。

“我的意思是，现在还在打仗。”帕森斯说。

好像是为了证实这一点，他们头顶的电屏幕传来了一阵小号声。但这次不是要宣布一次军事胜利，而仅仅是富部的一则通告。

“同志们！”一个热情洋溢的青春的声音大声喊道，“注意，同志们！我们有好消息要宣布！我们赢得了生产战线的胜利！刚刚完成的针对各类消费品产量的统计表明，在过去一年里，生活水平提高了百分之二十以上。今天上午，大洋国各地举行了势不可挡的自发游行庆祝活动，工人们走出工厂、办公室，高举旗帜涌上街头，感谢老大哥的英明领导赐予我们的幸福新生活。以下是统计完成的部分数字，食品类——”

“我们的幸福新生活”这几个词最近反复出现，这是富部最爱用的流行语。帕森斯被小号声吸引过去，他坐在那里听着，时而一本正经但目光空洞，时而又是一副受熏陶时颇感乏味的表情。他听不懂数字，但他明白在某种意义上，那些数字应该是令人满意的。他早已掏出一只肮脏的大烟斗，里面装了一半烧焦的烟丝——烟草的定量是每周一百克，不太可能将烟斗装满。

温斯顿此时正在吸一根胜利牌香烟，他小心翼翼地平捏在手上。新的定量要明天才到，而他只剩下四根烟了。此刻，他不再理会远处的喧闹，专心倾听电屏幕里发出的声音。似乎提到有人上街游行，感谢老大哥将巧克力的定量提高到每周二十克。他想：不是昨天才宣布定量降至每周二十克的吗？才过去短短二十四小时，难道他们又相信了？没错，他们又相信了。帕森斯凭他那股牲口般的愚蠢劲儿很容易轻信；旁边桌子那个“没眼睛”的家伙也狂热地相信了，而且还满腔怒火地要把那些认为上星期定量是三十克的人追查、揭发，直至将他们全部蒸发；赛姆，也信了，通过某种涉及双重思想的更复杂的方式。那么，拥有记忆的就他一个人？

电屏幕里不断涌现出神话般的数字。同去年相比，有了更多食物、更多衣服、更多房屋、更多家具、更多饭锅、更多燃料、更多轮船、更多直升机、更多书籍、更多婴儿——一切都变得更多了，除了疾病、犯罪和疯子。每年每月，每分每秒，所有的人，所有的物，都在嗖嗖地往上飙升。

像赛姆刚才那样，温斯顿也拿起勺子在沿着桌面流淌的那摊苍白的肉汁里随意划拨，把原来的一长条痕迹画成了一个图案。他愤愤不平地沉思着物质生活的方方面面，难道一直都是这样吗？难道食物就是这个味道吗？他环顾食堂，这是一间天花板低矮、人头攒动的屋子，墙壁由于被数不清的人蹭过而肮脏不堪；破破烂烂的金属桌椅，挨挨挤挤地摆着，一坐下就会碰到别人的胳膊肘；弯柄的勺子，变形的托盘，粗糙的白杯子；所有的东西都油乎乎的，每一道裂缝都积满污垢；到处弥漫着那股劣质酒、劣质咖啡、金属味炖菜及脏衣服混合而成的酸臭气味。你的肠胃，你的皮肤有一种抗议，感觉你被骗走了本该有权享用的东西。

的确，他不记得任何东西有过什么不同。从他能清晰记忆起，吃的东西总是不够，袜子或内衣总是布满洞眼，家具总是破得要散架，房间暖气总是供应不足，地铁总是拥挤不堪，房子总是歪歪斜斜，面包总是发硬发黑，茶叶总是稀罕之物，咖啡总有股泔水味，香烟总是供不应求——除了合成的杜松子酒以外，没有什么是便宜又充足的。虽然这样的情况必然会随着你年老体衰而越发恶劣，但是，如果你因为艰难的时日、污秽的环境、匮乏的物资、无尽的严寒、破烂的袜子、停开的电梯、刺骨的冷水、粗糙的肥皂、掉丝的香烟、变味的食物而心生厌倦，这岂不说明，这些并非事物的自然规律吗？为什么非得有一种古老的记忆提醒你说从前的事物并非如此，你才会觉得现在这些是无法忍受的呢？

他再次环顾食堂。几乎每个人都长得很丑，即使不穿蓝色的制服，也还是丑陋不堪的。屋子那头的一张桌子旁，有个身材矮小、长相怪异如同甲壳虫的男人，正独自坐在那里喝咖啡，他的一双小眼睛充满怀疑地东张西望。温斯顿心想，若不是环视四周，你真的很容易相信党为大洋国所树立的完美体格——高大魁梧的青年，胸脯丰满的姑娘，金色的头发，健康的肤色，朝气蓬勃，无忧无虑——不仅存在，甚至占了多数。实际上，如他所见，第一空域的大部分居民都身形矮小，皮肤发黑，样貌丑陋。很难理解为何各部门繁殖的都是些甲壳虫类型的人：又矮又胖，提前发福，四肢短小，行色匆匆，胖脸上挂着深不可测的表情，还有一双极细小的眼睛。在党的统治下，这类人似乎最能茁壮成长。

富部的公告结束时又响起一阵小号声，然后放了一段尖细的音乐。帕森斯由于受到数字的刺激，升起一股莫名的热情，从嘴里取下了烟斗。

“富部今年干得可真不错，”他边说边会意地点点头，“顺便问下，史密斯老伙计，我猜你也没有多余的剃须刀片能借我用了吧？”

“一片都没有，”温斯顿说，“我那片已经用了六个星期了。”

“哦，好吧——我只是问问而已，老伙计。”

“抱歉。”温斯顿回复道。

邻桌的鸭叫声在刚才富部播报通告时暂停了一会儿，这时又响了起来，跟之前一样吵闹。不知何故温斯顿突然想起帕森斯太太，想起她那稀疏的头发和嵌在皱纹里的灰尘。用不了两年，她的孩子就会向思想警察告发她，她就会被蒸发掉。赛姆也会被蒸发掉，奥布赖恩同样会被蒸发掉。另一方面，帕森斯却永远不会，那个不停鸭叫的无眼假人也不会，那些敏捷穿梭在各部门迷宫般的走廊里的小甲壳虫们更不会。而那个在小说司工作的黑发姑娘也永远不会被蒸发掉。他似乎本能地知道谁能生存，谁会消失，但究竟怎样才能生存，他也说不清。

这时，他猛地从沉思中惊醒过来。邻桌的姑娘正在侧身看他，就是那个黑发姑娘。虽然只是斜眼看他，但眼神好奇而专注，一遇见温斯顿的目光，便又转移了视线。

温斯顿吓得脊背上渗出了冷汗。一种极度的恐慌涌上心头，又转瞬即逝，但不安的感觉驱之不散。她为什么盯着他？为什么跟踪他？遗憾的是，他不记得他来这里时她是已经坐在那张桌子旁了，还是后来才到的。但不管怎样，在昨天的两分钟仇恨会上她就坐在他正后方，这完全没必要。很有可能她真正的意图是想要窃听他叫喊得是否足够起劲。

之前的想法又在他脑海里重现：也许她不是真正的思想警察，但确切地说，业余警察才是最危险的。他不知道她看了他多久，也许长达五分钟，很可能他的表情没能很好地控制住。在任何公共场合或在电屏幕的监控范围内，任思绪游走是极度危险的。最细微的事情都有可能出卖你：神经性痉挛、无意识的焦虑表情、自言自语的习惯——任何反常的迹象或试图掩饰的小细节。但无论如何，脸上流露出不当的表情（例如，听到胜利消息后半信半疑）本身就是一桩该受惩罚的罪行，新话里甚至有个词，称之为“脸罪”。

黑发姑娘又转过身去，背对着他。也许她可能并不是真的在跟踪他，只是碰巧连续两天都和他坐得那么近。他的香烟已经熄灭，他小心翼翼地把它放在桌角。如果烟丝能够不掉出来，他下班后还可以再吸。邻桌的男人很可能是思想警察的密探，温斯顿很可能会在三天之内被关进仁爱部的牢房，但烟头还是不能浪费，赛姆已把那张纸条折起来放进口袋，帕森斯又开始说话了。

“我有没有跟你说过，老伙计，”他嘴里叼着烟斗咯咯地笑着问道，“就是上次我的两个小家伙点火烧了市场里那个老女人的裙子，因为他们看到她用印着老大哥的海报裹香肠？他们偷偷溜到她身后，用一整盒火柴把她的裙子点着了。我猜可把她烧惨了。那俩小家伙啊，是吧？真够积极的！他们如今在少年侦察队接受的可是一流的训练——比我那时候还要好。你猜他们最近发了什么装备？插在锁眼里的助听器。那天晚上我小女儿就带回来一个，插在我们客厅门上试过，估计听到的声音比用耳朵贴在锁眼上的要大一倍。当然，我得说，这仅仅是个玩具。不过，能培养他们正统的思想，不是吗？”

这时，电屏幕上发出一阵刺耳的哨声，是该回去上班的信号。他们仨一跃而起，跟着争先恐后的人群去挤电梯，温斯顿那支香烟里剩余的烟丝全掉了出来。

第六章　偷欢无罪

温斯顿在日记中这样写道：

> 那是三年前的事了。一个漆黑的夜晚，在一个大火车站附近的一条狭窄小巷里，她在墙边倚门而立，灯光若有若无。她年轻的脸蛋上涂着厚厚的脂粉，而吸引我的正是那脂粉，白得如同面具，还有那鲜艳的红唇——党内女人从不涂脂抹粉。街上别无他人，也没有电屏幕。她说两块钱。我——

一时间，他觉得实在难以继续。他闭上眼睛用手指按压眼球，试图挤出那不断浮现的画面。他有种遏制不住的冲动，想要歇斯底里地破口大骂，要不就是拿脑袋撞墙，一脚踢翻桌子，或者把墨水瓶扔出窗外——任何暴力的、吵闹的，或者引起疼痛的事情他都愿意干，只要能让他忘却那段折磨他的记忆。

他心想："你最大的敌人就是你自己的神经系统，你内心的紧张随时会通过明显的表象向外传递。"他想起几个星期以前在街上碰到的一个男人，那人其貌不扬，是个党员，年龄在三十五到四十之间，瘦高个，拎个公文包。他俩相距几米远的时候，那男人的左脸突然抽搐了一下。当他俩擦肩而过时又是一下，仅仅是因为痉挛而颤抖了一下，如同相机快门咔嚓一样迅速，显然是出于习惯。他还记得自己当时的想法：那个可怜的家伙完了！令人恐惧的是，这个动作可能是无意识的。而最致命的危险就是说梦话，在他看来，这简直防不胜防。

他吸一口气，继续往下写：

> 我跟着她进了门，穿过后院来到一间地下室的厨房。靠墙有张床，桌上有盏灯，调得极幽暗。她——

他咬紧牙关，忍不住想要呕吐。跟随这个女人走进地下厨房的同时，他想起了凯瑟琳，他的妻子。温斯顿属于已婚——至少，是结过婚的，也许仍是已婚。据他所知，他的妻子并没有死。他好像又闻到了地下厨房那股沉闷的气味，一种混杂着臭虫、脏衣服、龌龊的廉价香水的气味，但仍然十分诱人，因为党内女人从来不用香水，也无法想象她们会用，只有无产者才用香水。在他看来，香水味和私通总是密不可分地交融一体。

他跟着这个女人进屋，这是他大约两年来第一次堕落。嫖娼当然是明令禁止的，不过像这样的规定，偶尔还是可以鼓起勇气去违反的。这事危险，但也并非生死攸关。嫖妓被抓，可能意味着五年的劳改处罚，只要不犯其他罪，也不会再多判了。做这事也很容易，只要不被抓个现行。贫民区里多的是愿意出卖肉体的女人，有的甚至用一瓶杜松子酒的价钱就能搞定，无产者是不允许喝这种酒的。党甚至心照不宣地鼓励卖淫，如此，未能完全被压制的本能才有了宣泄的出口。只要是偷偷摸摸地，无甚乐趣，而且只和卑微低贱的下层女人发生关系，一时放荡并无大碍。若发生在党员之间，这便是不可饶恕的罪行。但是——尽管每次大清洗时被告都无一例外地承认犯了此罪——还是很难想象真有其事。

党的目的不仅仅是为了防止男女之间结成它难以控制的忠诚盟约，党真正的从未言明的目的是要消除性行为的全部乐趣。与其说爱情，不如说性欲才是敌人，无论婚内婚外。

所有党员之间的婚姻必须由某个专门为此设立的委员会批准，而且——虽然指导原则从未明确公布——但如果这两人给人的感觉是他们在肉体上彼此吸引，那他们的申请一定会被驳回。婚姻唯一被认可的目的就是生下为党服务的后代。性行为被看作一种有点儿恶心的小手术，像灌肠一样。同样，这也从未明确提到过，但每个党员从孩提时代起就被间接灌输这种观念。甚至还有青少年反性联盟这种组织存在，鼓吹男女两性完全禁欲，所有的孩子都可通过人工授精得来（新话称“人授”），然后由公共机构抚养。温斯顿也明白这些并不能完全相信，但不管怎样，这与党的主要意识形态一致。党正在试图扼杀人类的性本能，如果不能扼杀，那就扭曲它，丑化它。他不知道党为什么要这样做，但看起来党这样做是很自然的事。就女人们而言，党的努力是相当成功的。

他又想起了凯瑟琳。他们分居已有九年，十年——快十一年了吧。奇怪的是他很少想到她，他会一连好几天忘记自己曾结过婚。他们在一起也不过十五个月左右。党不允许离婚，但如果没有子女，会鼓励分居。

凯瑟琳身材高挑挺拔，头发淡黄，举止得体。她的脸轮廓分明，像鹰一样。如果你没发现这张脸背后几乎空洞无物，可能还会认为这是一张高贵的脸。在他们婚后不久，他就认定了——虽然这可能仅仅是因为他对凯瑟琳的了解比对其他人的了解更多些——在他遇到的所有人中，毫无疑问她是最愚蠢、最庸俗、最空虚的。她的头脑里除了口号，别无想法。只要是党灌输给她的蠢话，无论多么荒谬，她都会轻信。他在心里给她起了个外号，叫“人体录音机”。原本他还是可以容忍和她一起生活的，如果不是为了那件事——性。

每次只要他一碰她，她就往后退，而且全身紧绷，抱着她如同抱着一个有关节的木头人。奇怪的是，即使在她紧紧拥住他的时候，她全身紧绷僵硬的肌肉还是让他觉得她同时在用尽全力推开他。她会紧闭双眼躺在那儿，既不抗拒，也不配合，算是服从，怎一个尴尬了得！然后就使人厌恶了。即便如此，如果双方都同意禁欲，他也能忍受和她一起生活。但难以理解的是，凯瑟琳竟然严词拒绝。她说，只要有可能，就必须生出一个孩子来。于是，每周一次的表演便会如期上演，除非是不可能怀孕的那段时期。她甚至常常早上就提醒他，把它视为当晚必须完成、绝不能忘记的一件事。她给这事起了两个名字，一个是“制造孩子”，另一个是“我们对党的义务”（没错，她真的用过那词）。不久，当指定的日期一临近，他就心生恐惧。幸亏他们没制造出孩子，最后她同意放弃尝试，很快他们就分居了。

温斯顿无声地叹了口气，再次提起笔来写道：

她一下就倒在床上，没有任何预备动作，立即以你能想象到的最粗鄙、最可怕的方式撩起裙子。我——

他看到自己站在昏暗的灯光下，鼻孔里闻到的是臭虫和廉价香水的气味，心里有种挫败和愤恨的感觉，即使在这种时候，他还是会想起凯瑟琳白皙的胴体，那具已然被党的催眠术永久冰封的躯体。为什么总得如此？为什么他不能拥有自己的女人，却要每隔一两年就去干这种龌龊的勾当？但真正的恋爱似乎是难以想象的事。

党内女人都一样，清心寡欲就如同对党的忠诚一般根深蒂固。通过早期周密的训练，通过比赛与冷水浴，通过在学校、侦察队和青年团里没完没了地向她们灌输垃圾思想，通过演讲、游行、歌曲、口号和军乐，她们的天性已被彻底扼杀。他的理智告诉他，肯定会有例外，然而他的内心却不相信。正如党所期望的那样，她们一个个坚不可摧。与其说他希望被人爱，不如说他更想摧毁贞洁这堵墙，纵然一生只有一次。性行为，若是欢愉，便是造反。欲望就是思想罪。即便是唤醒凯瑟琳的欲望，倘若他真能做到，也相当于诱奸，尽管她是他的妻子。

但剩下的故事还得写下来。他写道：

我拧亮了灯，当我在灯光下看到她时——

在黑暗中待久了，微弱的煤油灯光似乎也变得格外明亮。他第一次看清那个女人的样子。他向她靠近一步，又停了下来，内心充满了欲望和恐惧。他痛苦地意识到来这种地方的危险性，他刚出大门就完全有可能被巡逻队抓走，也许此时他们已经在门外等着了。但是如果没有达到目的就走——

这还是得写下来，一定要坦白交代。灯光下，他突然看清那个女人已上了年纪，脸上涂得厚厚的白粉像是快要裂开的纸板面具。头上有绺绺白发，但真正恐怖的是，她的嘴唇微微张开，除了一个幽深的黑洞别无他物，她的牙齿全掉光了。

他用潦草的笔迹匆忙写道：

我在灯光下看清楚了，她是个很老的女人，至少五十开外。可我还是上前，干了那件事。

他又伸出手指按压眼皮。他终于把它写下来了，但感觉和写之前没什么两样，这个疗法并不奏效，那种想扯开嗓子破口大骂的冲动仍和以前一样强烈。

第七章　希望就在无产者身上

❖

温斯顿写道：

“如果有希望，希望就在无产者身上。”

如果有希望，它一定在无产者身上，因为只有在那些被漠视的人群身上，占大洋国百分之八十五的人口当中，才有可能产生摧毁党的力量。党无法从内部被推翻，其敌人，如果有敌人的话，也无法走到一起，甚至连相互确认也难。即使传说中的兄弟会真的存在，其成员也只可能三三两两地碰头，断然不会大规模聚集。造反不过是一个眼神，说话腔调的一丝变化，至多也就是偶尔的一点传闻罢了。然而无产者，如果他们能意识到自身的力量，无需密谋，只需奋起，像马儿抖落苍蝇一样抖动自己的身体。只要他们愿意，他们明天早上就能把党击得粉碎。可以肯定的是，他们早晚会想到要这样做的，不是吗？但是——！

他想起有一次，他正在一条拥挤的街道上走着，突然前面人声鼎沸，几百个女人的声音，从前面不远处的一条小巷里传来。那是一种可怕中夹杂着愤怒和绝望的声音，“嗬——嗬——嗬——嗬——嗬！”

低沉、铿锵，如洪钟声久久回响。他的心不由得怦怦直跳。“开始了！”他想，“暴乱！无产者终于挣脱了藩篱！”

当赶到事发地点时，他看到两三百女人正围在街市的货摊前。她们神色凄惨，仿佛是一条沉船上在劫难逃的乘客。就在此时，普遍的绝望变成七嘴八舌的争吵。好像是某个摊位在卖锡制炖锅，虽然是那种一碰就碎的劣质货，但不管什么样的锅一直都是供不应求，而此时竟出乎意料地停止出货。成功买到锅的女人在人群的推搡拥挤中想要杀出重围，而更多买不到锅的女人正围着摊位吵闹，斥责摊主出货不公，囤货不卖。接着，又响起一阵叫嚷声。两个身材臃肿的女人，其中一个还披头散发——她们正在争夺同一口锅，使劲想从对方手中抢过来。就这样你争我夺了一会儿，结果把锅柄给扯断了。温斯顿看着她们，心生厌恶。但是，就在刚才那一瞬间，仅仅数百人的吼声听上去已十分骇人！可她们为什么不在重要的事情上也这般怒吼呢？

他写道：

除非他们觉醒，否则永不反抗；除非他们反抗，否则永不觉醒。

他想：那句话几乎是从党的教科书上照搬来的。当然，党声称已把无产者从奴役中解放出来了。革命前，他们被资本家残酷压迫，忍饥挨饿，挨打受罚。女人也被迫下煤矿做苦力（事实上，现在仍然如此），儿童到六岁就被卖进工厂。但同时，遵循双重思想原则，党又教导说无产者天生低人一等，必须使用一些简单的规则置他们于从属的地位，就像牲口一样。

其实，对于无产者人们知之甚少，也不必了解太多。只要他们不停地劳作、繁衍，其他行为都无关紧要。任他们自生自灭，就像阿根廷平原上放养的牛群，他们似乎遵循着返璞归真、从祖先流传下来的生活方式。他们在贫民窟出生、长大，十二岁出去做工，而后度过一段情窦初开、美好却短暂的青春期，二十岁结婚，三十岁已到中年，大多数人活到六十岁就死去了。为养家糊口而进行的繁重的体力劳动，为一点儿鸡毛蒜皮的小事与邻居争吵，电影、足球、啤酒，尤其是赌博，这就是他们全部的世界。

要控制他们并非难事，总有一些思想警察的特务在他们中间出没，散布谣言，盯紧少数几个有危险倾向的可疑分子，将他们消灭。但是没有人尝试向无产者灌输党的意识形态，无产者并不需要强烈的政治意识，要求他们拥有的只是最原始的爱国初心，在需要他们延长工作时间、减少定量供应时可以随时被唤起。甚至在他们觉得不满时——有时候他们的确如此——也不会造成什么后果。由于缺乏全局观念，他们只关注细枝末节上的不满，那些罪大恶极之事，他们却总是视而不见。绝大多数无产者家里连电屏幕也没有，甚至民警都很少干涉他们的事。

伦敦犯罪活动猖獗，是一个充斥着小偷、强盗、妓女、毒贩和各色骗子的国中之国。但是因为这一切都发生在无产者身上，因而无关紧要。在所有涉及道德的问题上，党允许他们按祖先的老规矩办事。党并未把两性关系上的清教主义（清心寡欲的两性关系）强加给他们，放荡免受惩罚，离婚得到许可。更有甚者，若无产者表露出对宗教信仰的需求或愿望，也是被允许的。他们不配被怀疑，正如党的标语所示："无产者和动物是自由的。"

温斯顿小心翼翼地伸出手挠着静脉曲张溃疡的地方，那里又痒起来了。有件事总是挥之不去，那就是你无法得知革命前的生活究竟是怎样的。他从抽屉里拿出一本儿童历史教科书，从帕森斯太太那儿借来的，他把其中一段抄在日记本上：

在过去（课本上这样写），伟大的革命之前，伦敦并非是我们今日所知的美丽城市，而是个黑暗、肮脏、悲惨的地方。极少有人能填饱肚子，成千上万的穷人足无完履、顶无片瓦。年龄尚不及你们的孩子们一天得为凶残的老板工作十二小时，如果动作迟缓就会被老板用皮鞭毒打，他们只能靠发霉的面包皮和水来果腹。

然而在这样的满目赤贫之下，却有富人住在富丽堂皇的豪宅里，有多达三十个仆人服侍他们，这些富人被称为资本家。他们肥胖丑陋、凶神恶煞，如下页插图所画。你可以看到他们身穿被称为长礼服的黑色长大衣，头戴被称为高顶礼帽的古怪发亮、形似烟囱的高帽子：这是资本家的制服，其他任何人都不得穿戴。

资本家拥有世界上的一切，其他所有人都是他们的奴隶。他们拥有一切土地、一切房屋、一切工厂，以及一切金钱。任何不服从他们的人都会被扔进监狱，或者被剥夺工作而活活饿死。普通人要想同资本家说话，必须得恭恭敬敬地鞠躬作揖，摘下自己的帽子，尊称一声“老爷”。全体资本家的头脑被称为国王，而且——

但剩下的内容他都知道。接下来，将会提到身披细麻长衣的主教，穿着貂皮袍子的法官，手铐脚镣，踏车酷刑，九尾鞭笞，市长大人的宴会，亲吻教皇脚尖的规矩等。还有就是在拉丁文里被称为“初夜权”的东西，这大概不会在儿童教科书中出现。这是一条法律，规定资本家有权同他工厂中的任何女工睡觉。

你如何判断这其中有多少是谎言呢？如今普通人的生活水平比革

命前提高了，这也许属实。唯一相反的证据，是来自你骨子里的无声抗议。有种本能的直觉告诉你，现在的生活状况令人无法忍受，而之前的情况一定会有所不同。他突然想到，现代生活真正典型的问题并不在于它的冷酷无情和毫无保障，而是它的空洞乏味、暗淡无光、萎靡不振。

看看现实的生活吧，不仅和电屏幕里滔滔不绝的谎言毫无相似之处，和党想要达到的理想境界也相差甚远。生活中的许多方面，即使对党员而言，也是中性的、非政治性的。无非是干着一份辛苦乏味的工作，在地铁上抢一个座位，补一双破袜子，蹭一块糖精片，节省一个香烟头。党所树立的理想却是一种巨大、可怕、使人目眩的东西：一个充斥着庞大机器和骇人武器的钢筋水泥世界；个个都是勇猛的战士和狂热的信徒，步伐完全一致，思想绝对统一，口号如出一辙，永远在工作、战斗、打胜仗、迫害别人——三亿人的面孔一致无二。可现实却是城市肮脏破败，人们面黄肌瘦，拖着破旧的鞋子四处奔波，住在十九世纪东修西补的老房子里，那儿总是散发出一股烂白菜和破厕所的恶臭味。

他似乎看到了伦敦的景象，空旷破败，垃圾桶成千上万。与这一景象混合的是帕森斯太太的形象，这个满脸皱纹、头发稀疏的女人正在束手无策地摆弄一条堵塞的下水管。

他又伸出手挠了挠脚踝，电屏幕夜以继日地往你耳朵里猛塞统计数字，以证明今天的人们有更多的食物、更多的衣物、更好的房屋、更好的娱乐——因此比五十年前的人们更长寿、更健康、更强壮、更快乐、更聪明、受教育程度更高，而这其中没有一个词是能够被证实或反驳的。例如，党声称如今有百分之四十的成年无产者识字，而据说革命前只有百分之十五；党又声称如今的婴儿死亡率只有千分之一百六十，而革命前为千分之三百——诸如此类，不胜枚举。就好比一个等式含有两个未知数。很有可能历史书上的每一个字，甚至人们深信不疑的事情，全都是虚构的。据他所知，也许从来就没有过“初夜权”这样的法律，也没有资本家这样的人和高顶礼帽这样的服饰。

一切都隐没在迷雾之中。过去已被清除，而清除这一行为又被遗忘，谎言变成了真相。他有生以来唯一一次掌握了——是在那件事发生之后，这一点尤为重要——确凿无疑的伪造历史的证据。他曾将它握在手中长达三十秒钟。那一定是在一九七三年，那时候——反正总是在他和凯瑟琳分居以后，不过真正与之相关的日子比这还早七八年。

这件事其实始于六十年代中期，也就是将革命元老彻底消灭的大清洗时期。到了一九七〇年，除了老大哥自己，其他人一个不剩，全被当作叛国贼和反革命分子。戈德斯坦逃走了，从此销声匿迹，不知所踪。至于其他人，有几个只是失踪了，而大多数人在声势浩大的公开审判中供认罪行后遭到处决，最后只剩三个幸存者，他们是琼斯、阿伦森和卢瑟福，他们被捕的时间大约是在一九六五年。正如经常发生的那样，他们消失了一年，也许更久，生死不明，但之后又突然被带了出来，按照惯例供认罪行。他们供认曾经通敌（当时的敌国也是欧亚国），盗用公款，谋杀党的负责人，早在革命开始之前就已阴谋反对老大哥的领导，从事破坏活动导致数十万人死亡。供认完这些罪行后，他们获得赦免并恢复党内地位，还被安排了一些听起来重要的挂名职务。他们三人都在《泰晤士报》上写过冗长的悔过书，剖析自己背叛的根源，并保证已改过自新。

在他们获释后，温斯顿的确曾在栗树咖啡馆见过他们。他还记得当时用眼角余光偷偷打量他们时那种既惊又怕的心情。他们都比他年长，是旧世界的遗老，几乎是党早期峥嵘岁月留下来的最后几个大人物，他们身上依稀有地下斗争和内战时期遗留的风采。虽然当时的事实与日期已然模糊，不过他有种感觉，他早就知道他们的名字了，比知道老大哥还要早几年。但他们终究是反叛者、敌人、不可接触的人，注定要在一两年内彻底消失。凡是落在思想警察手里的人，最后都难逃厄运，他们无非是等着被送进坟墓的行尸走肉罢了。

靠近他们的桌子都没人坐，被人发现出现在这样的人身旁是不明智的。他们坐在那里默默无言，面前放着几杯丁香味的杜松子酒，那是这家咖啡馆的特色酒。

这三个人中，卢瑟福的外貌给温斯顿留下的印象最深刻。他曾是名噪一时的讽刺漫画家，他那一针见血的漫画风格曾在革命前和革命中助力推动民众舆论。即便是现在，他的漫画偶尔还会在《泰晤士报》上发表，不过都是对他早期风格的拙劣模仿，毫无活力，也缺乏说服力，让人难以置信。主题也总是老调重弹——贫民窟的住户，饥饿的孩子，街头巷战，戴高顶礼帽的资本家——甚至在街头防御工事中，资本家们仍戴着高顶礼帽，一种想重回过去却徒劳无望、无休无止的尝试。他身材高大，一头浓密油腻的花白头发，满脸皱纹，肌肉松弛，嘴唇厚得像黑人似的。他的身体曾经一定健硕无比，但此刻他庞大的身躯却松松垮垮，歪歪斜斜，鼓鼓囊囊，仿佛随时会向四面八方散架。他好像一座摇摇欲坠的大山，眼看就要在别人眼前崩塌。

那是下午三点，冷冷清清。温斯顿此时已想不起来他怎么会在那样的时间去咖啡馆。那地方几乎没什么人，电屏幕里传来轻微的音乐，这三个人坐在角落里几乎一动不动，一言不发。服务员主动为他们端来杜松子酒。他们旁边桌上有个棋盘，棋子已摆好却没人下。然后，可能总共才过了半分钟，电屏幕发生了变化。播放的曲子突然改变，调子也变了，变得难以形容。这是一种古怪、粗哑、嘶叫、嘲讽的调子，温斯顿在心里称之为预警调。接着，电屏幕里传来一阵歌声：

在栗树绿荫下，
我出卖了你，你出卖了我。
我们躺在这儿，他们躺在那儿，
在栗树绿荫下。

这三人仍纹丝不动。温斯顿又瞥了一眼卢瑟福那张已被毁掉的脸，发现他眼里噙满泪水。这时他第一次注意到，阿伦森和卢瑟福的鼻梁都是断裂的，他心中不由得一阵战栗，却不知这战栗因何而起。

此后不久，这三人再次被捕。据说上次获释后，他们立即开始了新的阴谋。在第二次审判中，他们除了再次供认原有的罪行，又坦白了一连串新的罪行。这次，他们被处决了，他们的下场被记录在党史上以儆效尤。

大约五年之后，也就是在一九七三年，温斯顿在展开气力输送管刚吹送到他桌上的一团文件时，竟然发现一张小纸片，很明显是与其他文件夹在一起而被遗忘的。在将它展开的那一刻，他就意识到它的意义重大。那是从大约十年前的《泰晤士报》上撕下来的半页纸——是报纸的上半页，因此注有日期——上面刊登了党代表们在纽约参会（参加党务会议）时的一张照片，中间最引人注目的就是琼斯、阿伦森和卢瑟福。不可能出错，就是他们，况且照片下的文字说明里还有他们的名字。

问题的关键在于两次审判中，这三个人都一致供认那一天他们都在欧亚国境内。他们从位于加拿大的一个秘密机场起飞，到西伯利亚的某个接头地，同欧亚国总参谋部的人员会面，将重要的军事秘密泄露给对方。温斯顿对那个日期印象极深，因为那天正好是仲夏日。这一事件肯定也会记录在其他很多地方。因此只有一个唯一可能的结论：这些供词都是谎言。

当然，这件事本身算不上什么发现。即使在当时，温斯顿也从未想象过在清洗运动中被消灭的人们真的会犯下被指控的种种罪行。但这张报纸却是个确凿的证据，是被抹杀了的过去的一个碎片，如同一块骨化石，突然出现在不该出现的地层，将之前的地质学理论毁于一旦。如果能以某种方式将之公布于众，让大家都明白它的意义，那么足以使党灰飞烟灭了。

他原先一直在工作，一看到这张照片，并知晓它的意义所在，立刻用另一张纸将它遮住。幸运的是，当他将它展开时，从电屏幕的角度看过来，刚好是上下颠倒的。

他把草稿本放在膝盖上，并把椅子往后推了推，这样可以尽量远离电屏幕。想要保持面不改色并不难，只要肯下功夫，你甚至可以控制呼吸的节奏，但你无法控制自己的心跳，而电屏幕却灵敏得连这都可以捕捉到。他等了大约有十分钟，一直胆战心惊，担心会发生什么意外——比如，突如其来的一阵风吹过桌面——将他暴露。之后，他再也没有打开它，而是把这张照片连同其他废纸一起扔进了记忆洞。也许再过一分钟，它就会化为灰烬了。

那是十年——不，十一年前的事了。如果发生在今天，他可能会保留这张照片。奇怪的是，虽然那照片连同它所记录的事件已成回忆，但照片曾在他指尖停留片刻的事实，直到现在仍让他觉得意义非凡。他很想知道，因为一份已不存在的证据曾经存在过，党对过去的控制是否就不那么稳固了？

然而现在，即使这张照片能从灰烬中复原，也无法成为证据了。当他发现照片时，大洋国同欧亚国已平息战火，所以这三个已死之人肯定是向东亚国的特务出卖了自己的国家。从那以后，又有过几次变化——两次还是三次，他也记不清多少次了。很有可能他们的供词一改再改，直到原始事实与日期变得毫无意义。过去不仅被篡改，而且被持续篡改着。如同梦魇般最让他饱受折磨的是，他从未真切地理解为何要进行大规模的伪造。伪造过去的眼前利益显而易见，但最终动机却深不可测。他又提起笔来写道：

我明白该怎么做，但我不明白为什么要这么做。

他怀疑自己是否成了疯子，正如之前多次怀疑过自己那样。也许疯子不过是少数派。从前，相信地球绕着太阳转的曾被认为是疯子；今天，相信过去不可更改的也是疯子。或许他是唯一持有这种想法的人，果真就他一人，那他便是疯子。不过，想到自己是个疯子并没有多可怕，真正可怕的是他自己也可能是错的。

他拿起那本儿童历史教科书，看着扉页上老大哥的照片。那双能将人催眠的眼睛正注视着他，好像有股巨大的力量正压过来——一种能刺透你头颅、击穿你大脑、吓破你胆子，迫使你放弃自己的信仰，几乎要怀疑自己亲身感受的力量。到最后，党会宣布二加二等于五，你也不得不信。他们不可避免地早晚会如此声称：他们所处立场的逻辑要求他们这样做。不仅是经验的有效性，而且连客观现实的真实存在，都会被他们的哲学无声地否定。常识成了异端中的异端，但可怕的并不是你持有异见他们便要杀你，可怕的是他们有可能是对的。因为，毕竟，我们如何知道二加二就等于四？起作用的就是重力？过去就是不可更改？如果过去和外部世界只存在于意识之中，而意识本身又是可以控制的，那又该如何？

但是，不！他突然不由自主地陡增勇气。并没有什么刻意的联想，奥布赖恩的脸就这样浮现在他的脑海里。他比以前更加明确地知道，奥布赖恩就站在他这一边。他在为奥布赖恩写日记——致奥布赖恩。这像是一封没有读者，也没有结局的书信，但因为信有所属，文字也顿时有了亮色。

党教导你不要相信你的所见所闻，这是他们最后也是最根本的命令。他所面临的力量如此庞大，党的任何一个知识分子都能轻易驳倒他，那些玄妙的观点他无法理解，更不必说反驳了。一想到这些，他的心为之一沉。但是，他没错！他们错了，他是对的。必须要捍卫那些明了的、朴素的、真实的一切。不言自明的就是真理，这一点必须坚持！世界是客观存在的，其规律不会改变。石头是硬的，水是湿的，悬空的物体会坠向地心。他觉得自己是在和奥布赖恩说话，同时也在阐释一个重要的原理，他写道：

所谓自由，就是可以说二加二等于四的自由。若此成立，其余同理。

第八章　杂货铺子

从小巷尽头的某个地方飘来一缕烘焙咖啡的香味——真正的咖啡，不是胜利牌的——一直飘散到大街上。温斯顿不由得停住脚步，大约有两秒钟的时间，他的思绪飘回到已遗忘过半的童年世界。突然，门“砰”的一声，似乎把这香味给生生截断了，如同那声响一般。

他沿着人行道走了好几公里，静脉曲张溃疡处又痒了起来。这是他三个星期以来第二次缺席社区中心晚上的活动，这是草率之举，因为会有人仔细核查你在那儿的出勤率。原则上，党员没有空闲时间，除了上床睡觉，绝不能独自一人。凡是不在工作、吃饭、睡觉的时间，就必须去参加某种集体娱乐活动。任何有独处倾向的事情，哪怕是独自散步，都有点儿危险。新话里有个专门的词叫“独活”，说的就是这种行为，意味着个人主义和孤僻怪异。

不过今天傍晚，当他走出真理部时，馨香浮动的四月空气令他心动。湛蓝的天空，让他今年第一次感受到了暖意融融。突然，他觉得社区活动中心那漫长而嘈杂的夜晚，那令人厌烦和疲乏的游戏、演讲，以及靠杜松子酒勉强维持的同志关系，都令他难以忍受。他一冲动便离开了公交车站，漫步着进入了伦敦迷宫般的大街小巷，先往南，再往东，继而往北，让自己迷失在不知名的街道上，几乎不管不顾会去向何方。

“如果有希望，”他曾在日记中写道，“希望就在无产者身上。”他时常会想起这句话，陈述的是神秘的真理，却又荒谬无比。他来到处于一片灰褐色的贫民窟里的某个地方，位于曾经的圣潘克拉斯车站的东北角。他走在一条铺着鹅卵石的街道上，两旁都是低矮的两层民房，破败的大门就开在人行道上，奇怪得有点儿让人想起老鼠洞。鹅卵石路面上到处都是一摊摊肮脏的积水。

数不清有多少人在黑洞洞的门口进进出出，在两旁狭窄的陋巷里来来往往——涂着劣质口红的花枝招展的小姑娘；追逐这些女孩子的小伙子；身材臃肿、走路摇晃的大婶，让你看到了这些小姑娘十年后的模样；佝偻着腰、慢腾腾迈着八字步的老头子；还有衣衫褴褛、光着脚丫在水坑里玩耍的小孩子，一听到他们娘老子的怒喝就四处逃窜。

街上差不多有四分之一的窗户已经破碎，用木板钉着。大多数人对温斯顿视而不见，只有少数人半警惕半好奇地看他一眼。两个粗壮的女人交叉着发红的胳膊叠在围裙前，正站在门口聊天。当温斯顿走近时，听到了她们的只言片语。

“‘是的，’我告诉她，‘说得没错，’我说，‘如果你是我，你也会像我这么做。批评别人总是容易的，’我说，‘不过，你没碰到和我一样的问题啊。’”

“啊，”另一个说，“是这样的，就是这么回事。”

刺耳的声音戛然而止。当温斯顿从她们身边经过时，她们怀着敌意默默打量着他。确切地说，也算不上敌意，只是一种警觉，就像看到陌生的野兽经过，产生的片刻僵硬。党员的蓝制服在这种地方应该不常见到。确实，被人看见出现在这样的地方是很不明智的，除非公务在身，非来不可。要是不巧碰上巡逻队，他们肯定会拦住你。“我能看看你的证件吗，同志？你来这里干什么？你什么时候下班？这是你平常回家的路吗？”——诸如此类的盘问。虽然并没有规定不准走一条不寻常的路回家，但如果被思想警察得知，也足够引起他们对你的注意了。

整条街上一片骚动，报警的呼喊声从四面八方传来。人们都像兔子一样迅速窜进门洞。离温斯顿前方不远处，一个年轻女人从门里窜出来，一把拎起一个正在水坑中玩耍的孩子，用围裙裹住他，又立刻窜进门去，所有动作一气呵成。就在那时，一个穿着皱褶多得跟手风琴似的黑色套装的男人从一条小巷里冲出来，跑到温斯顿面前，激动地指指天空。

“蒸汽机！”他喊道，“蒸汽机！小心，先生！头上有炸弹！快趴下！”

不知何故，无产者给火箭弹起了个“蒸汽机”的外号。温斯顿赶紧扑倒在地，当无产者这样警告你时，他们几乎总是对的。他们好像拥有某种本能，能在火箭弹到来的前几秒预感到，尽管按说应是火箭弹快过声音。温斯顿双手抱头，只听得一声巨响，仿佛整个人行道都要被掀起来了，也不知什么东西像阵雨似的砸到他背上。他起身时发现，离他最近的那扇窗户的玻璃碎渣溅了他一身。

他继续往前走。炸弹将街道前方两百米处的一片房屋炸成了废墟。一股浓烟腾空而起，地面上烟尘滚滚，已有人群将那废墟团团围住。他面前的人行道上也有一堆墙灰，中间有一道鲜红的印痕。他走近一看，原来是一只齐腕炸断的人手，除了断腕部位血肉模糊，整只手惨白得像是石膏模型。

他将这东西踢进阴沟里，为避开人群，拐进了右边的一条小巷。三四分钟后，他便离开了被轰炸的区域。污浊的街头依旧人来人往，似乎什么都不曾发生过。这时已快到二十点了，无产者经常光顾的小酒店（他们称之为“酒馆”）里已人满为患。肮脏的弹簧门不停地开关，不时地飘出一股由尿臊味、木屑味和酸啤酒味混杂的气味。

在一座房子门前向外突出的一个角落里，三个男人紧挨着站在一起，中间那人手上拿着一份对折的报纸，另外两人贴着他的肩头在仔细研究。虽然还未走近，也看不清他们脸上的表情，但从他们此刻的姿势能看出他们有多么全神贯注。显然，他们正在看什么重要的新闻。在距离他们还有几步远的时候，这三人突然散开了，其中两人还怒气冲冲地吵了起来，有那么一会儿，看样子几乎就要动手了。

“你他妈的能不能好好听我说？我告诉你，末位是七的号码十四个月来一次都没中过！”

“不，中过！”

“没，就是没中过！我家里都有，我把过去两年所有的中奖号码都记在纸上了，跟钟点一样，一次不漏。我告诉你，没有他妈的末位是七的数字——”

“中过的，七中过的！我差不多能告诉你那个他妈的号码。末位不是四就是七，就在二月份——二月份的第二个星期。”

“去你奶奶的二月！我白纸黑字都记下来了。我他妈的告诉你，就是没有——”

“唉，都闭嘴吧！”第三个人发话了。

他们在谈论彩票。温斯顿走开有三十米远时，又回头看了一眼。他们还在争吵，争得脸红脖子粗的。彩票每周开一次奖，奖额巨大，这是无产者唯一真正关心的公共事务。对于数百万无产者而言，彩票即使不是他们活下去的唯一理由，也是主要理由。这是他们人生的乐趣，愚蠢的证据，止痛的灵丹和大脑的兴奋剂。只要谈及彩票，那些平时甚至连大字都不识几个的人好像也能进行复杂的运算，而且记忆力好得令人咋舌。有一帮人就靠卖中奖秘籍、预测中奖号码及兜售吉祥物为生。温斯顿与彩票经营无关，那是富部在操作的。但是他很清楚（党内人人都很清楚），奖金大部分都是虚构的。只有一些小奖才会真正兑现，大奖得主都是子虚乌有之人。由于大洋国各地信息交流十分困难，这种事也就不难安排了。

如果有希望，希望就在无产者身上。你必须坚信这一点。当你写下这句话时，觉得它合乎情理；当你看着人行道上与你擦肩而过的众人时，它就成了一种信仰。他刚刚拐进去的那条街是段下坡路，他觉得以前来过这附近，不远处还有一条大道，前面某个地方传来一阵嘈杂的人声。

那条街突然转了方向，然后就到了尽头，尽头的台阶通向的是另一条低凹的小巷，那儿有几个摆摊的小贩在卖打蔫的蔬菜。这时，温斯顿终于想起自己身在何方了。这条小巷通向一条大街，往前走再拐一个弯，不到五分钟，就到了他当初买空白本子——现在用作日记本的那家杂货铺。离这儿不远的地方还有一家小文具店，他的笔杆和墨水就是从那儿买的。

他在台阶顶端停下脚步。小巷的另一头是一家昏暗的小酒馆，窗玻璃上像是结了一层霜，其实是堆积的尘垢。一个年纪很大的老头儿，白胡子像对虾的触须一样笔直地朝前翘着，他弓着腰，动作却很敏捷，他推开弹簧门走了进去。温斯顿站在那里看着他，心想他至少有八十岁了，革命开始时就已经人到中年了。他和为数不多的几个同龄人，是同已经消失的资本主义世界最后尚存的联系了。

在党内，没有几个人的思想意识是在革命前就形成的。老一代的大多数人在五六十年代的大清洗中被消灭了，少数几个幸存者也早被吓破了胆，在思想上已彻底投降。如果还有哪个活下来的人能同你讲述本世纪初期的真实情况，那只可能是个无产者。突然，他又想起日记本上摘自历史书的那段话，一个疯狂的念头萌生了，他要走进这家酒馆，跟那老头儿套套近乎，再问问他。他想这么问："跟我说说您小时候的生活，那时候日子过得怎么样？情况比现在好还是差？"

他急匆匆跨下台阶，穿过狭窄的小巷，担心自己稍一迟疑就会退缩。他一定是昏了头了。按常例，党并无明文规定不准同无产者交谈，不准光顾他们的酒馆，然而这种行为太不正常了，很难不被人注意到。如果碰上巡逻队，可以声称突然头晕，不过他们不太可能相信。他推开门，一股极难闻的劣质酸啤酒味迎面扑来。当他进入时，喧闹的说话声立刻降低了一半。他从背后就能感觉到，每个人都在盯着他的蓝色制服，屋子那头玩飞镖游戏的人也停顿了足有半分钟之久。那个老头儿就站在柜台前，好像同酒保起了什么争执。酒保是个高大壮实的小伙子，鹰钩鼻，粗胳膊。一群手持酒杯的人，看着他们争吵。

"我问得够礼貌了，是不是？"老头儿气呼呼地挺起肩膀说，"你竟然告诉我你这个鬼地方连个一品脱的杯子都没有？"

"一品脱到底是个什么鬼玩意儿？"酒保身体往前倾，指尖按压着柜台。

"你听听！还说是个酒保呢！连一品脱都不知道！哎呀，一品脱就是半夸脱，四夸脱就是一加仑。再下去我得教你 ABC 了。"

"从没听说过，"酒保立即回嘴，"一升或者半升，我们都是这样卖的。你前面的架子上就有玻璃杯。"

"我就要一品脱，"老头儿固执地说道，"你甭想让我这么容易就放弃一品脱，我们年轻的时候可没听说过什么升。"

"你年轻的时候，我们还都在树上待着呢。"酒保说着瞥了一眼别的顾客。

众人哄堂大笑，似乎已将方才温斯顿进来造成的不安感一扫而空。老头儿布满花白胡茬的脸涨得通红，他转过身去，嘴里叽叽咕咕的，正好撞到温斯顿身上，温斯顿轻轻抓住了他的胳膊。

“我可以请您喝一杯吗？”他问道。

“你是个绅士。”老头儿说着又把肩膀挺了起来，他似乎并没有注意到温斯顿的那身蓝制服。

“一品脱！”他咄咄逼人地冲着酒保嚷道，“一品脱啤酒！”

酒保拿两个厚玻璃杯在柜台下的水桶里洗了洗，利索地把两份半升深棕色的啤酒倒进杯里。啤酒是你在无产者的酒馆里唯一能喝到的酒水，按理说无产者是不能喝杜松子酒的，但其实很容易得到。飞镖游戏又热闹起来了，柜台前的人群谈论起了彩票，暂时忘却了温斯顿的存在。窗户下有张松木桌子，他和老头儿可以坐在那里聊天而不必担心被人听到。这是件极危险的事，但至少室内没有电屏幕，这一点，他刚进来时就已经确认无疑了。

“他甭想让我不说品脱，”老头儿发着牢骚在杯子后面坐下来，“半升不够啊，不过瘾。一升又太多，膀胱受不了，更别提那价钱了。”

“从您年轻时到现在，您肯定见过不少变化了。”温斯顿试探着说。

老头儿淡蓝色的眼睛从飞镖靶扫向吧台，又从吧台扫向男厕的门，好像在期待这间酒吧发生什么变化。

“那时的啤酒好喝多了，”他总算说话了，“也便宜多了！我年轻的时候，淡啤酒——我们叫它汽酒——四便士一品脱。当然，那是在战争以前。”

“哪次战争？”温斯顿问道。

“所有战争。”老头儿含糊其词地说。

他端起酒杯，又一次挺起了肩膀：“祝你身体健康！”

他尖尖的喉结在细瘦的脖子上迅速地上下移动，快得出奇，酒被他一饮而尽。温斯顿去吧台又拿来两个半升的酒，老头儿似乎已忘了自己对喝一升酒的成见了。

“您比我大许多，”温斯顿说，“在我出生前您就已经是个成年人了。您能记得以前，也就是革命前的日子是怎么样的吗？像我这个年纪的人，对那时候的事真是一无所知。我们只能从书上读到，但书上的东西不一定是对的。我很想听听您的意见。历史书上说，革命前的生活和现在完全不同。那时候有最恐怖的压迫、不公和贫困，远远超出我们的想象。就在伦敦，很多人一辈子都吃不上一顿饱饭，有半数以上的人甚至没鞋子穿。他们每天要工作十二小时，九岁就辍学了，十个人挤在一间屋里睡觉。但同时却有少数人，只有几千人——被称作资本家的——他们有钱有势，拥有能够拥有的一切。他们住在富丽堂皇的华屋豪宅里，有三十个仆人伺候，出门坐的是汽车和四驾马车，喝的是香槟酒，戴的是高顶礼帽——”

老头儿突然容光焕发。

“高顶礼帽！”他说，“真奇怪你会提到它们，我昨天还想到过这玩意儿呢。也不知道为啥，我只是想，有多少年没见过高顶礼帽了，连影儿都见不着了。我最后一次戴还是在我嫂子的葬礼上，那是在——唉，我说不出具体日期了，但肯定是五十年前了。当然，这只是为排场租来的，你知道的。”

“重要的并不是高顶礼帽，”温斯顿耐心地说，“问题在于，那些资本家们——他们以及少数依靠他们生活的律师和牧师之类的人——是地球上的主人，一切都是为了他们的利益而存在。你们——普通百姓和工人们——是他们的奴隶，他们可以对你们为所欲为。他们可以把你们当牲口一样运到加拿大。只要他们看中，就可以和你们的女儿睡觉。他们可以指使人拿一种叫‘九尾鞭’的东西抽打你们。你每次遇到他们都得脱帽行礼。每个资本家走到哪儿都跟着一帮走狗，他们——”

老头儿再次容光焕发。

“走狗！”他说，“这个词我很久没听说了。走狗！这的确让我想起从前。我想想——哦，很多年前了——我有时候会去海德公园听那些家伙演讲。救世军、罗马天主教徒、犹太人、印度人——各色各样的人。有一个家伙——唉，我说不出他的名字，他可真能说。他对他们毫不客气，‘走狗！’他这样说，‘资产阶级的走狗！统治阶级的奴才！’‘寄生虫’　　那是另外　个词，还有‘豺狼’，他肯定称过他们‘豺狼’。当然，他指的是工党，你知道的。”

温斯顿觉得他们在各说各的。

“我真正想知道的是这个，”他说，“同以前比，您现在是不是有了更多的自由？他们是不是更把您当人对待了？在以前，那些有钱人，那些高高在上的人——”

“上议院。”老头儿边怀旧边打岔。

“上议院，随您称呼吧。我想问的是，他们是不是把您当下等人看待，就因为他们有钱而您没钱？比如，当您碰见他们时，真的要摘下帽子称一声‘老爷’吗？”

老头儿似乎陷入了沉思。他喝掉杯里四分之一的酒才开始答话。

“是的，”他说，“他们喜欢你为他们碰下帽子，那算是尊敬吧。我自己是不赞成那样做的，但又常常那样做。非做不可，你可以这么说。”

“这种事常有吗——我也只是从历史书上看到的——那些人以及他们的仆人们是不是经常把你们从人行道推到阴沟里去？”

“是有人推过我一次，”老头儿说，“我记得好像就在昨天。那是划船比赛的晚上——他们总会在划船比赛那天晚上闹得无法无天——

我在沙夫茨伯里大街撞到一个年轻人，他很绅士——礼服衬衫，高顶礼帽，黑大衣。他在人行道上跌跌撞撞地走着，我一不小心就撞上他了。‘你干吗走路不看？’他说。我说，‘你以为你把他妈的整条路都买下了吗？’他说，‘你要是再这么无礼，我就把你的脑袋拧下来。’我说，‘你喝醉了，我要马上送你去警察局。’我是这样说的。你可能不信，他伸出手，对着我的胸口猛地一推，差点儿把我推到一辆公共汽车的轮子底下。嗯，我那时候年轻啊，正想教训他一下，只是——”

一阵无助感向温斯顿袭来。这老头儿的记忆里尽是些陈芝麻烂谷子的琐事，你就算问他一整天，也问不出什么结果来。党的历史书也许仍是正确的，甚至可以说，它们有可能完全正确。他做了最后的尝试。

“也许我没说清楚，”他说，“我想说的是这个，您这么大岁数了，上半辈子是在革命前过的。比如说，在一九二五年，您已经是个成年人了。您能不能说说您记得的那些事，一九二五年以前的日子比现在更好还是更差？如果可以选择，您愿意生活在过去还是现在？”

老头儿若有所思地看着飞镖靶，他终于喝完了啤酒，比以前慢多了。等他开口说话时，竟有了哲学家般容忍的神情，似乎啤酒已使他平心静气。

“我知道你指望我说什么，”他说，“你指望我说要是能再年轻一回就好了。如果你去问别人，大多数人会说他们想要返老还童。年轻的时候，身强体壮。等你到了我这把年纪，哪儿都不好使了：腿脚不灵，膀胱更是要命，每天夜里要起夜六七次。不过另一方面，当个老头儿也大有好处。你不用再为同一件事操心，不会和女人纠缠不清了，这可是件大好事。我差不多已有三十年没碰过女人了，不管你信不信。再说，我也不想。”

温斯顿靠窗台坐着，再问下去也是白费口舌。他正打算再去买些啤酒来，老头儿突然起身，拖着脚步快速朝边上那臭烘烘的小便池跑去，多喝的半升啤酒已经在他身上起作用了。温斯顿坐在那儿有一两分钟，盯着他的空酒杯出神，也不知何时他的双脚又把他带到了外面的大街上。他寻思着，最多再过二十年，那个重大却简单的问题，“革命前的生活是不是比现在更好？”将再也无法回答了。但实际上，即便是现在，这个问题也已经无法回答了，少数从遥远的旧时代遗留下来的散落在各地的幸存者们已没有能力将一个时代与另一个相比较。他们记得无数件无用的小事，跟工友吵架、寻找丢失的自行车打气筒、死去多年的妹妹脸上的表情、七十年前一个刮风的早晨那阵卷起尘土的旋风，但所有重要的事实却在他们的视野之外。他们微如蝼蚁，只顾眼前琐屑，对重大事件无法放眼长量。在记忆失效而文字记录又被伪造的时代——当这一切发生的时候，党声称人们的生活水平已得到提高，你就只能接受，因为没有可以用来检验的标准，它们现在不存在，将来也永远不可能存在。

此时，他的思绪突然中断。他停下脚步抬眼望去，发现自己正处在一条狭窄的街道上，有几家黑簇簇的小铺子散落在民居中间。就在他的头顶上，挂了三个褪了色的金属球[①]，看起来像是曾经镀过金。他似乎知道这个地方，当然！他正站在买过日记本的那间旧杂货铺外面。

突然，一阵恐惧感掠过心头。当初来这里买本子就已经够冒险的了，他也曾发誓不再踏入此地半步。但是刚才一不留神，两条腿就擅自把他带回这个地方。他之所以开始写日记就是想要防止自己这种自杀性的冲动。同时，他也注意到虽然快二十一点了，这家店铺仍然开着。他觉得与其在人行道上逗留，还不如进去少惹人注意，于是跨进

① 三个金球，曾是英国当铺的统一标识。

了店铺的门。如果被盘问，就说是来买剃须刀片的，听上也还像那么回事。

店主刚点亮一盏悬挂着的煤油灯，散发出一股不怎么干净、却也不算难闻的味道。他约莫六十来岁，身体孱弱，后背伛偻，长长的鼻子使他看上去很仁慈，厚厚的镜片将温和的目光折射得变了形。他的头发几乎全白，眉毛却乌黑浓密。他的眼镜，他那斯文谨慎的举动，以及身上那件有些年头的黑天鹅绒外套，使他依稀有种知识分子的气质，也许他曾经是个文人或音乐家，声音柔和得几乎要消失，口音也不像大多数无产者那样粗鄙。

“您在人行道上我就认出您了，”他马上就说，“您就是那位先生，买过小姐用的记事本。那纸张可真漂亮啊，真的。奶油花纹纸，以前都这么叫。现在已经不再生产了——哦，我敢说，有五十年了。”

他的目光从镜片上方打量着温斯顿：“您需要买点儿什么吗？还是随便看看？”

“我路过这儿，”温斯顿闪烁其词，“只是进来瞧瞧，并没有特别想买的东西。”

“这样也好，”对方答道，“因为我这里大概也没什么能让您满意的东西了。”他摊开柔软的手掌，做了个道歉的手势。

“情况您也看到了，铺子都空了，可以这么说。也就咱俩私下里聊，古董生意快要到头了。没有人买，也没有存货。家具、瓷器、玻璃都在一点点地破损，当然金属的东西绝大部分都被回炉熔化了，我已经有很多年没见过黄铜烛台了。”

实际上，这家小小的店铺里塞满了东西，让人很不自在，但几乎没有什么值钱的东西。靠墙一圈堆着许多积满灰尘的画框，这使得地板的空间更加拥挤。橱窗里摆放着一盘盘螺母螺栓、旧凿子、豁了口的削笔刀、失去光泽一点儿都走不动的手表，还有其他杂七杂八的废物。只有墙角的一张小桌子上摆着的一些零星物件——漆鼻烟壶、玛瑙胸针等，看上去还有点儿意思。温斯顿朝那桌子移步过去，目光被一个圆润光滑的东西吸引，它在油灯下散发出柔和的光晕。他拿了起来。

这是块厚重的玻璃，一面呈圆弧形，一面扁平，几乎就是个半球体。就它的颜色和质地而言，如同雨滴般晶莹柔润。在它的正中间，有一块被弧面放大了的奇特的粉色的东西，有点儿像玫瑰花或者海葵。

“这是什么？”温斯顿饶有兴致地问道。

“这是珊瑚，没错，”老人答道，“这准是从印度洋来的，以前他们喜欢把它镶嵌在玻璃里。这个至少有一百年了，从样子看，还要更久些。”

“它真漂亮。”温斯顿说。

“它是漂亮，”老人赞赏地说，“不过现在识货的人不多了。”

他咳嗽了一下：“这样吧，如果您想买，就给个四块钱。我记得从前这样的东西能卖到八镑，八镑是——唉，我也算不出来，但是很大一笔钱。如今谁还关心真正的古董——况且也所剩无几了。”

温斯顿随即掏出四块钱，将这心爱之物揣入口袋。这东西之所以吸引他并不在于它有多漂亮，而是它拥有一种与这个时代截然不同的气息。这种柔和的雨滴状的玻璃是他以前从未见过的。这东西吸引人的原因还有一个，是因为它看起来毫无用处，尽管他能猜到在以前它肯定是当镇纸用的。这东西放在口袋里沉甸甸的，幸好看上去不那么鼓囊。一个党员拥有这样的东西，不仅会让人觉得奇怪，还会惹祸上身。任何古老的，尤其是美丽的东西，总会招致莫名的怀疑。老人收到四块钱后喜形于色。温斯顿这才意识到，要是给他三块甚至两块，他也会接受的。

“楼上还有间屋子，您或许愿意上去一看，”他说，“东西不多，就几件。我们可以一起上楼，我去点一盏灯。”

他又点亮一盏灯，佝偻着腰，在前面慢慢带路，爬上陡峭破旧的楼梯后通过一条狭长的过道，然后进了一个房间。这个房间背对着街道，朝向一个铺着鹅卵石的后院及屋顶一大片烟囱。温斯顿注意到房间里家具的摆设，仍像是有人要住的样子。地上铺着一小块地毯，墙上挂着一两幅画，壁炉前边有一把邋遢的高背扶手椅。一口钟面为十二格的老式玻璃座钟在壁炉台上嘀嗒嘀嗒地走着。窗户下面是一张大床，几乎占了整个房间四分之一的空间，上面还留有床垫。

“我老伴去世之前，我们一直住在这儿，”老人怀着歉意地说道，“我正在一点点地卖家具，那是张漂亮的红木床，至少您把上面的臭虫清理掉就算是了。不过，我想您可能会觉得它有点儿笨重。”

他把灯高高举起，以便照亮整个房间。在温暖昏暗的灯光下，这个地方竟散发出一种古怪的魅力。温斯顿突发奇想，如果他敢冒险，大概一星期只花几块钱就能将这房间轻松租下。尽管这只是胡思乱想，一想到就得放弃。但这房间唤起了他的一丝怀旧之情，一段古老的回忆。他完全可以想象坐在这样一个房间里会是怎样的感觉：在火光融融的壁炉旁，人可以蜷在扶手椅里，双脚搁在壁炉板上，茶壶悬在壁炉架上。独自一人，安然无恙。没有人来监视你，除了水壶烧水的吱吱声和时钟悦耳的嘀嗒声，没有其他声音来纠缠你。

“没有电屏幕！”他忍不住自言自语。

“啊，”老人说，“我从没装过那种东西，太贵了。反正，也从没觉得有必要装。您看，那边角落里有张不错的折叠桌。不过，您要是想用折叠板，得先装上新铰链。”

在另一个角落里还有一个小书架，温斯顿已被吸引过去，不过尽是些没用的东西。在无产者的区域里，书本的搜查和销毁也执行得如同其他区域一样彻底。在大洋国的任何地方几乎已找不到一本在一九六〇年以前出版的书。老人还举着灯，站在一幅镶有蔷薇木画框的画前，就挂在壁炉一侧，正对着床。

“喏，您要是刚好对以前的老版画有点儿兴趣——”他小心翼翼地开了口。

温斯顿走上前去，仔细端详这幅画。这是一幅钢雕版画，上面是一座椭圆形的建筑，有着长方形的窗户，前面还有座小塔。建筑物的四周都围着栏杆，后面好像还有一座雕像。温斯顿凝视良久，觉得这建筑物似曾相识，只是想不起是哪座了。

“这画框是钉在墙上的，”老人说，“不过我可以把它卸下来。”

“我知道那座建筑，”温斯顿终于想起来了，“它现在已是一片废墟，就在正义宫外面的那条街道中间。”

“没错，就在法院外面。它被炸毁了——哦，很多年前了。它原来是座教堂，叫作圣克莱门特的丹麦人教堂。”

他抱歉地笑了笑，似乎意识到自己说的话有点儿荒谬可笑，又补充道：“橘子和柠檬，圣克莱门特的大钟说。”

“那是什么？”温斯顿问道。

“哦——那是我小时候唱的歌谣。下面的我已经想不起来了，不过结尾还记得，‘蜡烛照着你睡觉，斧子把你头剁掉。’这是边唱边跳的，他们把胳膊抬高让你穿过去，当唱到‘斧子把你头剁掉’时，他们突然放下手，一把卡住你。歌谣里尽是些教堂的名字，伦敦所有的教堂都在里面了——所有主要的教堂，都在了。”

温斯顿茫然寻思着，不知道这个教堂属于哪个世纪，伦敦建筑物的年代总是很难断定。凡是雄伟壮观的大型建筑，只要外表还算新，都会被自动说成是革命后所建。而那些明显年代久远的，则被纳入那个被称为中世纪的黑暗时代。长达几个世纪的资本主义被认为未能产生任何有价值的东西。人们从建筑中学到的历史，不会比从书本中学到的更多。雕像、铭文、纪念碑、街道名——凡是能映照过去的一切都被系统地篡改了。

“我从来不知道它曾经是教堂。”他说。

“其实，有很多教堂被留下来了，”老人说，“不过，都被改成其他用途了。哎，那首歌谣怎么唱来着？啊，我想起来了！

‘橘子和柠檬，圣克莱门特的大钟说。
你欠我三法寻[①]，圣马丁的大钟说。’

“现在，我就记得这么点儿了。一法寻，就是那种小铜币，看上去跟一分钱有点儿像。”

“圣马丁教堂在哪里？”温斯顿问道。

“圣马丁教堂？它还在的，就在胜利广场，画廊边上。就是那座有着三角形门楣的建筑，前面有不少圆柱，台阶高高的。”

温斯顿对那个地方很熟悉。那是一座博物馆，用来展览各式各样的宣传品——火箭弹和水上浮堡的微缩模型，以及展示敌人的暴行的蜡像，等等。

“它以前叫田野里的圣马丁教堂，”老人补充道，“不过，我不记得那附近有过什么田野。”

温斯顿没有买那幅画，它比那块玻璃镇纸更不适合拥有，也不可能带回家，除非把画框卸下来。但他还是多停留了一会儿，和老人说说话，得知他的名字不叫威克斯——别人可能会从铺面的题字作此推测——而叫查林顿。查林顿先生是个鳏夫，今年六十三岁，在这家店

① 法寻，英国旧时铜币，面值是1/4便士，于1961年暂停使用。

铺里已住了三十年。他一直想改掉橱窗上的名字，但一直没动手。他们聊天的时候，温斯顿的脑海里不断盘旋着那首只记得一半的歌谣。“橘子和柠檬，圣克莱门特的大钟说。你欠我三法寻，圣马丁大钟说。”说来也怪，当你对着自己默念的时候，你仿佛真的听到了钟声，那钟声属于逝去的伦敦，那个依然在某处存在，被伪装、被遗忘的伦敦。他似乎从一座座鬼影幢幢的尖塔中听到了钟声在轰鸣。记忆中，他从未在现实生活里听到过教堂的钟声。

他告别查林顿先生，独自走下楼梯。他不想让老人看到他出门前还要侦查街道的情形。他已经打定主意，再过一段合适的时间——一个月，比如说——他还会再次冒险来到这家铺子。也许那不比在社区活动中心逃避一晚更危险。最愚蠢的莫过于他并不知道这家店的老板是否值得信任，却在买了日记本后再次光顾。然而——

是的，他又想了想，他还会再来。他还要买一些精美却无用的东西，他要把圣克莱门特的丹麦人教堂那幅版画买下来，把它从画框里取下来，藏在制服的上衣里带回家。他要从查林顿先生的记忆里挖掘出那首歌谣的未完部分。甚至那个要租下楼上房间的疯狂念头也再次掠过他的脑海。大约有五六秒，他得意忘形了，几乎没有事先隔着橱窗察看外面街道的情形，就疏忽大意地跨上人行道。他甚至还即兴编了个调子哼唱了起来：

> 橘子和柠檬，圣克莱门特的大钟说。
> 你欠我三法寻，圣马丁——

突然，他心里一沉，顿时吓得魂飞魄散。一个身穿蓝制服的人正沿着人行道走来，离他不过十米远。是小说司的那个姑娘，那个黑发姑娘！尽管路灯昏暗，他仍能毫不费力地认出她来。她直直地盯着他的脸，然后又装作没看见似的继续快步向前走。

有那么几秒钟，温斯顿吓得瘫软无力。过了一会儿，他才往右拐，拖着沉重的步子向前走，也没意识到自己此刻已走错方向。不过怎样，有个问题算是解决了。那个姑娘在跟踪他，这点已确认无疑。她一定是一路跟踪而来，如果说她是碰巧在同一个晚上来到离任何党员居住区都有好几公里远的同一条无名小街，这样的巧合实在令人难以置信。不管她是真的思想警察还是热情过度的业余侦探，已无关紧要。她在监视他，这已经足够了。也许她也看到他走进了那家小酒馆。

现在是举步维艰了。每走一步，口袋里那块玻璃就撞一下他的大腿，他有点儿想把它掏出来扔掉。最糟糕的还是他觉得肚子胀痛。有那么几分钟，他觉得如果不能立马找到厕所，他宁可死掉，但这种地方是没有公厕的。后来，阵痛过去了，留下一丝隐痛。

这条小街是条死胡同。温斯顿收住脚步，站立了几秒钟，茫然不知所措，然后又往回走。就在转身时他突然想到，那姑娘就在三分钟以前见过他，他若跑过去，也许还能追上她。他可以一路尾随她到一个僻静的地方，然后拿一块鹅卵石砸碎她的脑袋。他口袋里的那块玻璃够沉，正好能派上用场。但是，这个念头一出现就被他打消了。单是想象所需耗费的气力就令他难以忍受。他跑不动，也砸不动。况且，她年纪轻轻又精力充沛，一定会自卫。他也想过立刻赶到社区活动中心，然后在那里一直待到关门，以此作为今晚不在别处的部分证据。但那样也不可能，一种要命的疲惫感攫住了他，他只想快点儿回家，坐下来好好静一静。

他回到公寓时已过二十二点，到二十三点半，电源总闸就会关掉。他走进厨房，一口咽下几乎一茶杯的胜利牌杜松子酒。然后，在壁龛的桌子旁坐下来，从抽屉里拿出日记本，但他并没有马上打开。

电屏幕里传来一个粗哑的女声，正在哇哩哇啦地唱一首爱国歌曲。他坐在那儿，直愣愣地盯着日记本的大理石纹封面，想把那声音从意识里赶走，却是徒劳。

他们总是在夜里来抓你，总是在夜里。正确的做法是在他们来抓你之前就自行了断。毫无疑问，有些人就是这么做的。许多失踪事件其实都是自杀。但是身处一个根本无法获得枪支及任何速效毒药的世界，自杀需要莫大的勇气。他颇为震惊地意识到，生理的疼痛和恐惧，其实是身体的一种背叛。就在你需要采取行动的那一刻，身体却僵化不动了。如果当时出手够快，本来可以干掉那个黑发姑娘。然而正是由于处境的极度危险，使他丧失了行动力。他突然想到，在危机时刻，人要抗争的不是外部敌人，而是自己的身体。即使现在杜松子酒已下肚，腹部的隐痛仍使他无法进行连贯的思考。他想，所有看似英雄或悲壮的场面，情况也不过如此。在战场上、刑房里、沉船上，你为之奋斗的事情总会被忘却，身体会膨胀到支配你的一切，即使你没有被吓得瘫软或痛到哀号，生活仍需时时刻刻同饥饿、寒冷、失眠，或者胃痛、牙痛交战。

他打开日记本，重要的是要写点儿什么。电屏幕里的女人已经开始唱一首新歌，她的声音如同尖锐的碎玻璃渣一样刺进他的大脑。他努力回忆奥布赖恩的模样，日记正是为他所写，或者说就是写给他的。可是，他脑子里想的却是思想警察把他抓走后可能发生的情况。如果他们立刻杀死你，也没有什么大不了，被杀不过是早晚的事。但在临死之前（没人提过这些事，但大家都知道）却会不可避免地尝遍逼供的苦头：跪在地上尖叫求饶，骨头被打断，牙齿被打落，头发上结着块块血痂。既然都是同样的下场，为何非要忍受这一切？为何就不能早几天或者早几周结束生命？从来没有人能逃脱监控，也没有人敢拒绝招供。一旦犯下思想罪，你就注定要被处死。那为何还要把什么都改变不了的恐惧埋在未来呢？

他又试着回忆奥布赖恩的形象，比刚才略好些了。“我们将在没有黑暗的地方见面。”奥布赖恩这样对他说过。他知道这句话的含义，或者自认为他知道。没有黑暗的地方就是想象中的未来，你永远无法见到，但凭借先见之明，你就能够与他人神秘分享。由于电屏幕里的声音一直在他耳边聒噪，他无法再任由思绪驰骋。

他把一根烟放在嘴里，一半烟丝立即沾在舌头上，是那种难以吐出的发苦的粉末。他的脑海里浮现出老大哥的脸，取代了奥布赖恩的脸。正如前几天那样，他从口袋里掏出一枚硬币看了看，硬币上的脸也在看着他，凝重、镇定、警觉，然而浓黑的胡须后面究竟隐藏着怎样的笑容？一如沉闷的钟声，那几句话又在他耳边回荡：

战争即和平

自由即奴役

无知即力量

第二部

一九八四

第一章　神秘纸条

❖

上午过半的时候，温斯顿离开他的小隔间去厕所。

灯光明亮的长走廊那头，一个人影正朝他走来，就是那个黑发姑娘。自从那晚在杂货铺门口碰到她，已经过去四天了。她走近时，他看到她右臂悬挂着一条绷带，因为同制服的颜色一样，所以在远处看不清楚。她大概是在转动“构思”小说情节的万花筒时压伤了手，在小说司，那是司空见惯的事故。

他们相距大约四米远的时候，那姑娘绊了一跤，几乎趴倒在地，发出一声痛苦的尖叫。她肯定是刚好压在那只受伤的胳膊上了。温斯顿立刻停下脚步。她已半跪着起身，她的脸色苍白如纸，因此嘴唇显得更加红润。她的眼睛一直盯着温斯顿，求助的眼神看起来更像是恐慌而非伤痛。

一种奇特的感觉涌上温斯顿心头。在他面前的，是一个要置他于死地的人，但同时也是一个也许因为骨折正承受着痛苦的人。他已经不由自主地走上前去想要搀扶她，看到她摔在那只悬着绷带的胳膊上，他感到疼痛好像就在自己身上。

“你摔伤了没有？”

“没有，我的胳膊，马上就会好的。”

她说话时，似乎心在怦怦乱跳，脸色着实惨白。

“你没摔坏吧？”

“没关系，我还好。疼一会儿就没事了。”

她向温斯顿伸出那只还能活动的手，他扶起了她。她的脸色恢复了一些，看上去好多了。

“没什么，”她很快又说，“我只是摔到了手腕。谢谢你，同志！”

说完，她朝着原来的方向走了，脚步轻快，好像真的没事一样。整件事情前后不超过半分钟，脸上不显露出表情已成为一种本能的习惯。更何况这事发生时，他们正好站在电屏幕前。然而，不流露出片刻的诧异还是很难，因为就在他扶她起身的两三秒里，她往他手里塞了样东西。毫无疑问，她是有意塞给他的。那是个扁平的小东西，他经过厕所门时，把它揣进了口袋，用指尖摸了摸。原来是折成方块的纸条。

站在小便池前，他用手指摸索着将它打开了。上面一定写着什么信息。有那么一刹那，他冲动得想立刻去马桶间看个究竟。但那样做太愚蠢，他也知道，没有哪个地方是更安全的，有人在一刻不停地监视着电屏幕。

他回到自己的小隔间，坐了下来，随意地将纸条扔到桌上的其他文件堆里，然后戴上眼镜，把述录器拉到面前。“五分钟，”他告诉自己，“最少也要五分钟！”他的心在胸膛里怦怦狂跳，声音大得令人恐惧。幸亏他在做的只不过是项常规工作，修改一长串数字，不必全神贯注。

不管那纸条上写些什么，它一定具有某种政治意义。目前就他所能猜到的，有两种可能。第一种可能性较大，那姑娘是思想警察的特务，正如他所担心的。不过，他不明白，为何思想警察会选择这样的方式传递命令，但也许他们有自己的理由。这张纸条上写的可能是一个威胁、一个传唤、一个自杀令，或某个圈套。然而，还有另外一种可能性在他脑海里不断浮现，他想把它压下，却总是徒劳。那就是，这信息根本不是来自思想警察，而是来自某个地下组织。也许，兄弟会确实存在！也许，那姑娘就是其中一员！毋庸置疑，这念头十分荒谬。但他的手摸到纸条的那一刻，这念头就跳了出来。几分钟之后，他才想到另一个可能性更大的解释。即便是现在，他的理智告诉他那张纸条可能意味着死亡——他还是难以置信，对那个不合理的希望念念不忘。他的心在狂跳，对着述录器低声念数字时，好不容易才控制住自己的声音，不让它颤抖。

他把已经完成的工作材料卷了起来，投进气力输送管。已经八分钟过去了。他重新调整鼻梁上的眼镜，叹了口气，然后把下一批工作材料拉过来，那张纸条就在最上面。他把它摊开，上面写着歪歪扭扭的几个大字：

我爱你

有那么几秒钟，他震惊得竟然忘记要把这足以致罪的东西扔进记忆洞。当他真这么做时，尽管他十分清楚，表露出太多兴趣有多么危险，还是忍不住又看了一眼，只是为了确认那上面确实写了这几个字。

上午接下来的时间，他无心继续工作。要集中精力做一些琐碎差事已属不易，在电屏幕前掩饰自己的激动更是困难。他觉得腹中似有烈火灼烧。去闷热拥挤、人声嘈杂的食堂吃午饭都成了件折磨人的事。他希望午餐时间能一个人独自待一会儿，但他太倒霉了，帕森斯那个蠢货又蹿到他身边来。他身上的汗臭味几乎盖过了炖菜的铁皮味，嘴里还喋喋不休地说着仇恨周的准备工作。他讲得格外起劲，他说他女儿的侦察队特意为仇恨周制作的一个老大哥的硬纸板模型，足有两米宽。令人恼火的是，人群如此喧闹，他几乎听不到那家伙在说什么，只好一次次地请他重复他那些蠢话。只有一次，他瞥到了那个黑发姑娘，她同另外两个女孩坐在食堂那头的一张桌子前。她似乎并没有看见他，他也就不再往那个方向看。

下午的时间好熬一些。午饭过后，气力输送管立即送来一项棘手复杂的工作，得花好几个小时来做，而且要把别的所有的事情先放在一边。这项工作包括伪造两年前的一系列生产报告，好让核心党内如今失宠的一个重要党员名誉扫地，这正是温斯顿所擅长的。有两个多小时，温斯顿完全将那姑娘置于脑后。接着，她的脸庞又浮现在他的记忆里，他迫切希望能够独处一会儿。如果找不到一个清静的地方，他就不可能把这件刚发生的事情理出一个头绪来。

今晚他要去社区活动中心，于是在食堂又狼吞虎咽地解决了一顿索然无味的晚餐，匆匆赶到中心去，参加了看似严肃、实则愚蠢的“讨论组”，打了两局乒乓球，灌了几杯杜松子酒，坐在那里听了半小时题为《英社与象棋的关系》的讲座。虽然厌恶至极，却是生平第一次没有产生要逃离活动中心的冲动。自从看到“我爱你”那几个字后，他要活下去的愿望陡增，再为一些小事冒险似乎就突然变得极其愚蠢了。一直到二十三点，当他回到家躺在床上时——在黑暗里，只要你默不作声，你甚至可以躲开电屏幕的监视而安然无事——他才能够连贯地思考问题。

有个实际问题亟待解决：怎样才能联系上那个姑娘，安排一次见面？他不再认为这是她设下的圈套，他知道不会是那样。当她把纸条塞给他的瞬间，她情绪激动不容置疑，显然已吓得六神无主，这一切都在情理之中。他从没想过要拒绝她的主动，就在五天前的晚上，他还打算拿一块鹅卵石砸烂她的脑袋呢，不过那已不重要他想象着她赤裸裸的青春肉体，正如梦中所见。他原以为她是和别人一样的傻瓜，满脑子的谎言与仇恨，一肚子不融的坚冰。想到自己有可能会失去她，那青春白皙的胴体可能会从他身边溜走，他不由得心慌意乱！最让他担心的是，如果不能马上联系她，她有可能改变主意。但真要见面，又困难重重。好比下象棋的时候，你已被对方将死，却还要再走一步。无论你走到哪里，电屏幕总是对着你。实际上，在他看到那张纸条的五分钟内，就想过了所有可能联系上她的办法。趁现在有时间，他要将它们逐一考量，就像在桌上摆开了一排工具一样。

显然，像今天上午这样的邂逅无法重演。如果她在记录司工作，那就相对容易了。但他对小说司在大楼里的位置只有很模糊的印象，而且也找不到去那儿的借口。如果他知道那姑娘住在哪里，何时下班，他可以设法在她回家路上的某个地方同她见面。但尾随她回家的做法很不安全，因为那意味着他需要在真理部外面游游荡荡，那必定会引人注意。至于通过邮局给她寄封信，那完全办不到。所有信件在邮寄途中都会被打开，这样的例行手续早已不是什么秘密了。事实上，也很少有人还在写信，偶尔如有不得不传递的信息，那就去买一种印有一长串日常用语的明信片，只要将不合适的划掉就行了。他也不知道那姑娘的名字，更别说地址了。最后，他认定最安全的地方还是食堂。如果他能在她单独用餐时接近她，她那张桌子又在食堂中间的某个地方，离电屏幕不要太近，周围还有足够嘈杂的嗡嗡谈话声——如果这些条件都满足，并且能持续三十秒，也许他们就能说上几句话了。

此后的一周，生活就像一场令人坐立不安的梦境。第二天，直到他要离开食堂时，她才出现，那时口哨已经吹响，大概她被调到了晚班。他们擦肩而过，没有看彼此一眼。第三天，她在平常的午餐时间出现，但是和另外三个女孩儿在一起，而且就坐在电屏幕的正下方。接下来是无比难熬的三天，她根本不曾现身。他的身心被一种难以忍受的敏感脆弱所折磨，每一个举动，每一种声音，每一回接触，每一个不得不说或不得不听的字眼，都无法掩饰，让他痛苦万分。即使在睡梦中，他也无法完全避开她的模样。那几天，他没有去碰日记本。如果还有什么能让他得到解脱的，那就是他的工作。他有时候可以一口气忘我工作十分钟。他完全不知道她出了什么状况，也无法向人打听。她也许已被蒸发，也许已经自杀，也许被发配到大洋国的另一端。所有猜测中最糟糕也最有可能的是，她只是改变了主意，决定对他避而不见。

接下来的那一天，她又出现了。胳膊上已没了绷带，但手腕上还贴着膏药。看到她，他欣喜不已，以至于直愣愣地盯着她看了好几秒钟。

第二天，他几乎就要同她说上话了。那天他来到食堂，那姑娘独自一人坐在离墙很远的一张桌子前。那时还早，食堂里的人也不多。队伍正在缓慢地向前移动，温斯顿眼看就要到柜台了，却因为前面有人抱怨没有领到糖精片而被耽搁了两分钟。幸好当温斯顿端起托盘朝她的桌子走去时，她还是一个人坐在那里。温斯顿漫不经心地走向她，眼神也装作在搜寻她那张桌子以外的地方。她可能离他只有三米，再过两秒钟就能来到她身旁。就在此时，背后传来一声“史密斯！”他假装没听见。“史密斯！”那人又喊了一声，声音更响了。没办法，他转过身去，是一个头发金黄，满脸蠢相的年轻人，名叫威尔舍，此人他并不熟悉，但此时正面带笑容地邀请他坐到他那张桌子的空位上去。拒绝并非安全之举。被认出后，他再不能走到一个无人陪伴的姑娘身边坐下，那样太引人注目了。他只能友好地笑笑，坐了下来，那金发小伙愚笨的脸上也堆满了笑容。温斯顿的眼前似有幻觉，他想象自己正拿起一把丁字斧把那张蠢脸劈成两半。几分钟后，那姑娘的桌旁也坐满了人。

但她肯定看到了他向她走去，也许她已经领会了他的暗示。第三天，他特意早到。果然，她几乎就坐在同样的位置上，还是一个人。排在温斯顿前面的是个身材矮小，动作迅速，长得像甲壳虫的男人，脸型扁平，眼睛细小，眼神多疑。当温斯顿拿起托盘转身离开柜台时，他看到那个矮个男人径直朝姑娘那张桌子走去，他的希望再次落空。前面不远处有张桌子还有个空位，但从矮个男人的神情来看，他肯定会为了让自己舒服而选择最空的一张桌子。温斯顿跟在他身后，心里一阵发凉。除非能单独和她坐在一起，否则都是徒劳。就在此时，前面一声巨响，矮个男人四脚朝天跌倒在地，餐盘已不知去向，汤水和咖啡流了一地。他站起身，恶狠狠地瞪了温斯顿一眼。显然，他怀疑是温斯顿绊倒了他。不过没关系。五秒钟后，温斯顿坐到了姑娘的桌旁，心怦怦狂跳。

他没去看她，只是将餐盘放好，马上开始吃饭。应该趁着别人还没来时，赶紧和她说几句话，这很重要。但此时，一阵极度的恐惧攫住了他。自从她上次接近他后，已经过去了一个礼拜。她很可能已改变主意，她一定已经改变了主意！这种事是不可能成功的，现实生活中也不可能发生这样的事。要不是看到安普尔福思，那个耳朵长毛的诗人，端着餐盘无精打采地走来走去，想找个地方坐下来，他也许会临阵退缩，闭口不谈。安普尔福思对温斯顿有种莫名的好感，只要看到他，他肯定会在他身边坐下来。大概只有一分钟的时间可以采取行动。温斯顿和那个姑娘都在不紧不慢地吃着，他们吃的是稀疏的炖菜，其实就是豌扁豆汤。温斯顿先开腔，两人都没有抬头，一边用勺子不急不缓地将那稀稀拉拉的东西往嘴里送，一边趁着间隙不动声色地低声交谈几句必要的话。

“你什么时候下班？”

“十八点半。”

“我们在哪儿见面？”

“胜利广场，纪念碑旁。”

“那儿到处都是电屏幕。”

“人多无妨。”

“用什么暗号？”

“不用。看到我在人群中，你才能跟过来。别看我，待在我附近就可以了。”

“几点？”

“十九点。”

“好。”

安普尔福思并没有看到温斯顿，坐到了另外一张桌子旁。他们不再说话，也不再彼此对视，只要两人能面对面地坐在同一张桌子前就够了。姑娘匆匆吃完便起身离开，温斯顿留在那里抽了一根烟。

温斯顿提前来到胜利广场。他在那根大长笛般的巨型圆柱基座附近徘徊，在圆柱的顶端，老大哥的雕像凝视着南方的天空，他曾在那里的“第一空域之战”中击败过欧亚国的飞机（几年前是东亚国的）。圆柱前面那条街上，有个骑马人的雕像，应该是奥利弗·克伦威尔①。离约定时间已过去五分钟了，那姑娘还没出现。温斯顿又感到极度不安。她不会来了，她已经改变主意了！

他缓缓向广场北边踱去，当他认出圣马丁教堂时，一丝淡淡的喜悦掠过心头。那个教堂在它还有大钟的时候，曾鸣响过“你欠我三法寻”的歌声。这时，他看到那姑娘就站在纪念碑基座上，正在读或假

① 奥利弗·克伦威尔（1599 1658），英国资产阶级革命时期的主要军事、政治领导人。

装在读圆柱上盘旋而上的海报。现在聚在她周围的人还不多，走近她太危险，教堂的三角形门楣下面到处都是电屏幕。

但就在此时，左边某个地方传来一阵喧哗声和重型机车驶过的隆隆声。一瞬间，好像人人都奔跑着穿过广场。那姑娘也敏捷地绕过纪念碑基座的狮子雕塑，加入奔跑的人群，温斯顿跟了上去。奔跑时，他从人们的叫喊声中得知，有一列装着欧亚国战俘的车队要从此处经过。

广场南侧已被密密麻麻的人群堵得水泄不通。温斯顿要是在平时遇到这种混乱的场面，总是会很自然地靠边站，今天却推推搡搡往人群中间挤过去。很快，他离姑娘只有一臂之遥，却被一个大块头的无产者和一个同样粗壮的女人挡住了去路，那女人大概是他的妻子，他俩构成了一道密不透风的人墙。温斯顿侧着身子拼命往前挤，使劲想把肩膀插在他们中间。有那么一阵子，他觉得五脏六腑都要被那两个厚实的臀部磨成肉酱了。终于挤过去了，出了点儿汗。他来到姑娘身边，两人肩并肩，眼睛一动不动直视着前方。

一列长长的卡车队从大街上缓缓驶过，车厢的四个角落都站立着面无表情、手持冲锋枪的士兵。车厢内挨挨挤挤，蹲满了身着破旧绿军装的矮个子黄种人，他们用悲伤的蒙古面孔望着卡车外面，一副漠不关心的样子。车子偶尔颠簸一下，能听到咣当咣当的金属声，因为所有的战俘都戴着脚镣。一车又一车的悲伤面孔过去了，温斯顿知道他们就在车上，但他只是断断续续地看着他们。那姑娘的肩膀和上臂与他的紧紧挨在一起，她的脸颊和他如此贴近，以至于他几乎能感受到她的温度。这时，她很快把握住局面，就像在上次食堂里那样，她开始用不动声色的声音说话，这种几乎不动嘴唇的低语很容易淹没在喧嚷的人声和隆隆的卡车声中。

“你能听到我吗？”

“能。”

“星期天下午你能休息吗？”

“能。”

“那你听好了，一定要记住，去帕丁顿车站——”

她以一种军事化的精准勾勒出他的路线，这让他大吃一惊。先坐半小时的火车，出了车站向左拐，沿公路向前走两公里，经过一扇没有横梁的大门，穿过田野里的一条小道，然后再走过一条杂草丛生的小径和灌木丛中的小路，就能看到一棵长满青苔的枯树。就好像她脑海中有一幅地图。

“你都能记住吗？”她最后问道。

“能。”

“你先左拐，然后右拐，再左拐。那扇大门没有横梁。”

“好，几点？”

“大约十五点。你可能要等我一下，我要走另一条路到那儿。你确定都记住了？”

“是的。”

“那你赶紧离开我吧。”

这一点无须她来提醒他，但这一刻他们在人群中根本无法脱身。卡车队还在隆隆驶过，人们看得目瞪口呆仍不知足。一开始有人嘘了几声，但这只是散布在人群中的党员发出的，很快就停止了。人们主要是出于好奇而观看的。外国人，无论是来自欧亚国还是东亚国，都是一种陌生的动物。除非以战俘的身份出现，否则大洋国人根本没机会见到他们，即便作为战俘，也只能是匆匆一瞥。也没有人知道他们的下场，只知道有少数几人作为战犯会被处以绞刑。其余的人只是消失了，也许被送到劳改营去了。蒙古人的圆脸逐渐被欧洲化的面孔取代，胡子拉碴，肮脏憔悴。那一双双眼睛从污浊的颧骨上方直盯着温斯顿看，有时出奇地专注，但又一闪而过。

车队快驶完了，在最后一辆车上，他见到一个上了年纪的人，灰白的头发挡住了他的脸，他直挺挺地站着，手腕交叉叠在胸前，好像已习惯了双手被绑在一起。眼看就要到温斯顿和那姑娘分开的时候了，但人群仍将他们团团围住，她摸到了他的手，并紧握了一小会儿。

这一握，最多不过十秒钟，却像是握了很久一样。他甚至有时间了解她手上的每一个细节。他摸到了她修长的手指，椭圆的指甲，因工作而长满老茧的手掌，以及手腕下光滑的肌肤。就这样摸着它，便像是见到了一样。这时他又忽然想起，他还不知道姑娘的眼睛是什么颜色。很可能是褐色，但黑头发的人偶尔也会有蓝眼睛。现在回头看她，未免太愚蠢。他们十指紧扣，平静地望着前方，在拥挤的人群中难以察觉。代替那姑娘注视温斯顿的，是那个年老的俘虏，他的眼神正透过一头乱发悲哀地凝视着他。

第二章　又见黄金乡

❖

温斯顿谨慎地穿行在树影斑驳的小路上，阳光透过疏朗的枝丫，洒下点点金黄。左边树林下开满了迷乱人眼的蓝铃花。微风轻拂，空气好似在亲吻人的皮肤。这是五月的第二天。从树林深处隐约传来了斑鸠的鸣叫声。

他来得早了些。一路走来没什么难处，那姑娘显然经验丰富，因此他也不像以往那般提心吊胆。应该可以相信她能找到一个安全的地方。

不过，你可不能想当然地认为乡村比伦敦要安全得多。虽然那儿没有电屏幕，但总有被窃听的危险，你的声音很有可能被录入然后被识别。此外，独自出门想要不被人注意，也绝非易事。一百公里以内的距离，不需要在通行证上申请签注，但是车站附近不时会有巡逻队出没，检查他们发现的任何一个党员的证件，盘问一些令人难堪的问题。幸好，那天没碰到巡逻队。

出了车站后，一路上他还不时地小心回头，确保身后无人跟踪。火车上坐满了无产者，因为夏日和暖的天气，个个兴高采烈。他所乘坐的那节硬座车厢被一个大家庭占得满满当当，从老掉牙的曾祖母到刚满月的小婴儿，一家子要花一下午的时间去乡下“姻亲”家串门，他们还坦率地告诉温斯顿，顺便去弄点儿黑市黄油来。

小径逐渐开阔起来，很快就到达她告诉他的那条小路，那只是牲畜从灌木丛中踩踏出来的一条小道。他没有手表，但肯定还不到十五点。脚下的蓝铃花如此繁茂，想不踩到它们都不可能。他蹲下身来采了几朵，一半是为了消磨时间，还有一半是心里有个隐约的念头，要在见面时送给姑娘一束花。他已摘了一大束，正在闻那股并不好闻的淡淡花香。

突然，背后的响动吓得他不敢动弹。没错，那是脚踩树枝的咔嚓声。他只好继续采集蓝铃花，这算是最好的办法了。可能是那个女孩，也有可能他终究还是被跟踪了。此时回头无疑是做贼心虚，他只好采了一朵又一朵。有只手轻轻地搭在他的肩上。

他抬起头，是那个姑娘。她摇摇头，显然是在提醒他不要出声。然后她拨开灌木丛，领着他沿着那条狭窄的小路迅速向树林深处走去。显然，她曾经来过这里，因为碰到那些泥坑她总能习惯性地避开。温斯顿跟着她，手里还紧握着那束花。

他的第一感觉是松了口气，但是，当他看到眼前那不停移动的健美苗条的身体，看到那条松紧恰好的猩红饰带勾勒出她玲珑的臀部曲线，自愧弗如的感觉不免使他心头一沉。即使在此刻，她若回头看他一眼，他很可能还是会临阵退缩的。空气清新甜润，树叶青翠欲滴，这一切都让他自惭形秽。从车站出来后，五月的阳光已让他照见自身的污秽与苍白，他完全是个室内动物，伦敦的煤烟与尘灰早已渗入他的每一个毛孔。他忽然想到，也许她至今还未曾见过他在阳光下的样子。他们走到她说过的那根倒在地上的枯树旁。她一跃而过，从看似没有入口的灌木丛中拨开一条路来。温斯顿跟着她，发现他们来到一片天然的林中空地，小小的山丘芳草遍地，周围是高高的幼树，将那空地严严实实地遮挡住。姑娘停下脚步，转过身来。

“我们到了。”她说。

他离她不过几步远，却不敢再靠近些。

“我在路上不想说话，”她继续说，“万一什么地方藏着话筒。我想应该没有，不过也有可能。那些猪猡里总有一个能认出你的声音。我们到这儿就没事了。”

他仍然没有勇气靠近她。“我们到这儿就没事了？”他笨拙地重复着。

“是啊，你看这些树。”都是些还未长大的白蜡树，前不久刚被砍伐过，现在重新抽枝发芽，长成一片小树林，哪一株都不及手腕粗。“没有一株能大到藏进话筒。再说，我以前也来过这里。”

他们只是闲聊着。他终于离她又近了些。她静静地站在他面前，脸上的浅笑带有一丝嘲讽的味道，像是在诘问他，为何迟迟不行动。他手中的蓝铃花仿佛自己要落下来似的，瀑布般地飞洒在地。他握住了她的手。

“你相信吗，”他说，“直到这会儿，我还不知道你的眼睛是什么颜色呢？”

褐色的，他看到了，淡淡的褐色，上面有浓黑的睫毛。“现在你已看到我真实的模样了，你还能忍受看我吗？

“能，这不难。”

“我三十九岁了，有一个摆脱不了的妻子，患有静脉曲张性溃疡，还有五颗假牙。”

“我不在乎。”女孩说。

接下来，说不清是谁采取了主动，她已依偎在他的怀中。一开始，除了不可思议，他并没有异样的感觉。那个青春曼妙的身躯紧紧贴在他的身上，乌黑浓密的秀发轻轻拂过他的脸庞。天啊！她竟然仰起脸蛋。他亲吻起那两瓣微张的红唇。她伸开双臂搂紧他的脖子，柔声唤他亲爱的、心肝、宝贝儿。他将她拽到地上，她丝毫没有反抗，他想怎样便能怎样。

然而，肌肤相亲并没有给温斯顿带来身体的冲动，他只是觉得难以置信，且受宠若惊。他喜不自禁，这样的事情居然真的发生了，但他却没有一丁点儿欲望。这事儿来得太匆忙，她的青春美貌令他望而生畏。也许他早已习惯了没有女人的生活——他也不知道为什么。姑娘坐起身来，扯下头发里的一朵蓝铃花。她紧挨着他，伸手箍住他的腰。

“没关系，亲爱的，不用急。我们有一下午的时间，这是不是一个极好的藏身之地？有一次集体远足我迷了路，发现了这里。如果有人来，一百米以外就能听到。”

“你叫什么名字？”温斯顿问道。

“朱莉娅。我知道你的名字，温斯顿——温斯顿·史密斯。”

“你是怎么知道的？”

“我认为在调查事情方面，我比你更擅长，亲爱的。告诉我，在我那天塞给你纸条以前，你是怎么看我的？”

他没想过要对她撒谎，一开始就把最糟糕的印象说出来，这甚至也是一种爱的表白。

“我见到你就讨厌，”他说，“我想过要强暴你，然后再杀了你。两个星期前，我真动过念头，想要用一块鹅卵石砸烂你的脑袋。如果你真想知道，我曾经猜想你和思想警察有某种关系。”

姑娘得意地笑了，显然，她把这当成对她高明伪装的恭维：“别提思想警察了！你真的这么想吗？”

“嗯，也不完全是。但是从你的外表看——只是因为你年轻，有活力又健康，你也明白——我以为也许——”

“你以为我是个好党员，言行纯洁。挥旗、游行、口号、比赛、社区远足，总是这些事儿。你还以为我一有机会就会揭发你是个思想犯，要把你干掉？”

“对，差不多就那样。很多年轻女孩都如此，你知道的。”

“都怪这该死的东西，”她说着便将那条猩红色的青少年反性同盟腰带一把扯下，扔到一根树枝上。这时，她碰到自己的腰部，好像想起了什么事情，她从制服的口袋里摸出一小块巧克力，把它掰成两块，一块给了温斯顿。他甚至还没有吃，就已经从气味上得知这是一块很稀罕的巧克力。黑得发亮，用锡纸包裹着。普通巧克力是那种淡棕色的易碎玩意儿，几乎如别人说的那样，吃起来有股烧垃圾的烟味。但他以前也尝过像朱莉娅给他的那种巧克力。刚闻到这种香味时勾起了他心头模糊的回忆，那回忆如此强烈，令人不安。

“你从哪里弄到这东西？”他问。

“黑市，”她满不在乎地说，“其实，我看起来像是那类女孩。我擅长比赛，在侦察队当过队长，一周有三个晚上都在青少年反性同盟做志愿者。我还在伦敦到处张贴他们胡说八道的海报，一贴就是几小时。游行时，我总是高举旗帜。我看上去总是那么快乐，我遇事从不退缩。永远要跟着大伙儿一起高呼，这正是我想说的，这是保护自己的唯一办法。”

第一口巧克力已在温斯顿的舌尖融化，那滋味妙不可言。只是刚才被勾起的回忆还在他的意识边缘徘徊，这是一种你可以强烈感受却难以名状的东西，如同你用眼角余光瞥见的物体。他将它搁置一旁，只知道它是关于某个事件的回忆，这件事让人后悔却也无力挽回。

“你那么年轻，”他说，“你比我小十到十五岁吧。像我这样的男人，有什么可吸引你的呢？”

“是你脸上的某种东西，让我下决心试一试。我能分辨出谁不是他们的同类，我一见到你就知道你反对他们。”

他们，似乎指的是党，尤其是核心党。她谈论起他们时，毫不掩饰内心的嘲讽与仇恨，这让温斯顿颇感不安，虽然他也知道不会有别的地方比这里更安全了。令他吃惊的是她语言的粗鄙，按理党员是不应该说脏话的，温斯顿自己就很少说，至少不会大声说。而朱莉娅每次提到党，尤其是核心党，好像不能不用上那种在污水横流的小巷墙壁上用粉笔涂写的字眼。他倒并非不喜欢，这只不过是她反感党及其所作所为的一种表现而已。而且，不知为何，这一切看起来自然又健康，就好像一匹马闻到了烂草要打喷嚏一样。

他们已经离开那片空地，沿着斑驳的树影往回走。只要小路容得下，他俩就搂着腰并肩而行。他发现，扔掉那条腰带后，她的腰肢柔软了许多。他们一直低声细语，朱莉娅说走出那片空地时最好别出声。不久，他们来到了小树林的边缘，她让他就此止步。

“别走到空地上去，那儿可能有人监视。我们待在树丛后面就没事了。”

他们站在榛子树丛的树荫里，阳光透过密密匝匝的树叶照在脸上，让人觉得灼热。温斯顿望着远处的田野，一种似曾相识的奇妙感觉渐渐涌上心头。他不禁暗自惊诧。他见过这个地方，一块被啃噬得光秃秃的古老牧场，一条小径蜿蜒其中，到处都是密密麻麻的鼹鼠洞。在牧场对面参差不齐的树篱旁，榆树的枝条在随风轻舞，繁茂的树叶在微微颤动，宛如女人的秀发。近在咫尺的某处，尽管看不见，想必有一条清清的溪流，碧水潺潺、鲮鱼悠游，难道不是吗？

“这附近是不是有一条小溪？”他低声问道。

“是啊，是有一条小溪，其实，是在那片田野边上。溪里有鱼，很大的鱼。你能看到它们在柳树下的溪潭里摇着尾巴游来游去。”

“那就是黄金乡了——简直就是。”他喃喃自语。

“黄金乡？”

“其实，也没什么，就是我偶尔梦到的地方。”

“你瞧！”朱莉娅轻声呼唤。

一只画眉鸟在离他们不到五米远的树枝上停了下来，几乎与他们的脸庞一样高。也许它没看见他们，它在阳光下，而他们在树荫里。它舒展双翼，又小心收回，忽然低头片刻，似乎在向太阳行礼。随后，美妙的歌声倾泻而出，嘤鸣不绝。在这样静谧的午后，它的音量大得惊人。温斯顿和朱莉娅紧紧地依偎在一起，听得入了迷。随着画眉鸟一声声地鸣啭，时间在一分分地流逝。它的歌声千变万化，从不重复，实在令人惊讶，它仿佛有意要在他们面前显露自己精湛的技艺似的。有时它也会展开双翅又将它们收拢，挺起它带有斑点的胸脯再次纵情歌唱。

温斯顿望着它，莫名地对它心生敬畏。它这是为谁而唱，为何而唱？此处既无配偶，也无对手，它为何要飞到这寂寞的树林边，在这空旷之地独自引吭高歌？他怀疑附近的某处到底还是装了窃听器了。他和朱莉娅的轻声细语，窃听器是无法捕捉到的，但可以捕捉到画眉鸟的歌声。也许在窃听器的那一端，有个长得像甲壳虫的矮个男人正在凝神偷听——听到的是画眉鸟的声音。

画眉鸟不绝于耳的歌声渐渐驱除了他心中的疑虑。这歌声犹如一股清流，混合着透过树叶缝隙的那一缕阳光，倾泻在他的身上。他停止思考，任由感觉驰骋。他臂弯里的腰肢柔软且温暖，他将她转过身来，以便可以和她面对面。她的身子像是要融进他的身体，他的手摸到哪里，哪里就柔顺如水。他们的嘴唇紧紧地粘在一起，与刚才那种生硬的吻有着云泥之别。当他们再次将脸分开时，两人都深深地叹了口气。那只鸟受到了惊吓，扑棱着翅膀飞走了。

温斯顿把嘴唇贴在她的耳边。“现在。”他悄悄地说。

“别在这儿，”她轻轻地回应，“回到那片空地上去，那儿更安全。”

很快，他们又朝那片空地走去，偶尔踩到几根枯枝，噼啪作响。一到幼树环绕的空地上，她便转过身来面对着他，两人的呼吸都急促起来，她的嘴角又噙着那一抹微笑。她站在那里打量了他一会儿，然后伸手去摸制服上的拉链。哦，是啊！几乎和他梦中所见的一模一样。她的动作几乎和他想象的一样迅速，她一下就脱掉了衣服，扔向一旁，也是用那种曼妙的姿态随手一扔，似乎要将整个文明都摧毁殆尽。她的身体在阳光下泛着白皙的光泽，但有那么一刻他顾不上看她的身体，他的眼睛被她那张露出一丝大胆微笑的雀斑脸深深地吸引了。他在她面前跪了下来，握住她的双手。

“你以前做过这事吗？”

“当然，几百次——哦，几十次总有吧。”

“和党员吗？”

“是的，总是和党员。”

“和核心党员吗？”

“不，才不和那些猪猡呢。不过，他们只要有半点儿机会就巴不得，他们无非是装出一副道貌岸然的样子。”

他的心怦怦狂跳。她已经做过几十次了，他希望已经几百次——几千次，任何暗示堕落的事情都令他充满狂想。天晓得，也许党早就是金玉其外，败絮其中了，它之所以竭力鼓吹艰苦朴素和克己奉公，只不过为了掩盖罪恶。如果他一人就能将麻风病或梅毒传染给他们当中的许多人，他会无比乐意地去做！任何能将他们腐化、削落、破坏的事情他都乐意做！他把她拉了下来，两人面对面跪着。

“听着，你有过的男人越多，我就越爱你。你明白那话吗？”

“明白，完全明白。”

“我恨纯洁，我恨善良！我不想让任何地方还存有任何美德。我想让每一个人都堕落到骨子里。”

“那么，我应该很适合你，亲爱的，我就是堕落到骨子里了。”

“你喜欢做这事吗？我不是说仅仅和我，我是说这件事本身。”

“我很爱做这事。”

那是他最想听到的，不仅仅出于一个人的爱，更出于动物的本能，那种人皆有之的单纯欲望，那是一种能将党摧毁的力量。他将她按倒在草地上，周围落满了蓝铃花。这次不再有障碍了。他们急剧起伏的胸脯渐趋平缓，带着一种欢愉的无力感，他们的身体分开了。阳光似乎更加强烈了，两人都睡意蒙眬。他伸手拉过扔在地上的制服，为她盖上一点儿。很快，两人几乎都睡着了，大约睡了半个小时。

温斯顿先醒来，他坐起来端详这张长有雀斑的脸庞，枕着手臂仍在熟睡中。除了嘴唇，她说不上有多漂亮。如果仔细看，还能发现眼角有一两道皱纹，一头浓密的短发乌黑柔软。他突然想到他甚至不知道她姓什么，住在哪里。

她青春健美的身躯此刻正在熟睡着，那柔弱无依的模样唤醒了他心底的怜爱与呵护之情，但刚才站在榛子树下听画眉鸟唱歌时萌生的那种不假思索的柔情已难重现。他扯掉制服，凝视着这具洁白如玉的侧卧的胴体。他想：若在从前，男人看了女人的身体，定会萌发欲念，故事也就结束了。可如今，既没有纯洁的爱情，也没有单纯的欲望，没有哪种感情是纯粹的，一切都掺杂着恐惧与仇恨。他们的拥抱就是一场战斗，高潮就是一次胜利。这是对党的当头一击，这是一次政治行为。

第三章　林中幽会

❖

“这地方我们还可以再来一次，”朱莉娅说，“任何藏身之处通常只用两次还是安全的。不过，在一两个月内是不能再来了。”

她一醒来，行为举止立刻变了样，变得机警利落。她穿上衣服，将猩红饰带在腰间打了个结，接着便开始安排返回的路线。将这些事情交给她去做，好像是再自然不过的。她显然有种随机应变的能力，这正是温斯顿所缺乏的。她似乎对伦敦周围的乡村了如指掌，无数次的集体远足为她积累了经验。

朱莉娅为他安排了回去的路线，和来时的大不一样，他要到另一个火车站下车。“回去时千万别走来时的路。”她好像在阐明一条重要原则似的。她先离开，温斯顿要等半小时以后才能出发。

朱莉娅还告诉他下次见面的地方，约好四天后下班再见。那是贫民窟的一条街道，有个露天市场，那儿通常人头攒动，人声鼎沸。她会在那些摊位之间逛来逛去，假装要买鞋带或线团。如果她认为没有危险，当他走近时，她会擤鼻子；否则他就得装作没看见，径直走开。如果运气不错，他们可以在人群中平安无事谈上一刻钟，安排下次约会。

“现在我得走了。”一旦等到他记住她所交代的话，她立即说道，“我得赶在十九点三十分回去。我要在青少年反性同盟待两个小时，发传单或干些别的事情。是不是很糟糕？帮我梳理下头发，好吗？头发里会不会有些小树枝？你确定没有？那么再见了，亲爱的，再见！”

她扑到他怀里，几乎是狠狠地吻着他。不一会儿，她便拨开小树苗，悄悄地消失在树林中。即使现在，他仍然不知道她姓什么，住在哪里。但这都无关紧要，因为他们不可能在室内见面，或有任何书面交流。

后来，他们再也没有去过那片林中空地。五月份，他们只有另一次机会真正做了爱。那是朱莉娅找到的另一个隐蔽之处，在一座破败的教堂钟楼里，那里在三十年前遭遇过原子弹轰炸，四周几乎一片荒芜。只要能去，那倒是个不错的藏身之所，但一路上危险重重。其余时间，他们只能在街上相会。每天傍晚都在不同的地方，而且每次都不超过半小时。通常在街上，还是可以勉强说些话的。他们沿着拥挤的人行道漫无目的地走着，算不上并肩而行，也从不两两相望，却能够进行奇怪地交谈，如同灯塔的光束忽明忽灭。如果附近出现了穿制服的党员或看到了电屏幕，就立刻闭口不言，几分钟后再接上刚才那句没说完的话，到了约定分手的地点又突然中止，第二天几乎不需要开场白就可以直接往下说。朱莉娅似乎很习惯这样的谈话方式，称之为“分期谈话”。令人惊叹的是，她说话的时候竟然可以熟练到不动嘴唇。

在将近一个月的夜间约会中，他们只亲吻过一次。那一次，他们在一条小街上默默无言地走着（只要离开大街，朱莉娅就不再说话）。突然传来一声震耳欲聋的巨响，大地震颤，漫天黑烟，温斯顿发现自己摔在地上，擦破了皮，吓得不轻。肯定有火箭弹落在他们附近。忽然，他看到朱莉娅的脸近在眼前，死一般的苍白，毫无血色，连她的嘴唇也是惨白的。她死了！他一把搂过她，才发现亲吻的是一张鲜活温暖的脸庞。但他的嘴唇触碰到的却是些粉末状的东西，原来，两人的脸上都落了一层厚厚的灰泥。

有几个晚上，他们到了约会地点，却连个招呼都不能打，只能擦肩而过，因为正好有巡逻警察从街角过来，或有直升机一直在头顶盘旋。即使没那么危险，要挤出时间见面也是件难事。温斯顿的工作时间一周长达六十小时，朱莉娅的更长。他们的休息日视各自的工作强度而定，常常凑不到一起。而且朱莉娅很少有一个晚上是完全空闲的。她将令人吃惊的大量时间花费在诸如听演讲、参加游行、为青少年反性同盟分发传单、为仇恨周准备旗帜、为节约运动筹集款项之类的事情上。她说这样做有好处，这是一种掩护。如果你能恪守小规则，才有可能违法大原则。她甚至劝服温斯顿多花一个晚上参加生产军需用品的兼职工作，那是党员积极分子自愿参加的。因此，温斯顿每周都有一个晚上不得不花上四个小时，干些无聊之极的把小金属零件用螺丝拧在一起的活儿，这些小金属很可能是炸弹雷管的零部件。灯光昏暗的车间里穿堂风很大，锤子的敲打声混杂着电屏幕的音乐声，令人生厌。

在教堂的钟楼会面时，他们会补上之前断断续续的谈话。那是个炙热的午后，钟楼上那间小小的四方屋子里空气闷热凝滞，充斥着一股鸽粪的恶臭味。他们坐在满是尘土断枝的地板上，一聊便是好几个小时，他俩得轮流起身，透过窗缝时不时地向外瞟一眼，确保无人经过。

朱莉娅二十六岁，跟另外三十个姑娘挤在一间集体宿舍里（总是生活在女人的臭味中！我恨死女人了！她补充道）。她的工作，如他所想，是负责小说司的小说写作机。她喜欢自己的工作，主要是运作并维护一台大功率难伺候的电机。她“不算聪明”，却喜欢动手，在机械方面是个行家里手。她能清楚地描述一部小说生产的全过程，从计划委员会发布总指令，一直到修改组完成最后的润色。不过她对最后的成品不感兴趣。她说她“不怎么喜欢读书”。书本只不过是一种必须生产的产品，如同果酱和鞋带。

她已不记得六十年代早期之前的事了，她所认识的唯一一个会经常提起革命以前那个时代的人，便是她的爷爷。但在她八岁时失踪了。上学时，她当过曲棍球队的队长，连续两年获得体操奖杯。她还当过少年侦察队的队长，在参加青少年反性同盟之前，当过青年团的支部书记。她一贯表现出色，甚至被选中（那是名誉绝对可靠的标志）去小说司下面的色情科工作，负责生产廉价的色情文学，并在无产者中发行，科室的工作人员给它起了个绰号叫“垃圾房”。她在那里工作了一年，协助生产了许多密封包装的小册子，比如《刺激故事》《女校一夜》这类书。无产者青少年偷偷摸摸地去购买，总觉得自己买到了不得了的违禁品。

“这些书都写些什么？”温斯顿好奇地问道。

“唉，太垃圾了！很无聊，真的。一共就六种情节，他们翻来覆去互相抄袭。当然，我只负责万花筒部分，从没在修改组工作过。我文笔不行，亲爱的——我可没那本事。”

他惊奇地得知，除了他们的负责人，色情科里所有的工作人员都是女孩。有一种理论认为，男人的性本能比女人的更难控制，因此被自己经手的淫秽物品腐蚀的危险性也就更大。

“他们甚至不愿意已婚女人在那儿工作，”她补充道，“未婚女孩总被认为是纯洁的，反正我不是。”

她第一次和男人发生关系是在十六岁，对方是个六十岁的党员，后来为避免被捕而自杀了。“还算干脆，”她说，“要不然他在招供时，肯定会把我的名字招出来。”从那以后，她又与别的形形色色的男人发生过关系。生活在她看来很简单，你想过快活日子，而“他们”，也就是党，偏不让你快活，你只能尽你所能去打破这些规矩。她似乎觉得，“他们”想要剥夺你的快活，如同你想要逃脱追捕一样，这些都是自然而然的事情。

她厌恶党，而且会以最粗俗的语言表达出来，却不进行一概而论的批评。除非涉及她自己的生活，她对党的教义不感兴趣。温斯顿注意到，她从不使用新话词语，除了那些已成为日常用语的。她从未听说过兄弟会，也不相信它的存在。任何有组织的反党行为都注定要失败，在她看来都是愚蠢之举。聪明的做法应该是破坏规矩的同时也保全自己的性命。

他隐约觉得，年轻一代中不知还有多少人像她那样——他们在革命的世界里成长，对其他一无所知，接受党就像接受头顶的天空一样，是永恒不变的。既如此，那就不去对抗它的权威，只是去躲避它，就像兔子躲避猎狗一样。

他们没有讨论过结婚的可能性。这实在太遥远，连想都不必想。就算能摆脱温斯顿的妻子凯瑟琳，也无法想象哪个委员会能批准这样的婚姻。即便是做白日梦，也梦不到。

“你妻子是个怎样的人？”朱莉娅问。

“她是——你知道新话里有个词叫‘好思想’吗？指那种天生的正统派，不会产生坏思想？”

“不，我不知道这个词，但是我了解那种人，太了解了。”

他开始向她讲述自己的婚姻生活，可奇怪的是，她似乎早就清楚其中的大致情况，就好像她亲眼所见或亲身经历似的。她向他描述，他只要一碰到凯瑟琳，她的身体就变得僵硬，即使在她紧紧抱住他的时候，她似乎仍在用尽全力推开他。跟朱莉娅说起这些事，他并不觉得有任何障碍：不管怎样，凯瑟琳对他而言已不再是痛苦的回忆，只是乏味的过往。

“我本来还是能够忍受的，要不是因为那件事。”他告诉她，凯瑟琳会在每周的同一天晚上强迫他例行公事似的做那件冰冷无趣的事。“她也讨厌这事，但又没什么理由可以让她停止不做。她以前管这叫作——你怎么都猜不到。”

“我们对党的义务。”朱莉娅脱口而出。

“你是怎么知道的？”

“我也上过学，亲爱的。十六岁以上的女孩每个月得接受一次性教育，青年团里也有。他们长年累月地向你灌输这些，我敢说在很多人身上都奏效了。当然也说不准，人都是会伪装的。”

就这一话题，她开始侃侃而谈。在她看来，一切事情都要追溯到她对性的欲望。无论以什么方式，只要一触及这个问题，她就表现得极为敏锐。与温斯顿不同，她了解党提倡禁欲主义的内在原因。不仅仅因为性本身可以创造一个独立的世界，而是因为那是党无法控制的。只要有可能，就必须摧毁它。更重要的是，对性的压抑会导致人的歇斯底里，而这正是党所希望的，因为它能转化成对战争的狂热和对领袖的崇拜。她这样说道：

“当你做爱时，你耗尽了全部精力；事后你会感到欢愉，对一切都无所谓了。他们不能容忍你有这样的感觉，他们想让你时时刻刻都有充沛的活力，所有这些游行、欢呼、挥舞旗帜无非就是变了质的性欲的宣泄。如果你内心愉悦，凭什么要为老大哥、三年计划、两分钟仇恨会，以及他们所有其他该死的鬼玩意儿激动？”

“这话说得太在理了。”他想。禁欲与政治的正统性之间的确有着某种直接而紧密的关联。倘若不是以被压抑的强烈的性本能作为驱动力，又怎能使党员们将党所需的这些恐惧、仇恨、盲从维持在一个恰好的程度呢？性冲动对党而言是危险的，党得加以利用。他们对为人父母的天性也同样加以利用。既然家庭无法废除，那么，他们反而鼓动父母用几乎过时的方式来溺爱自己的孩子。但另一方面，他们又系统地教唆孩子反对父母，监视父母，稍有异端倾向，立即上报。家庭其实成了思想警察的延伸地。如此，那些与你最亲密的人会日日夜夜地监视你，时时刻刻准备揭发你。

突然，他又想到了凯瑟琳。要不是她实在太愚蠢，无法觉察到他思想的不合正统，不然她早就向思想警察告发他了。不过，此刻令他想起凯瑟琳的，是这个下午令人窒息的闷热，他的额头热得冒汗。他开始向朱莉娅述说一件往事，或者说，是一件没能发生的事，也是这样一个闷热的夏日午后，那是十一年前的事了。

那是他们婚后三四个月，去肯特郡参加一次集体远足时迷了路。他们本来只落后别人几分钟的路程，谁知转错了方向，居然走到一个古老的白垩矿场的边缘，瞬间没了去路。只见一座悬崖，深一二十米，底下乱石丛生。附近连个可以问路的人都没有。凯瑟琳一发现自己迷了路，便惊慌失措。只要稍一离开闹哄哄的远足队伍，就会让她有种做错事的感觉。她坚持沿原路返回，然后朝另一个方向寻找队伍。但此时，温斯顿却注意到他们脚下峭壁的石缝里长着几簇黄莲花。其中一簇竟然有两种颜色，品红和砖红，显然是同根所生。他从未见过这样的花，于是便叫凯瑟琳也过来看。

“看，凯瑟琳！看那些花，靠近最底下的那一簇，你看到它们有两种颜色了吗？”

她本来已转身离开，但还是不耐烦地回来看了一眼。她甚至从悬崖上探出身子，朝他手指的方向望去。他就站在她身后，用手扶住她的腰。此时，他突然想到，他们有多么孤单。附近渺无人烟，连树叶都纹丝不动，鸟儿也寂寂无声。在这种地方安装窃听器的可能性微乎其微，即使有，也只能录到声音。这正是午后最热最困的时候，火辣辣的太阳直射在身上，汗珠顺着脸颊滑落，他突然蹦出一个念头……

“你为什么不顺势推她一把？”朱莉娅说，“换了我就会。”

“是的，亲爱的，你会的。如果当时的我像现在这样，或许也会——我不确定。”

“你后悔没推吗？”

“是的，我后悔没推，可以这样说。”

他们肩并肩坐在积满尘土的地板上。他搂住她，让她离自己更近些。她的头依偎着他的肩，发丝里飘散出的清香味掩盖了空气中弥漫着的鸽粪味。他想：她还那么年轻，对生活还有期盼。她不会明白，把一个碍事的人推下悬崖并不能解决任何问题。

“其实并没有什么不同。”他说。

“那你为什么后悔没推呢？”

“那只是因为我喜欢积极行动，而不是消极等待。在这场游戏中，我们无法取胜，但某些失败强似别的失败，仅此而已。”

他感觉她的肩膀动了一下，以示反对。每次他说这样的话时，她总是不同意。她无法接受个人终将失败是自然法则。在某种程度上，她也意识到自己在劫难逃，思想警察早晚都会抓住她，然后处死她。但她的内心深处还存有幻想，认为自己也许能构筑一个秘密天地，自由自在地生活。她所需要的只是运气、计谋与胆量。她不明白世上根本就没有快乐这回事，也不明白唯一的胜利在遥远的将来，在你死后很久的将来。从你向党宣战的那刻起，你最好把自己当作行尸走肉。

“我们就是死人。”他说。

“可我们还没死。”朱莉娅如实答道。

“只是肉体还没死。半年，一年——五年，也许能活那么久。我怕死，你还年轻，所以你大概比我更怕死。显然，我们要尽量将死期推迟，但其实并无多大区别。只要人类尚有人性，生与死便是同等事情。”

“啊，简直胡说八道！你更想和谁睡觉，我还是骷髅？难道你不享受活着吗？你不喜欢这种感觉吗：这是我的手，这是我的腿，我是真实存在的，我是有血有肉的，我是活生生的，难道你不喜欢这样吗？”

她扭过身来，高耸的胸脯紧抵着他。虽然隔着制服，他仍能感觉到她的乳房丰满而坚挺。她年轻的肉体似乎要将她的青春与活力注入他的体内。

“当然，我喜欢那样。”他说。

“那你就别再说死了。现在听我的，亲爱的，我们得安排下次的约会了。我们还可以回到小树林中的那块空地上去，我们已经好久没去那里了。但是这次你得走另外一条路线，我已经全部计划好了。你坐火车去——但是你看，我还是给你画出来吧。”

她以自己一贯的干练方式将地上的尘土聚拢，用鸽巢里捡来的一根枯树枝，开始在地板上画起路线图来。

第四章　藏身之处

温斯顿环顾着查林顿先生店铺楼上那个简陋的小房间。靠窗的大床已经铺上破旧的毛毯，上面放着一个没有枕套的长枕头。壁炉架上那台十二小时制的老式座钟在嘀嗒嘀嗒地走着。角落里有张折叠桌，上面放着他上次来时买的那块玻璃镇纸，在幽暗的屋子里散发出柔和的光芒。

壁炉的围栏里放着一只旧铁皮煤油炉，一口长柄深锅，两个杯子，这些是查林顿先生提供的。温斯顿将煤油炉点着，在上面烧了一锅水。他带来了满满一信封的胜利牌咖啡和一些糖精片。时钟的指针指向七点二十分，其实是十九点二十分。她会在十九点三十分到。

荒唐，荒唐啊！他在心里一遍遍地说着，这是明知故犯、毫无必要、自取灭亡的荒唐事。在党员所有可能犯下的罪行中，这一条是最不可能隐瞒的。其实，当他看到玻璃镇纸倒映在折叠桌面上的影子时，他的脑海中便浮现出这一念头。如他所料，查林顿先生很爽快地把房间租给了他。多赚几块钱显然是他求之不得的事。当他得知温斯顿租这个房间是为了与情人幽会时，他既没有感到震惊，也没有流露出那种令人反感的心照不宣。相反，他目光远视，泛泛而谈，神色极其微妙，以至于给温斯顿一种时隐时现的错觉。

他说：独处是件很难得的事。有时候，谁都希望能找个地方让自己静一静。如果他们真的找到了这样的地方，任何知晓内情的人都应该保守秘密，这只是基本的礼节。他甚至又说：这个房间有两个出口，还有一个从后院出去通往一条小巷。他说这话时，几乎就像隐匿在空气中似的。

窗下，有人正在唱歌。温斯顿躲在薄纱窗帘后偷偷往外看。六月的艳阳高高在上，阳光洒满整个院子，那里有个像诺曼圆柱般壮实的女人，胳膊粗壮通红，腰间系着一条粗布围裙，正迈着沉沉的步子在洗衣桶和晾衣绳之间往返，晾一排四方形的白布片，温斯顿认出那是婴儿用的尿布。只要嘴里不用咬着晾衣服的夹子，她就用浑厚的女低音唱道：

这本是无望的痴念，
如同易逝的四月天。
可就是一个眼神一句话，
把我的心儿窃取梦儿牵！

最近几周，这首小调在伦敦很是流行，它是音乐司下属的一个科室为无产者定制的无数同类歌曲中的一首。这些歌曲的歌词无须人工谱写，都是由一台叫作编词机的机器自动编撰的。不过这女人唱得如此投入，居然使这低级肉麻的歌曲听上去颇有些悦耳。他能听到她的歌声、她的鞋子在石板上摩擦发出的刺耳声、孩子们在街头的呼喊声，以及远处依稀传来的车辆的轰鸣声，但是房间里却静寂得出奇，多亏没装电屏幕。

“荒唐，荒唐，荒唐至极！”他又想道。难以想象他们连续几周来此频频幽会而不被抓到，但是他们实在太想拥有一个完全属于他们自己的藏身之处，一个近在咫尺的秘密室内空间。自从教堂钟楼里的那次约会后，他们有很长时间都无法安排会面。为了迎接仇恨周的到来，工作时间被极大地延长了。离仇恨周还有一个多月，但筹备工作繁重复杂，人人都得加班加点。终于，他们设法安排在同一天下午休息，本来商量好再去小树林里的那片空地。但在前一天晚上，他们在街头匆匆碰面，像往常一样混在拥挤的人群中朝对方渐行渐近，温斯顿几乎不怎么去看朱莉娅，但匆匆一瞥让他觉得她的脸色似乎比平时苍白。

“全完了，”觉得周围比较安全，她马上压低声音说，“我是说明天。”

“什么？”

“明天下午，我不能来了。”

“为什么？”

“唉，老问题，这次提前了。”

他突然火冒三丈。认识她的这一个月以来，他对她的欲望已经发生了质的变化。起初，这种欲望中性欲的成分很少。他们第一次做爱只是一种反抗党的行为，但自从第二次以后就有了变化。她发丝的幽香、嘴唇的柔软、皮肤的嫩滑似乎都已融入他的体内，弥漫在他周围的空气中。她已经成为他生活中真真切切、不可或缺的存在，他不仅想占有她，而且觉得自己有权占有她。所以当她说不能来的时候，他有种感觉她在欺骗他。但就在此时，人群把他们挤到一起，他们的手不经意碰到了，她很快捏了一把他的指尖，似乎唤起了一腔爱意而非情欲。他突然想到，如果与女人一起生活，这样特殊的失望怕是常态，会时常发生。突然，他陷入了一股对她前所未有的柔情蜜意。

他希望他们是一对结婚十年的夫妻，他希望能与她像现在这样在街头漫步，不过是大大方方、无所畏惧的，谈些家长里短，买些日常用品。他最希望他们能有一个单独相处的地方，就不会觉得每次见面非做爱不可。他想租下查林顿先生的房间并非当时就有的念头，而是第二天才想到的。当他把这个想法告诉朱莉娅时，出乎他的意料，她欣然同意。虽然两人都明白，这无疑是疯狂的举动，但他们似乎都有意要向自己的坟墓更迈进一步。

他坐在床边等她时，不禁想起仁爱部的地下牢房。那种命中注定的恐惧会在你的意识里时隐时现，堪称怪事。它定会在将来的某个时刻、在你临死之前出现，就像九十九一定会在一百之前出现。你无从逃避，不过或许能稍加延缓。但你经常明知故犯、任性妄为，缩短末日到来的时间。

这时，楼梯上响起一阵急促的脚步声，朱莉娅冲进了房间。她挎着一个棕色的帆布工具包，经常在部里看见她上下班时带着它。他走上前去想一把搂住她，却被她急着挣脱了，多半是因为她还拎着那只工具包。

"等一会儿，"她说，"看看我给你带了什么好东西。你是不是又带了那恶心的胜利牌咖啡？我猜你会的。你可以把它扔了，因为我们再也用不着了。看这儿。"

她跪在地上，一把扯开帆布包，掏出放在上层的扳手和螺丝刀，下层是几个整齐的纸包。她递给温斯顿的第一个纸包有种陌生却又似曾相识的感觉，里面装的是沉甸甸的细沙状的东西，一碰就凹陷进去。

"这不会是糖吧？"

"真正的糖。不是糖精，是糖。这儿还有一块面包——正宗的白面包，不是我们吃的那种鬼玩意儿——还有一小罐果酱。这是一听牛奶——但是，你瞧！这才是让我最骄傲的宝贝，我得用粗布把它裹严实了，因为——"

不过，她不需要向他解释为什么要把它裹起来。香味已经弥漫整个房间，这种浓烈的香味好像是从他的童年时代散发出来的，但现在偶尔也能闻到。有时候，在一扇房门“砰”的一声关上之前，过道里便会飘过这样的香味；有时候，这香味会在拥挤的街道里神秘地飘散开来，时隐时现。

“这是咖啡，”他喃喃自语道，“真正的咖啡。”

“这是核心党专用咖啡，这儿足足有一公斤。”她说。

“你是怎么弄到这些东西的？”

“这些都是核心党的东西。没有什么是这些猪猡弄不到的，没有。不过当然，服务员、勤务兵，还有顺手牵羊的人都能蹭到一些，瞧，我还弄到了一小包茶叶。”

温斯顿在她身边蹲下来，将茶叶纸包打开一角。

“这是真正的茶叶，不是黑莓叶子。”

“最近茶叶很多，听说他们占领了印度还是哪里。”她说得含含糊糊，“但是听着，亲爱的，我想要让你转过身去，就三分钟。你到床的那一边坐着，别太靠近窗口，我不叫你不要转身。”

温斯顿透过薄纱窗心不在焉地看着外面。楼下院子里，那个胳膊通红的女人还在洗衣桶和晾衣绳之间阔步来回。她又从嘴里取出两个夹子，饱含深情地唱道：

他们说治愈伤痕需时间，
他们说忘记只要一转眼；
但这些年的欢笑与泪水，
仍不停把我的心房搅乱！

看起来，她已把这首低级无聊的歌曲背得滚瓜烂熟。她的歌声随着夏日甜美的空气荡漾开来，很是悦耳动听，欢快中带着淡淡的忧伤。似乎让人感觉到，如果六月的黄昏永不消失，要晾晒的衣物取之不尽，她会在那儿心满意足地待上一千年，一边晾尿布，一边唱情歌。他突然想到，从未听过哪个党员会自发地独自唱歌，这种行为多少有点儿不正统，是种危险的怪癖，就好像自言自语。也许，只有挣扎在饥饿线上的人们才有把一切都唱出来的需要。

“你现在可以转过身来了。”朱莉娅说。

他转过身去，一时几乎认不出她来。他原以为她会脱光衣服，但是她没有。不过眼前的变化更令他吃惊，她竟然化了妆。

她定是悄悄溜到无产者区域的某间店铺里，给自己买了一整套化妆品。她把嘴唇涂得红艳艳，脸颊上搽了胭脂，鼻子上扑了粉，甚至连眼皮底下也不知描了些什么东西，使她的眼睛看起来更明媚动人。她的化妆技术并不娴熟，但温斯顿在这方面也所知不多。他之前从未见过也从未想过一个女党员会涂脂抹粉。化妆后的她着实令人惊艳，虽只是在恰当的地方涂抹了几下，不仅使她漂亮了许多，更重要的是，更有女人味了，她的短发和男孩子气的制服反而衬得她更妩媚了。他将她揽入怀中，一股人造紫罗兰的香味蹿进他的鼻孔。他想起昏暗的地下厨房里老女人那张黑洞洞的嘴，她用的也是这种香水，但此刻，这些似乎都变得无关紧要了。

“还用了香水！”他说。

“是的，亲爱的，还用了香水。你知道接下来我要做什么吗？我要想办法去哪儿弄一套真正的连衣裙，再也不穿这该死的裤子了。我还要穿丝袜和高跟鞋！在这个房间里，我就要做一个女人，而不是党员同志。”

他们很快扯掉身上的衣服，爬上那张红木大床。这是他第一次在她面前脱个精光。直到现在，他仍为自己苍白瘦削的身体感到羞愧，还有小腿上因静脉曲张暴起的青筋，脚踝上那块褪了色的伤疤，都让他自惭形秽。

床上没有床单，但垫在身下的毛毯已经被磨掉了毛，变得很光滑。这张床很大，又很有弹性，出乎他们的意料。“肯定长满了臭虫，但谁还在乎这些？”朱莉娅说。现在已经见不到这种双人床了，除非在无产者家中。温斯顿还记得他小时候偶尔睡过这种床，朱莉娅则是一点儿都不记得了。

很快，他们便睡了一会儿。当温斯顿醒来时，时钟的指针已差不多爬到九点的位置了。他没有动，因为朱莉娅的头正枕在他的臂弯里。她脸上的脂粉大多已擦到他的脸上或是枕头上了，只剩下颧骨上那一层淡淡的胭脂，更衬得她娇艳动人。落日的浅黄余晖照射在床腿上，也照亮了壁炉，锅中的水早已烧开。下面院子里再没传来那女人的歌声，街道上孩子们的叫嚷声时断时续。他漫不经心地想着，像这般凉爽的夏日夜晚，一男一女一丝不挂地躺在一张床上。想做爱就做爱，想聊什么就聊什么，想躺多久就躺多久，就这么静静地躺着，听着外面的喧闹声。这样的生活即使在那被抹杀的过去，肯定也是非同寻常的吧？朱莉娅也醒来了，她揉了揉眼睛，撑起胳膊看了看煤油炉。

“半壶水烧干了，”她说，“我赶紧起来煮点儿咖啡吧，我们还有一小时。你那边什么时候熄灯？”

“二十三点半。”

“我们宿舍二十三点。不过你得早点儿回去，因为——嘿，滚开，你这脏东西！”

她突然在床上扭过身去，从地板上抓起一只鞋子，像男孩一样利索地一抡胳膊，扔向墙角，和那天上午她在两分钟仇恨会上，把词典扔向戈德斯坦的动作一模一样。

“这是什么东西？”他吃惊地问。

“一只大老鼠。我看到它从护墙板那儿探出恶心的鼻子，那边有个洞。不过，我把它吓跑了。”

“老鼠！”温斯顿嘀咕道，“就在这房间里！”

“老鼠到处都有。”朱莉娅重新躺下，不以为意地说，“我们宿舍甚至连厨房里都有，伦敦有些地方老鼠都成灾了。你知道它们还咬孩子吗？是的，它们真咬。住在那些街道上的女人不敢让婴儿独自待两分钟，都是那些褐色的大老鼠干的。最可恶的是，这些畜生总是——”

“别再说了！”温斯顿说着，紧闭双眼。

“亲爱的！你的脸色这么苍白，怎么了？是它们让你觉得恶心吗？”

“世界上最可怕的就是——老鼠！”

她紧贴着他，四肢交缠着他，像是要用她的体温抚慰他。他并没有马上睁开眼，有好一会儿，他感觉自己又回到了那个不时重现的噩梦中了，每一次的梦境都是如此地相似。他站在一堵黑暗的墙壁前面，而墙的另一端有一种他无法忍受、可怕到不敢面对的东西。在梦中，他总有一种深深的自欺欺人的感觉，其实他很清楚黑暗的墙壁后面是什么。他只要拼尽全力，就可以把那东西拽到光天化日之下，就好像把碎片从脑袋里挖出来一样，但每次他都还没弄明白那东西是什么就已经醒来。不知为何，总觉得那东西与朱莉娅刚才所说的却被他打断的话有关。

“对不起，”他说，“没事了，我讨厌老鼠，如此而已。”

“别担心，亲爱的，我们这儿再也不会有那些肮脏的畜生了。走之前，我会用碎布把洞口堵上。下次来的时候，我会带些灰泥过来，把它封得严严实实的。”

此时，莫名的黑色恐慌已忘却一半，他感到有点儿不好意思，于是靠着床头坐了起来。朱莉娅下了床，穿上工作服，开始煮咖啡。深底锅里冒出的香味如此浓烈，不由人为之振奋。他们关上窗户，以免被外人发现而寻根究底。比咖啡味道更好的，是加糖之后如丝般绵滑的口感，吃了多年糖精的温斯顿几乎忘了还有糖这种东西。朱莉娅一只手插在口袋里，另一只手拿着一片涂了果酱的面包，在房间里来回走动，不经意瞟一眼书架，指出那张折叠桌最好该怎么修理，随后又一屁股坐在那张破扶手椅里，感受它是否舒适，接着她又饶有兴致地打量起那座古怪座钟来。她把玻璃镇纸拿到床上来，这里光线好，可以仔细端详。他把它从她的手里拿回来，一如既往地为它如雨滴般晶莹柔润的光泽着了迷。

“你觉得这是什么？”朱莉娅问他。

“我觉得它什么也不是——我的意思是，它从没派过什么用场，这正是我喜欢它的原因。它是他们忘记篡改的一小段历史，是一百年前遗留下来的一则信息，如果有人能够读懂它。”

“还有那幅画——”她点头示意挂在对面墙上的那幅版画，“那也有一百年了吗？”

“不止，我觉得有两百年了，说不准。如今，不管什么东西都不可能知道它究竟有多少年了。”

她走过去看看。“这就是那畜生探头探脑的地方，”她说着便用脚踢了踢版画正下方的护墙板，“这是什么地方？我以前应该在哪儿见过它。”

“这是个教堂，至少曾经是，叫圣克莱门特的丹麦人教堂。”查林顿先生教他唱的那几句歌谣又浮现在他的脑海里，他有点儿怀旧似的哼唱起来，“橘子和柠檬，圣克莱门特的大钟说。”

令他惊奇的是，她居然接着唱了下去。

你欠我三法寻，圣马丁的大钟说。

你何时归还我，老贝利的大钟说——

“我也不记得下面的歌词了，不过我总算还记得结尾，‘蜡烛照着你睡觉，斧子把你头剁掉！’”

这像是一个暗号的上下句，不过在“老贝利的钟声”下面肯定还有另一句。如果能给查林顿先生一点儿适当的提示，也许能从他的记忆里挖掘出来。

“那是谁教你的？”他问。

“我祖父。我很小的时候，他常常念给我听。我八岁的时候，他被蒸发了——反正，他消失了。我不知道柠檬长什么样。”她又随意说了一句，“橘子我见过，是那种皮厚厚的、外形圆圆的黄色水果。”

“柠檬我还记得，”温斯顿说，“在五十年代，柠檬是很常见的。它们很酸，闻一下就会把你的牙齿酸倒。”

“我敢肯定那幅画后面有臭虫，”朱莉娅说，“等我哪天把它取下来，好好清理一番。我想我们差不多该走了。我得先把脸上的脂粉擦干净。真烦人！过会儿我再把你脸上的口红擦掉。”

温斯顿倚在床上又待了几分钟。屋子里的光线正渐渐变暗，他转身对着亮光凝视着那块玻璃镇纸。令他百看不厌的不是那块珊瑚，而是玻璃内部本身。虽然它透明得几乎像空气一样，但又深不可测。玻璃的弧形表面看起来像是天空的穹顶，里面包容着一个小小的世界，连空气都囊括其中。他感觉自己能够进入这一方天地，其实他已置身其中，红木床、折叠桌、座钟、钢雕版画，就连那块玻璃镇纸也在其中。玻璃镇纸就是他所处的这个房间，珊瑚就是他和朱莉娅的生活，被镶嵌在水晶玻璃的中心，成为永恒。

第五章　苟且偷生

❖

赛姆消失了。一天早上，他没来上班，几个没脑子的人还在议论他的旷工，第二天就再没有人提起他。第三天，温斯顿去档案司的前厅看布告牌，其中有则布告罗列着象棋委员会委员的印刷名单，赛姆曾是其中一员。它看上去和以前的名单几乎一模一样——什么都没少——除了一个名字。这就够了，赛姆已不复存在，他从未存在过。

天气酷热难挡。在迷宫般的部门大楼里，那些没有窗户的房间都装着空调，保持正常的温度。但外面的人行道热得直烫脚，高峰时段地铁里臭气熏天。仇恨周的准备工作进行得如火如荼，部门里所有工作人员都在加班加点。游行、集会、阅兵、演讲、蜡像、展览、电影放映、电屏幕节目，所有这一切都得组织起来，看台要搭起来，雕像要塑起来，口号要编起来，歌曲要谱起来，谣言要传起来，照片要造起来。

小说司里朱莉娅所在的部门已不再制造长篇小说，而是赶制一系列关于敌人暴行的小册子。温斯顿除了原有的日常工作外，每天还必须花大量的时间翻看过期的《泰晤士报》存档，对将要在演讲中出现的新闻进行修改或润饰。

深夜里，许多吵吵闹闹的无产者涌上街头游荡，整个城市被笼罩在一种怪异的狂躁中。火箭弹的轰炸比以往更频繁，有时候从很远的地方传来巨大的爆炸声，谁都不知所以，因而谣言四起。

一首即将作为仇恨周主题曲的新歌（名为《仇恨歌》）已谱写完毕，正在电屏幕上没完没了地播放着。歌曲的旋律像野兽的嘶吼，确切地说，很难称之为音乐，倒是类似擂鼓声，和着行军的脚步声，由几百个声音吼出来，令人不寒而栗。不过无产者喜欢它，在午夜的街头，这首歌竟然与仍旧流行的《这本是无望的痴念》不分上下。帕森斯家的孩子用一把梳子和一片卫生纸没日没夜地吹奏，着实令人难忍受。

温斯顿现在晚上比以前更忙碌了。由帕森斯组织的志愿者们成群结队地为仇恨周布置街道，缝旗帜、贴宣传画、在屋顶上竖旗杆，还冒险在街道两边拉起铁丝，准备挂横幅。帕森斯吹嘘说，光是胜利大厦挂出来的旗帜就有四百米长。他如鱼得水，快活得像只百灵鸟。炎热的天气，再加上体力活，使他有借口在晚上穿短裤和开领衬衫。他无处不在，推啊、拉啊、锯啊、砸啊，想起一出是一出，用同志式的劝告和大伙儿说笑，身上无不散发出源源不断的刺鼻的汗臭味。

一张崭新的海报突然出现在伦敦各处，没有任何说明文字，只有一幅大得离奇的欧亚国士兵的画像。有三四米高，长着一张面无表情的蒙古人种的脸，脚蹬大军靴，腰挎冲锋枪，正大步向前。不管从哪个角度看这张海报，那架用透视画法放大的冲锋枪似乎一直都在瞄准你。这张海报已经贴在每面墙的空白处，甚至比老大哥的肖像出现的次数还要多。无产者向来对战争漠不关心，如今被这样的煽动激起了周期性的爱国主义狂潮。

似乎是为了配合戮力同心的氛围，火箭弹炸死的人数也比从前更多了。有一枚落在了史特普尼区的一家人口众多的电影院，好几百人就这样被湮埋在废墟底下。附近居民都出来送殡，队伍绵延不绝，葬礼持续了数小时，实际上成了抗议大会。还有一枚落在了被当作游乐场的闲置空地上，几十个孩子被炸得血肉横飞。于是，又举行了好几次愤怒的示威游行。戈德斯坦的雕像被当众烧毁，几百张欧亚国士兵的海报被撕下付之一炬，一些店铺在混乱中被洗劫一空。接着又有流言传出，有间谍用无线电控制火箭弹的发射方向。有一对老年夫妇，被怀疑有外国血统，他们的房屋被烧毁，两人都在火中窒息而亡。

在查林顿先生店铺楼上的那个房间，温斯顿和朱莉娅一有机会就会去。每次，他们都会打开窗，为图凉快脱得光溜溜的，并排躺在那张没铺床单的大床上。老鼠果然没有再来，但天气闷热，臭虫迅速繁殖，不过这都算不了什么。无论干净还是肮脏，这里就是天堂。他们一进房间便将从黑市买来的胡椒粉撒在各个角落，然后扯掉衣服，大汗淋漓地做爱，再沉沉睡一觉，醒来发现臭虫正在集结，准备进行大规模反攻。

六月里，他们一共幽会了四次、五次、六次——七次。温斯顿戒掉了一天到晚都喝杜松子酒的习惯，他看来已不再需要它了。他变胖了些，静脉曲张性溃疡也消退了，只在脚踝处留下一块褐色疤痕，每日早晨的那阵咳嗽也没有了。日常生活不再令他难以忍受，他也不再有对着电屏幕做鬼脸或破口大骂的冲动了。

现在他们有了安全的藏身之所，几乎是个家了，虽然他们只能偶尔相聚，每次不过一两个小时，但他们丝毫不觉得辛苦，重要的是旧货铺子的楼上居然还存在着这样一间房。只要知道它在那儿，无人打扰，就感觉仿佛身在其中。这房间属于微缩的过去，自成一个天地，已经绝种的动物可以漫步其中。

温斯顿想：查林顿先生算是另一个绝种的动物。他有时上楼前，会跟他聊上几分钟。这老头儿几乎很少或根本不外出，另外，他的旧货铺子也没什么顾客上门。他过着幽灵一般的生活，穿梭于黑暗狭窄的店铺和店铺后更狭窄的厨房之间，他在那厨房里做点儿吃的，那里除了一些别的东西，还有一台老掉牙的留声机，装着一个大喇叭。有人与他说话，他似乎很高兴。在那些一文不值的货物间来回踱步时，他那长长的鼻子，厚厚的眼镜，以及裹在天鹅绒外套里伛偻的肩膀使他看起来不像旧货商，倒有几分像收藏家。他会略带深情地摩挲这件或那件破烂玩意儿——一个瓷质瓶塞、一个破旧鼻烟盒的釉漆盒盖，一个黄铜盒子，里面装着一绺早已夭折的婴儿的头发——他从来没有要求温斯顿买下来的意思，只是说他应该欣赏下。

听他说话，如同听一个破旧的八音盒发出叮当声。他从他记忆的角落里又挖掘出一些被遗忘已久的歌谣片段。有一首歌谣讲了二十四只乌鸦，另一首是关于一头折了犄角的母牛，还有一首关于公鸡罗宾的惨死。“我想你也许会感兴趣。”每次想起一个片段，他都会自我解嘲地讪笑，可惜他从来都只能记起一些只言片语。

他和朱莉娅都很清楚——或者说从未忘记——现状不可能持久。有时，死神近在咫尺，犹如他们躺着的那张大床般触手可及，他们会紧紧地搂在一起，带着一种绝望的纵欲心理，就像一个堕入地狱的灵魂在钟声敲响前的最后五分钟里拼命抓住他的最后一丝欢愉。不过，有时候他们也幻想自己是安全的，甚至能天长地久。他俩都觉得，只要真能进入这个房间，就能将灾难拒之门外。尽管来这儿有千难万险，但这房间本身就是个避难所。就好像温斯顿凝视玻璃镇纸一样，他总觉得自己能够进入那个玻璃世界，一旦进入，时间也会凝固。

他们常常沉溺于逃避现实的白日梦中，也许他们一直会有这样的好运气，可以像现在这样偷偷摸摸地过完余生。或者，凯瑟琳会死掉，温斯顿和朱莉娅想些巧妙的办法，最终得以结婚。又或者，他们双双自杀，再或者，他们一起失踪，改头换面，学会无产者的口音，在一家工厂找份工作，然后在一条偏僻小巷不为人知地度过下半辈子。他们也都明白，这无异于痴人说梦。在现实中，他们无处可逃。甚至连那唯一可行的办法，也就是自杀，他们都无意为之。过一天算一天，过一周算一周，在看不到未来的现在苟且偷生，这似乎是人难以遏制的本能，就好像只要有空气存在，人的肺部总要继续呼吸一样。

有时候，他们也会谈论如何积极参加反党活动，却不知道该如何迈出第一步。即使传说中的兄弟会确实存在，但想要加入其中也是困难重重。他告诉她，他和奥布赖恩之间存在着或似乎存在着一种奇特的亲近感，有时候他甚至感到有一种无法遏制的冲动，很想走上前去告诉他自己是党的敌人，请求得到他的帮助。说来也怪，她居然不觉得这样做过于冒失。她习惯于察言观色，在她看来，温斯顿仅凭一个一闪而过的眼神就认为奥布赖恩值得信赖是再自然不过的了。

此外，她还想当然地认为人人或者几乎人人在内心深处都仇恨党，如能安全无虞，谁都想打破规矩。但她并不相信那种大规模有组织的反抗活动存在或者有可能存在。关于戈德斯坦和他那个地下组织的传言，她说，纯属一派胡言，是党出于自身目的捏造出来的，但你不得不假装相信。在无数次党的集会和自发的示威游行中，她一直扯着嗓子高喊要将一些人处以死刑，而那些名字她却从未听说过，至于那些据说是他们所犯的罪行，她根本就不相信。在公审时期，她参加的青年团小分队从早到晚将法庭团团围住，高呼“处死卖国贼！”在两分钟仇恨会上，她总是拼命辱骂戈德斯坦，比别人都卖力，但其实她对戈德斯坦究竟是谁，有些什么样的主张压根儿就不了解。

她是革命后成长的年轻一代，完全不记得五六十年代的意识形态之争。她无法想象居然会有这种独立的政治运动，无论如何，党是不可战胜的。它将千秋万代，永恒不变。你想反抗也只能是暗地里不服从，最多制造些孤立的暴力事件，比如杀掉某个人或者炸掉某幢楼。

在某些方面，她比温斯顿更敏锐，也更不容易被党的宣传所诱导。有一次，他刚好提及与欧亚国的战争，让他震惊的是，她竟然随口就说，她认为根本没有什么战争。每天落在伦敦的火箭弹很可能是大洋国政府自己发射的。“只是让人们生活在恐慌之中”，类似这样的念头他可是从来没有过的。她还说在两分钟仇恨会上最大的困难就是强忍住不能放声大笑，这使他多少添了些妒意。但是，她只有在党的教义以某种方式影响到她自己的生活时，才会产生质疑。

通常，党的那些无稽之谈她都愿意接受，只是因为真实与谎言之间的差异对她而言似乎并不重要。譬如，她坚信飞机是党发明的，她在学校里学过（温斯顿记得，五十年代后期，在他上学的时候，党只声称发明了直升机；十多年后，等到朱莉娅上学时，直升机变成了飞机；而对再下一代人，党还会声称发明了蒸汽机）。当他告诉她，在他出生之前以及在革命之前很久，飞机就已经存在时，她却对此毫无兴趣。说到底，飞机是谁发明的又有什么关系呢？

更令温斯顿震惊的是，他从一次偶然谈话中发现，她根本不记得四年前大洋国是与东亚国交战，而与欧亚国结盟。虽然她认为整场战争都是伪造的，但很显然，她连敌人的名字变了都没注意到。“我以为我们一直都在与欧亚国交战。”她心不在焉地说。这让他颇为吃惊。飞机的发明是她出生之前很久的事，但战争对象的改变不过是四年前的事，那时她早已长大成人。他和她争论了大约有一刻钟，最后总算使她恢复了记忆，她似乎朦朦胧胧地记起敌国一度是东亚国而非欧亚国，但这对她而言仍然无关紧要。“谁管它？”她不耐烦地说，“总是不停地打来打去，一个接一个的，反正谁都知道所有的消息都是骗人的。”

有时，他和她谈起记录司，以及他在记录司做的那些厚颜无耻的伪造工作。但是这些事情好像并不能吓到她，她没有因为谎言变成事实而感到脚下的深渊正在扩张。他与她说起琼斯、阿伦森和卢瑟福的事情，以及从他指尖瞬间划过的那张意义重大的纸条，她却对此无动于衷。实际上，她一开始并没有领会这件事情的意义所在。

“他们是你的朋友吗？”她问。

“不是，我根本不认识他们。他们是核心党党员。再说，他们的年纪比我大多了，他们属于老一辈人，革命以前的那一代人。我只知道他们的长相。”

“那你还担心啥？随时都有人被杀，不是吗？”

他设法要使她明白：“这事非同寻常。不仅仅是有人被杀的问题。你是否意识到，昨天之前的过去，实际上都已经被抹杀了？就算它在什么地方仍然存在，也只存在于少数几样具体的物件上，没有文字为它们作注解，就像那块玻璃镇纸一样。我们现在对革命及革命之前的事情几乎一无所知。每项记录都被销毁或篡改，每本书都被改写，每幅画都被重绘，每座雕塑、每条街道、每个建筑物都被更名，每个日期都被改动，而且这个过程每时每刻每天都在进行着。历史已经停止，除了无休无止的现在，一切都不复存在，而党在现在又是永远正确的。我当然知道过去被篡改了，但我永远都无法证明这一点，即便我自己也曾篡改过过去。当篡改完成后，不会留下任何证据，唯一的证据只存在于我的内心。而且我也无法肯定，是否还有别人和我存有同样的记忆。在我一生中，只有那么一次，我居然掌握了那件事的确凿证据——在事发多年以后。”

“那又有什么用呢？”

“那是没什么用，因为几分钟后我就把它扔了。但如果同样的事情发生在今天，我会把它保存下来。”

“好吧，我可不会那样！”朱莉娅说，“我很愿意去冒险，但只为值得的事，而不是为了几片旧报纸。就算你真的保存下来了，你又能拿它怎样呢？”

“可能也不会怎样，但它总是个证据。假如我有胆量把它拿给别人看，也许我就能在各处播下一些怀疑的种子。我并不指望我们这辈子能改变什么，但可以想象，那些小小的反抗情绪会到处萌芽——一小群人聚集在一起，然后慢慢壮大，甚至还会留下一些记录，以便让下一代人继续我们未完的事业。”

“我对下一代不感兴趣，亲爱的，我感兴趣的是我们。”

“你只在腰部以下叛逆。”他对她说。

她觉得这句话机智又风趣，兴奋地张开双臂搂紧他。

她对党的教义相关的一些细枝末节毫无兴趣。每当他开始提起英社的原则、双重思想、过去的可变性、对客观现实的否认，以及使用新话单词时，她就会感到厌倦和茫然，说自己从未留意过那种事情。既然谁都知道那都是些鬼话，又何必让自己操那份心呢？她只需知道什么时候该欢呼，什么时候该咒骂，这就够了。如果他非要谈论这样的话题，她就倒头大睡，这个习惯真让他尴尬，她就是那种随时随地都能睡着的人。与她谈话时他发现，即使对正统思想一无所知，要摆出一副思想正统的样子是多么轻而易举的事。

从某种程度来说，最容易被党灌输它的世界观的人，就是那些对此缺乏了解的人。哪怕是公然违背现实的事，也能使他们接受，因为他们从未了解那些要求是何等地荒谬。他们对世事不够关心，也不关注发生了什么。正是由于不了解，他们才不至于疯狂。他们对所有的东西都囫囵吞下，而这些东西也不会对他们造成伤害，因为不会遗留残渣，就好像一粒玉米在小鸟体内未经消化就被排出一样。

第六章　终于发生了

❖

这件事终于发生了。他期盼已久的信息总算出现了。他觉得这一辈子都在等待这件事的发生。

当时，他正沿着真理部大楼的长走廊走动，快要走到上次朱莉娅塞纸条给他的地方时，突然意识到身后跟着一个体形比自己高大的人。那人也不知是谁，轻轻咳嗽一声，显然是有话要说。温斯顿骤然止步，一转身，原来是奥布赖恩。

他们终于面对面了，但此刻他唯一的冲动是想逃走。他的心狂跳着，说不出话。奥布赖恩却以同样的步伐继续向前走，友好地伸出手搭了下温斯顿的胳膊，两人肩并肩走着。他开始用他那独特的严肃而又彬彬有礼的方式说话，这是他和大多数核心党党员不同的地方。

“我一直希望能有机会与你谈谈，”他说，“前几天在《泰晤士报》上拜读了你用新话写的文章，我想你对新话应该颇有学术兴趣，是吗？”

温斯顿逐渐恢复了镇定。“谈不上学术，”他说，“我只是个业余爱好者，这不是我的专业。我从未参加过这种语言的实际编写工作。”

“但你的文章写得很漂亮，”奥布赖恩说，“这不仅是我个人的看法，最近跟你的一位朋友谈过，他肯定是这方面的专家，我一时想不起他的名字了。”

温斯顿的心头又掠过一阵痛楚。毫无疑问，这位想不起他名字的朋友就是赛姆。但是赛姆不仅死了，而且还被消灭了，成了非人，任何认同他的言辞都会招致生命危险。奥布赖恩的那句话明显是一个信号，一句暗语。由于一起犯下了轻微的思想罪，他使得他俩成了同谋。他们继续沿走廊缓行，但奥布赖恩突然停了下来。他推了推鼻梁上的眼镜，这个动作令人奇怪地生出一种消除戒心的亲近感。他接着说道：

“其实我想和你说的是，我注意到你的文章里用了两个过时的词，不过它们是最近才过时的。你是否看过第十版的新话词典？”

“没有，”温斯顿说，“我想它还没有发行吧，我们记录司现在用的还是第九版。”

“我想第十版要过几个月才会出版。不过，试行版已经出来了，我这里刚好有一本，你是否有兴趣看一看？”

“很有兴趣。”温斯顿说，马上领会了其中的意思。

“新版做了些很有创意的改进，减少了动词的数量——我想这一点您会感兴趣。让我想想，要不我派人把词典送到你那儿？不过，我担心我总是会忘记这些事情。或者在你方便的时候到我的住所来取？稍等，我把地址写给你。”

他们正好站在电屏幕前。奥布赖恩有点儿心不在焉地在两个口袋里都摸了摸，掏出一个皮面小笔记簿和一杆金色的墨水笔，他就站在电屏幕的下方，潦草地写下地址，把这一页撕下交给温斯顿，他的位置能使仪器另一端正在监控的人看到他所写的内容。

“我通常晚上在家，”他说，“万一不在，我的勤务员会把词典交给你。”

说完他就走了，留下温斯顿站在那儿，手里握着那张纸片，这次不需要藏它了。但他仍然小心翼翼地记住上面的内容。几小时后，把它连同一堆其他的文件一起丢进了记忆洞。

他和奥布赖恩的谈话最多不过两分钟，设计这段插曲可能只有一个目的，那就是通过这种方式让温斯顿知道奥布赖恩的地址。这很有必要，因为除了直接询问，你无法得知任何人的住址，大洋国没有通讯录之类的东西。“如果你想见我，你可以来这儿找我。”这就是奥布赖恩想对他说的。也许那本词典的某个地方还夹着一封密信。无论如何，有一点已确定无疑，他日思夜想的地下组织确实存在，而且他已经触摸到它的边缘了。

他知道，自己早晚会听从奥布赖恩的召唤。也许就在明天，也许要等很久——他并不确定。刚才发生的事，只不过是多年前就已开始的一项进程的自然而然的结果。第一步只是一个私底下的无意识的念头，第二步就是开始写日记。他已经把想法付诸文字，现在是把文字付诸行动的时候了。最后一步，则是发生在仁爱部里的事了，他已然接受了这个结局。早在一开始他就料到了，但还是令人恐惧，或者，更确切地说，像是预先尝到了死亡的滋味，离死亡越来越近。即使当他和奥布赖恩说话时，当他明白他话中的含义后，一阵彻骨的寒栗还是攫住了他。他感觉自己正一步步踏入阴冷潮湿的坟墓，尽管他早已知道坟墓一直在前方等着他，但这并不能让他好受些。

第七章　梦见母亲

温斯顿醒来时，眼里噙满泪水。朱莉娅睡意蒙眬地翻了个身贴近他，嘴里喃喃低语，好像在问："你怎么了？"

"我梦见——"他欲言又止。这事情实在太复杂，无法用语言表达。除了梦境本身，还有与梦相关的回忆也会在醒来后的几秒钟内浮现在他的脑海里。

他重新躺下，闭上眼睛，仍旧沉浸在那个梦里。那是个庞杂而明亮的梦，他的整个人生似乎在他眼前展现，犹如夏日雨后黄昏的景致。所有这一切都发生在那块玻璃镇纸里，玻璃的表面宛如苍穹，苍穹之下的万物都沉浸在清澈柔和的光芒中，一望无垠。这个梦可以理解为——其实，从某种意义上说——他母亲的一个手臂动作，三十年后，他在新闻影片中看到那个犹太妇女做出了这个同样的动作。她试图为年幼的孩子挡住子弹，就在直升机把他俩都炸成碎片之前。

"你知道吗？"他说，"直到现在，我还是觉得是我害死了我母亲。"

"你为什么要杀她？"朱莉娅问道，她几乎仍在睡梦中。

"我没有杀她，不是身体上的。"

在梦里，他想起了最后一眼瞥到母亲的情景。苏醒后的一瞬间，所有与之相关的细枝末节纷纷涌上心头。这是他多年来一直想要刻意忘掉的一段记忆，他已不记得确切日期了，不过事情发生时他至少有十岁了，也可能十二岁了。

他的父亲很早就失踪了，究竟有多早他也不记得了。他只记得当时社会动荡，人心惶恐：空袭已成家常便饭，大家纷纷逃到地铁站去躲避，到处都是断壁残垣，街角贴着他无法看懂的告示，成群结队的青少年穿着相同颜色的衬衫，在面包店门口排起长队，远处不时传来机关枪的声音。印象最深的是，那时他从来填不饱肚子。他记得常常一下午都与其他男孩在垃圾桶和废物堆里到处搜寻，捡些白菜梗和土豆皮，有时候甚至能找到发霉的面包皮，他们会小心翼翼地把上面的霉渣刮掉；他们还会去马路上等待运送牲口饲料的卡车经过固定路线，当卡车驶过坑坑洼洼的路面时，偶尔会颠出几块油饼碎片来。

父亲失踪时，母亲并未表现出惊诧或悲恸，但像突然变了个人似的，精神似乎已完全垮掉。就连温斯顿都能看出来，她在等待必将发生的某件事。一切该做的事情她还是照常在做——做饭、洗衣、缝补、铺床、扫地，给壁炉台掸尘——动作总是很迟缓，而且毫无多余之举。让人好生奇怪，就像一个艺术家的人体模型在自己行走着。她那高大匀称的身体似乎还能自动静止，她常常一连几小时一动不动地坐在床上，照看他的妹妹。妹妹当时大约两三岁，体弱多病，异常安静，小脸瘦得像只猴子。偶尔，她也会将温斯顿揽入怀中，紧紧搂着他，很长时间一言不发。尽管当时年幼无知，但他依然能觉察到，这与那件从未被提及却即将发生的事情有着某种关系。

他记得他们住过的那间屋子阴暗、封闭，一张铺着白色床单的床似乎就已占去了一半地方。壁炉架附近有个小煤气炉，还有块放食物的搁板，门外楼梯口有个陶制的褐色水槽，是几家共用的。他还记得母亲雕像般的身躯弯在煤气炉上，搅动着锅里的什么东西。他记得最清楚的是，他总是饥肠辘辘，还有吃饭时的纠缠不休。他会缠着母亲没完没了地问，为何没有更多的食物，他经常冲她大喊大叫（他还记得自己当时的嗓门，由于过早变了声，有时候瓮声瓮气的，很是奇怪），或者他会哭哭啼啼地装出一副可怜相，为了多要些超过自己份额的食物。母亲也愿意多分给他一些，认为"男孩"理应分到最多；但无论分给他多少，他总想要更多。

每次吃饭时，她总会央求他不要太自私，别忘了小妹妹还病着，也要吃东西，但这不管用。如果她不给他多分一点儿，他就大吵大闹，他会一把夺过她手里的锅和勺，还会从妹妹的盘子里再抓一点儿。他也知道这样做她们就得挨饿，但他实在忍不住，他甚至觉得自己有权这么做，他腹中的辘辘饥肠似乎也在为他辩护。两餐之间，他趁母亲不备，还会时不时地偷吃搁板上少得可怜的食物。

有一天，巧克力的定量发下来了，已经有好几星期甚至好几个月都没发过这种东西了。他十分清晰地记得那一小块珍贵的巧克力。那是两盎司[1]重的一小块（那时以盎司计重），是他们三个人的定量。显然，应该平均分成三等份。但是很突然，像是受了谁的指使似的，温斯顿听到自己瓮声瓮气地大声要求得到一整块。母亲告诉他别太贪心，于是伴随着叫喊、吵闹、哭诉、抗议、乞求，他开始了喋喋不休的漫长的争辩。他瘦小的妹妹双手紧紧搂住母亲，活像一只小猴子抱住母猴。她扭过头来，露出大大的眼睛，忧伤地望着他。最后，他母亲掰下四分之三的巧克力给了温斯顿，剩下的四分之一给了他妹妹。小女孩拿着巧克力，呆呆地看着，似乎不知道那是什么。温斯顿站在那里盯了她一会儿，突然一跃而起，从妹妹手里抢过那块巧克力，夺门而出。

① 盎司，既是重量单位又是长度单位。

“温斯顿，温斯顿！”母亲在后面叫道，“回来！把那块巧克力还给你妹妹！”

他停下脚步，但是没有回去。母亲焦灼的目光紧紧盯着他的脸庞。即使在这个时候，他还在想着那件事，那件事即将发生，他却仍然不知道是什么事。他妹妹意识到自己的东西被抢走了，无力地抽泣几声。母亲用胳膊搂紧她，把她的小脸贴在自己胸前。这样的姿势像是在告诉他，妹妹快要死了。他一转身逃下楼，捏在手里的巧克力变得黏糊糊的。

他再也没有见到他母亲。吞下巧克力后，他觉得有点儿羞愧，在街上游荡了几小时，饥饿难忍只好回家。到家后，母亲已经失踪了。在当时，失踪已成为正常现象。家里什么也没少，只是他母亲和妹妹不见了。她们没带走任何衣服，连母亲的大衣也没带走。直到现在，他仍然不能确认母亲是否真的死了，她很可能只是被下放到劳动营去了。至于他妹妹，很可能像他自己一样，被送进一家收留孤儿的机构（他们称之为保育中心），这种机构在内战后大量涌现，或者很可能和母亲一起进了劳动营，又或者只是被扔到哪里，任其自生自灭。

这梦境到现在仍历历在目，尤其是用手臂遮挡保护的那个动作，几乎包含了整个梦境的全部含义。他又想起两个月前做的另外一个梦。那次，母亲坐在一艘沉船上，就像坐在铺着肮脏白被子的床上一样，怀抱着孩子，在离他下面很远的地方，船分分钟都在下沉，但她仍透过颜色越来越深的海水望着他。

他把母亲失踪的事告诉了朱莉娅，她眼都没睁，只是翻了个身，换了个更舒服点儿的姿势。

“我猜你那时候就是个可恶的浑蛋，”她含含糊糊地说，“所有的孩子都是浑蛋。”

“没错，但这件事真正的意义在于——”

从她的呼吸来看，显然她又睡着了。他很想继续讲讲他的母亲，在他的记忆中，她并不是一个不同寻常的女人，也算不上聪明，却拥有一种高贵、纯洁的气质，那只是因为她遵循着自己的行为准则，她有她自己的情感，不受外界的影响。她从不认为没有实效的行为就是没有意义的。如果你爱一个人，就去爱他，即使你什么也不能给他，你还可以给他爱。

当最后一块巧克力被抢走时，他母亲仍紧紧搂着怀里的孩子。虽然没有用，改变不了任何事情，既不能再变出一块巧克力来，也不能让孩子和她自己逃离死亡。但她这样做，似乎是再自然不过的了。小船上那个逃难妇女用手臂护住她年幼的儿子，这比拿一张纸去挡子弹并没有好多少。

党所做的最可怕之事，是让你相信仅靠冲动或感情解决不了任何问题，而与此同时又剥夺你对现实世界的控制力。一旦你落入党的掌控，无论你有意识或是无意识，你做一件事或阻止一件事，其实已无关紧要。不管发生什么，你终究要消失。你和你的行为从此无人提及，历史的洪流将你清除得一干二净。然而对两代以前的人而言，这似乎并不那么重要，因为他们无意篡改历史，他们遵从的是人与人之间不容置疑的忠诚。他们在乎的是人与人之间的关系，一个完全徒劳的姿势，一个拥抱，一滴眼泪，向垂死之人所说的一句话，都有其自身的价值。

他突然想到，无产者，现在仍是如此。他们不会忠诚于一个政党、一个国家或一种思想，他们互相忠诚。生平第一次，他不再轻视无产者，或者只是把他们看作一种早晚有一天会爆发、会令世界重生的蛰伏的力量。无产者仍有人性，他们尚未麻木不仁，他们仍保留着人类最原始的情感，而他自己需要付出有意识的努力才能重新学会这些。

想到这儿，他突然想起了无甚关联的一幕：几个星期前，他在人行道上看到一只断手，他一脚把它踢到了阴沟里，好像它只是一段白菜梗。

“无产者是人，”他大声说，“我们不是。”

“为什么不是？”朱莉娅问道，她又醒了。

他沉吟片刻。

“你有没有想过，”他说，“对我们来说，最好趁早离开这儿，再也不要见面？”

“是的，亲爱的，我想过，好多回了。但我还是不想那么做。”

“我们运气好，”他说，“但好运气持续不了多久。你还年轻，看上去正统又纯洁。如果你能远离我这种人，或许还能再活五十年。”

“不，我都想过了。无论你做什么，我都会陪着你。别灰心了，我自有活命的办法。”

“我们也许还能在一起半年或者一年，谁也不知道。可是我们注定得分开。你可曾意识到，我们将会怎样的孤立无援？一旦被他们抓到，就一点儿办法都没有。真的毫无办法，谁也不能为对方做任何事。如果我招供了，他们就会枪毙你。如果我拒不招供，他们还是会枪毙你。不管我做了什么，说了什么，或者什么都没说，都不能使你的死期延迟五分钟。我们甚至无法知道对方是死是活，我们完全无能为力。重要的是，我们不能背叛对方，尽管结果不会因此有丝毫不同。”

“如果你指的是招供，”她说，“我们应该招供，没错。每个人都会招供的，你不得不招，他们会对你严刑拷打。”

“我并非指招供，招供不是背叛。你说什么或做什么都不重要，重要的唯有感情。如果他们能逼迫我停止爱你——那才是真正的背叛。”

她想了好一会儿。

“那他们做不到，”她最后说，“这是他们唯一做不到的事。他们能强迫你说任何话——任何话——但他们不能强迫你相信它。他们无法进入你的内心。”

“没错，”他说，心中燃起了更多的希望，“不能，的确如此。他们无法进入你的内心。如果你觉得保全人性是值得的，即便它不会带来任何结果，你也已经战胜他们了。”

他想到了永远在窃听的电屏幕，虽然他们可以夜以继日地监视你，但只要你保持清醒的头脑，仍然可以战胜他们。他们尽管聪明，但仍未能掌握如何发现别人内心的秘密。当你真正落到他们手上时，也许情况就并非如此了。谁也不知道在仁爱部里会遭遇什么，不过不难猜测：拷打、下药、用精密仪器记录你神经的反应，以及通过不让睡觉、关禁闭、无休止的审讯，逐步瓦解你的意志。不管怎样，事实是无法隐瞒的。他们会用讯问或拷打的办法把他们想要的东西从你的嘴里撬出来，但如果你的目标不是活命而是保全人性，那最终又有什么区别呢？他们无法改变你的感情，即使你自己想改，也难以更改。他们能详尽无遗地揭露你的所作所为、所思所想，但你的内心仍是坚不可摧的，它的活动甚至连你自己都觉得神秘莫测。

第八章　他们终于来了

❖

他们来了，他们终于来了！

他们现在就站在一个长方形的房间里，灯光柔和，电屏幕的声音被调得很低，铺在地上的深蓝色的厚地毯给人一种踩在天鹅绒上的感觉。在房间的另一端，奥布赖恩正坐在一张桌子前，桌上有一盏带有绿色灯罩的台灯，两边都有一大堆文件。当仆人把朱莉娅和温斯顿带进来的时候，他连头都没抬。

温斯顿的心咚咚狂跳，他怀疑自己是否还能开口说话。他们来了，他们终于还是来了，这是他心中唯一的念头。来这儿本身就是件冒失的事，两人一起来更是愚蠢。尽管他们确实走了不同的路线，到了奥布赖恩的门口才会合。但是，仅仅走进这种地方，就需要鼓足勇气。看一眼核心党党员的住宅内部，甚至连进入他们的住宅区，都是极其难得的。

这种公寓大楼气派非凡，触目所及皆富丽堂皇，精美的食物和精良的烟丝飘散出陌生的香味，电梯升降快速无声，令人难以置信，身穿白色上衣的仆人来去匆匆——这一切无不令人心生畏惧。虽然他来到此地有很好的借口，但每走一步都提心吊胆，担心墙角会突然冒出一个黑衣警卫，要查看他的证件，并将他轰走。

不过，奥布赖恩的仆人二话不说就让他们进去了。他身材矮小，黑头发，白上衣，一张菱形面孔毫无表情，也许是个中国人。他带着他们穿过一条铺有柔软地毯的走廊，墙上贴着乳白色的墙纸，还有白色的护墙板，一切都纤尘不染，同样令人望而生畏。温斯顿想不起来他所见过的还有哪条走廊的墙壁不是被人蹭得污浊不堪的。

奥布赖恩手里捏着一张纸条，似乎正在潜心研究。他凝重的脸庞低垂着，所以能看清他鼻子的轮廓，看起来威严且富有智慧。大约有二十秒钟，他坐在那里一动不动，然后把述录器拉向自己，用各部常用的混合行话发布了一则通知：

项目

一逗号五逗号七批准句号建议包括第六项双加荒谬近于罪想取消句号未获得充分估计机械费用前不建设句号

通知完毕

他不紧不慢地从椅子上站起来，穿过无声的地毯，走到他们面前。说完那串新话单词后，他的官架子似乎放下了一些，但神情却比平时更为严肃，似乎因为被打扰而感到不快。温斯顿本来就有些恐惧，这时又掺杂了几分尴尬。他觉得自己很有可能犯下了一个愚蠢至极的错误。他有什么确凿证据认定奥布赖恩就是政治密谋家呢？除了一个一闪而过的眼神，一句模棱两可的话语，除此之外，便只有他的秘密幻想了，还是建立在一个梦境之上。他已无路可退，甚至不能以借词典为借口了，因为那样无法解释朱莉娅的出现。奥布赖恩经过电屏幕时像是忽然想到了什么，他停下脚步，转身按下了墙上的一个按钮。只听到啪的一声，那声音戛然而止。

朱莉娅很是惊讶，忍不住尖叫了一声。温斯顿原本就惶恐不安，现在更震惊得脱口而出。

“您可以关掉它！”他说。

“是的，”奥布赖恩说，“我们可以关掉它，我们有这个特权。”

此时，他正面对着他们。他高大魁梧的身体卓立在他们面前，脸上的表情仍然难以捉摸。他的神情有点儿严肃，在等温斯顿开口。但是该说些什么呢？即使现在也能想到，他这个大忙人也许正在恼怒地想为什么会有人来打扰他的工作。

谁也没有说话，关掉电屏幕后，屋子里一片死寂。时间在一秒秒地缓缓流逝，温斯顿依旧艰难地凝视着奥布赖恩的眼睛。接着，那张冷峻的面孔突然放松了一些，像是要浮现出一丝笑意来。奥布赖恩扶了扶鼻梁上的眼镜，这是他特有的习惯动作。

“我先说还是你先说？”他问。

“我先说吧，”温斯顿即刻答道，“那东西真的关了？”

“是的，都关了，只有我们了。”

“我们来这儿是因为——”

他突然顿住了，因为他第一次意识到自己的动机如此含糊不清。其实，他也不清楚能指望奥布赖恩给予自己怎样的帮助，所以也就难以讲清自己为何而来。尽管他也意识到自己肯定说得空洞无力，但还是继续说道：

“我们相信存在某种密谋，某个秘密组织正在进行反党活动，您也参与其中。我们也想加入，为它工作。我们与党为敌，不相信英社的原则，我们是思想犯，我们也是通奸犯。我告诉您这些，是因为我们想把自己交给您，听凭您发落。如果您还希望我们用其他方式来证明自己，我们也愿意。”

他停下来，扭头看了一眼，感觉门被打开了。果然，那个黄脸孔的小个子仆人没敲门就进来了。温斯顿看到他端了个托盘，上面放着一个玻璃瓶和几个玻璃杯。

“马丁是自己人，”奥布赖恩不动声色地说，“把酒拿到这儿来吧，马丁，放到圆桌上。椅子够不够？那我们还是坐下来，好好谈一谈。给你自己也搬张椅子过来，马丁。这是正事，接下来的十分钟里你不用再当仆人了。”

小个子男人很自然地坐了下来，但仍带着几分仆人的神态，一个享受特权的贴身仆人的神态。温斯顿用眼角余光瞟了他一眼，他突然意识到这个人一辈子都在扮演一个角色，即便只是暂时放下伪装，他仍觉得危险。

奥布赖恩握住玻璃瓶的瓶颈，往几个玻璃杯里倒入一种深红色的液体。这唤起了温斯顿的模糊记忆，很久以前，他在墙上或广告牌上看到过——一个由电灯泡组成的巨大瓶子似乎能上下移动，将瓶子里的东西倒进杯子里。从上面看，那东西几乎是黑色的，但在玻璃瓶内却闪烁着犹如红宝石般的光芒，有种酸酸甜甜的味道。他看到朱莉娅已拿起她那杯很好奇地闻了闻。

“这叫葡萄酒，”奥布赖恩带着一丝不易察觉的微笑说，“你们肯定在书上读到过，不用怀疑，恐怕外围党能享用到的机会不多。”

他的神色又严峻起来，举起酒杯说：“我想我们应该先为健康干杯，也为我们的领袖，伊曼纽尔·戈德斯坦干杯。”

温斯顿颇为急切地举起他那杯酒。葡萄酒是他从书上读到过而且在梦里梦到过的东西，就像那块玻璃镇纸和查林顿先生记不全的童谣一样，都属于那个已然消失的浪漫的过去，在心底，他喜欢将这称为老时光。不知为何，他一直以为葡萄酒很香甜，像黑莓果酱一样，而且很快就会让人有醉意。实际上，当他终于一饮而尽时，这东西却让人大失所望。原来，他喝了多年的杜松子酒后，已经品不出葡萄酒的美味了。他放下空酒杯。

“这么说，真有戈德斯坦这个人了？”他问道。

“是的，确有其人，而且他还活着。至于在哪里，我也不知道。”

“那么那个密谋——那个组织呢？也是真的吗？不是思想警察凭空捏造的吧？”

“不，这是真的，我们叫它兄弟会。除了它的存在及你属于其中一员，别的情况你永远不会知道，这一点我等会儿再说。”他看了看他的手表，“即使是核心党党员，关掉电屏幕超过半小时也是不明智的。你们不该一起来，必须分头离开。你，同志——”他冲朱莉娅点点头，“先走。我们还能谈二十分钟左右。你们应该能理解，我会先问你们一些问题。总体说来，你们打算做什么？”

“做我们力所能及的任何事。”温斯顿说。

奥布赖恩坐在椅子里略微侧了一下身体，正好对着温斯顿。他几乎忽略了朱莉娅，似乎想当然地认为温斯顿能够代表她说话。他眼睑低垂了一会儿，然后用一种低沉、不带感情的声音提问，像是例行公事的教义问答一般，他心中早已有了大部分答案。

“你们愿意献出自己的生命吗？”

“愿意。”

“你们愿意杀人吗？”

“愿意。”

“去执行可能导致成百上千的无辜百姓丧命的破坏活动呢？”

“愿意。”

“将自己的国家出卖给外国呢？”

“愿意。”

“你们愿意去欺骗、伪造、勒索、腐蚀儿童心灵、散发上瘾毒品、教唆卖淫、传播性病——去做任何可能导致党腐败堕落或者削弱党的力量的事吗？”

“举个例子，假如往一个孩子脸上泼硫酸对我们的利益有某种帮助——你们愿意那样去做吗？”

“愿意。”

“你们愿意隐姓埋名，余生就当一个服务员或码头工人吗？”

“愿意。”

“如果我们命令你们自杀，你们也愿意吗？”

“愿意。”

“你们愿意两人从此分手，永不相见吗？”

“不！”朱莉娅突然插嘴。

而温斯顿似乎半晌无语。有那么一阵子，他像是失去了说话的功能。他的舌头在无声地颤动，但是发不出声音，嘴唇刚要形成一个字的第一个音节，出来的却是另外一个字的第一音节，如此反复多次。在做出回答前，他都不知道自己想说什么。

“不。”他终于说出口了。

“你们能告诉我很好，”奥布赖恩说，“我们有必要了解一切。”

他转过身去和朱莉娅说话，声音中多了几分感情：

“你明白吗？即使他能侥幸活下来，也可能是另外一个人了。我们或许不得不给他一个新的身份，他的面容、举止、手的形状、头发的颜色——甚至连他的声音也会发生变化。你自己也可能会变成另外一个人。我们的外科医生能把人改头换面，让人再也认不出来，有时候这是必要的。有些时候，我们甚至会锯掉一个人的胳膊或腿。”

温斯顿忍不住又瞥了一眼马丁那张蒙古人种的脸，上面看不到有什么疤痕。朱莉娅的脸色变得苍白，雀斑也更加明显，但她还是勇敢地面对着奥布赖恩。她低声咕哝着什么，似乎在表示同意。

“好，那就这么定了。”

桌上有个银色的烟盒，奥布赖恩心不在焉地将香烟推给他们，自己也取了一支，然后站起身，开始慢慢地来回踱步，似乎这样站着能更好地思考。那是种很高级的香烟，很粗，包装得很好，用的是柔滑如丝的罕见烟纸。奥布赖恩又看了看手表。

“马丁，你最好回到配餐室，”他说，“一刻钟之内我要打开电屏幕。你走之前好好看看这两位同志的脸。你还会再见到他们，我可能就不会了。”

跟刚才在大门口时一样，小个子男人的黑眼睛在他们的脸上扫视了一遍，举止里丝毫没有友善的迹象。他只是在牢记他们的外貌，对他们并无兴趣，至少看上去不感兴趣。温斯顿突然想到，整容后的脸也许很难改变表情。马丁没说话，也没打任何招呼，就这么走了出去，悄然无声地随手关上了门。奥布赖恩来回踱着步，一只手插在黑色制服的口袋里，另一只手夹着香烟。

“你们要明白，”他说，“你们将在黑暗中斗争，你们将永远身处黑暗中。你们将接到命令，然后服从命令，不会知道为什么。稍后我会送你们一本书，从这本书里你们会了解到我们所生活的这个社会的真正本质，以及要用怎样的战略来摧毁它。读完这本书，你们就是兄弟会的正式成员了。但是除了我们为之奋斗的总目标和当前的具体任务，你们永远不可能知道其他的事情。我可以告诉你们兄弟会确实存在，但我不能告诉你们它的成员究竟有一百还是一千万。从你们的个人经历来看，你们永远不可能认识十几个成员，你们会有三四个联系人，但是会经常换人，原先的人会消失。由于这是你们的初次联系，所以会保持下去。你们所接到的命令都由我发出，如果我们觉得有必要与你们联系，就通过马丁。你们最后被抓捕时，你们会招供，这是不可避免的。但你们没什么可招供的，除了你们自己所做的事情。你们能出卖的，无非是少数几个无关紧要的人。也许你们甚至连我都无法出卖，那时候我可能已经死了，或者变成了另外一个人，长着另外一副面孔。”

他继续在柔软的地毯上来回踱步。虽然他身材魁梧，举止却特别优雅，甚至在将手插进口袋或捏一支香烟的时候都能展现出来。相比刚毅果决，他给人更深刻的印象是自信和体谅，尽管这体谅里带有一丝淡淡的嘲讽。无论他内心多么热切，他丝毫没有狂热分子专属的那种执拗。当他谈到谋杀、自杀、性病、截肢和易容时，隐约带有几分揶揄的口吻。“这是不可避免的，”他的声音似乎在诉说，“这是我们必须做的，没有妥协的余地。但是如果生命值得重来一次，我们就不会这样去做了。”

温斯顿不由得对奥布赖恩产生了由衷的钦佩之情，近乎崇拜。他暂时忘却了戈德斯坦那幽灵般的形象。当你看着奥布赖恩那坚实的臂膀和坚毅的脸庞时，如此丑陋却如此文雅，你不可能相信他会被打败。没有什么阴谋是他无法应对的，没有什么危险是他无法预料的。甚至连朱莉娅也被他打动了，她听得入了神，连手中的香烟熄灭了也全然不知。奥布赖恩继续说道：

“你们已经听到过关于兄弟会存在的传言，无疑你们对它也有了自己的看法。你们或许会把它想象成一个巨大的地下密谋组织，在地下室里秘密集会，在墙上涂刷标语，靠暗号或手势来接头，但这一切都不存在。兄弟会的成员无法认出对方，任何一个成员所认识的其他成员均寥寥无几。即便是戈德斯坦本人落到了思想警察手里，也无法向他们提供一份完整的名单，以及能获得这份完整名单的任何信息，根本不存在这样的名单。兄弟会不可能被消灭，因为它不是一般观念中的那种组织。将它的全体成员凝聚在一起的不是其他，而是一种坚不可摧的信念。除了这种信念，你再没有别的可以依靠了。你无法获得同志的友爱，也得不到任何鼓励。最终被捕后，也没有人来营救你，我们从不营救自己的成员。最多，在某人绝对需要封口时，我们有时会将剃须刀片偷偷送进牢房。你们得适应这种没有结果也没有希望的生活。你们工作一段时间，然后被捕，会招供，会死掉，这是你们能见到的仅有的结果。任何看得见的变化在我们的有生之年都不可能发生。我们已死，我们真正的生命只存在于未来。我们将以几抔黄土、几根枯骨去参与未来的生活。但未来究竟有多远，无人知晓，也许有千年之遥。目前，除了逐步扩大神志清醒的人群范围，我们别无他法。我们不能采取集体行动，我们只能通过个人将我们的思想传播开来，一代代传下去。面对思想警察，别无选择。”

他停了下来，第三次看他的手表。

“你差不多该走了，同志，”他对朱莉娅说，“等等，瓶子里还剩一半的酒。”

他将杯子都斟满，然后手持杯柄举起自己那杯。

“这次是为什么而干杯呢？”他说，仍然带有一丝淡淡的嘲讽，“为愚弄思想警察？为老大哥之死？为人性？为未来？”

“为过去。”温斯顿说。

“过去更重要。”奥布赖恩神情严肃，表示同意。

他们喝完了酒，过了一会儿，朱莉娅起身要走。奥布赖恩从橱柜顶上取下一只小盒子，递给她一片扁平的白色药片，让她含在舌上。他说出去时不能散发出酒味，这点很重要，因为开电梯的人机警敏锐。她走后刚关上门，奥布赖恩似乎就忘记了她的存在。他又来回踱了几步，然后停了下来。

“还有些细节问题得解决，”他说，“我猜你们有个什么藏身的地方吧？”

温斯顿说出了查林顿先生店铺楼上的那间屋子。

“目前这样还行，以后我再为你们安排其他地方。重要的是，藏身之处要经常更换。另外，我会把那本书带给你——”温斯顿注意到，就连奥布赖恩在提到那本书的时候，也似乎特意加重了语气——“戈德斯坦的书，你知道的，尽快给你。也许要过好几天才能弄到一本。你可以想象，存世流传的很少。思想警察到处搜查、销毁，几乎和我们的印刷速度一样。这也没多大关系，这本书是无法毁灭的。即使最后一本被毁，我们也能几乎一字不差地重印一本。你上班的时候带公文包吗？”他又问。

“一般都会带。”

“什么样子的？”

“黑色的，很旧，有两根搭扣带。”

“黑色，有两根搭扣带，很旧——好的。最近的某一天——我不能确定是哪天——早上，你工作的时候会收到一个通知，里面有个词是印错的，你必须要求重发。第二天，你上班时别带公文包。那天的某个时候，有人会在路上拍拍你的胳膊说：‘我想你掉了公文包了。’他给你的公文包里就有一本戈德斯坦的书，你要在两周内归还。”

他们都沉默了一会儿。

“还有几分钟你就得走了，”奥布赖恩说，“我们还会再见——如果我们还能再见——”

温斯顿抬头看他。“在没有黑暗的地方？”他有些迟疑地问道。

奥布赖恩点点头，并不觉得惊讶。“在没有黑暗的地方。”他说。他似乎明白这句话暗示着什么。

“此刻，在你离开前，你还有什么想说的话吗？有没有什么口信？或者什么问题？”

温斯顿想了想，好像也没什么想问的了，更不想泛泛而论地唱高调。他心中所想的并不是直接跟奥布赖恩或兄弟会相关的事情，而是另一幅组合的画面，那里有他母亲度过最后一段时间的那间阴暗的卧室、查林顿先生店铺楼上的那间小屋、玻璃镇纸、镶嵌在蔷薇木画框里的钢雕版画。他几乎随口问了一句：

“您有没有听过一首旧时的歌谣，开头是‘橘子和柠檬，圣克莱门特的大钟说’？”

奥布赖恩又点了点头，他庄重且彬彬有礼地唱完了这一段：

橘子和柠檬，圣克莱门特的大钟说。
你欠我三法寻，圣马丁的大钟说。
你何时归还我，老贝利的大钟说。
等我富了还你，肖尔迪奇的大钟说。

“您知道最后一句！”温斯顿说。

“是的，我知道最后一句。现在，恐怕你得走了。不过，稍等，最好让我给你取片药。”

温斯顿站起身，奥布赖恩伸出手用力一握，几乎要把温斯顿的手掌骨捏碎。走到门口时，温斯顿回头看了一眼，奥布赖恩似乎正在将他忘掉。他的手放在电屏幕的开关上，等他离开。温斯顿能看到他身后的写字台，上面有绿灯罩的台灯、述录器，以及装着厚厚文件的铁丝篮子。“这件事结束了。”他想，“三十秒内，奥布赖恩又会重新回到他被打断的重要的党务工作。”

第九章　闭门读禁书

❖

温斯顿累得快成一块凝胶了。凝胶是个贴切的词，它自动浮现在他的脑海中。他的身体不仅像凝胶般瘫软，而且也呈半透明状。他觉得如果把手举起来，他都能看到光线透过来。高强度的工作把他浑身的血肉都已榨干，只剩下一副由神经、骨骼和皮肤所支撑的脆弱架子。所有的知觉似乎都被放大，制服摩擦着他的肩膀，人行道硌得他脚底刺痛，甚至连手掌的收放都格外费劲，使得关节咯咯作响。

他五天的工作时间已超过了九十小时，部里其他人也都如此。现在全部结束了，他几乎无事可做，在明天早上以前，没有任何党的工作要做。他可以在他的藏身之处待上六个小时，再回到自己的床上躺上九个小时。在午后和煦的阳光里，他沿着一条肮脏的街道，慢慢地朝查林顿先生店铺的方向走去，一路留意着巡逻警察，但又毫无理由地认为，今天下午不会有被人干涉的危险。他带的公文包很重，每走一步都会撞到膝盖，撞得整条腿都刺痛发麻。公文包里就装着那本书，他拿到手已经六天了，但一直没有打开，甚至没有看它一眼。

仇恨周的第六天，经过游行、演讲、呐喊、歌唱、横幅、电影、蜡像，军鼓轰响声、小号尖啸声、齐步踏地声、坦克履带的碾压声、飞机的呼啸声、枪炮的轰隆声——这样过了六天之后，人们的情绪极度兴奋，达到了最高潮，对欧亚国的仇恨已经沸腾至狂乱的程度。若是在仇恨周的最后一天被公开处以绞刑的两千名欧亚国战俘落到他们手上，无疑会被撕成碎片。但就在此时突然宣布，大洋国根本不是在与欧亚国交战，大洋国是在与东亚国交战，欧亚国是盟国。

当然，不会有人承认发生过任何变化。只是突如其来地，所有人都知道了敌人是东亚国而非欧亚国。消息传来时，温斯顿正在伦敦市中心的一个广场上参加示威游行。

当时正是夜晚，在泛光灯的照射下，苍白的面孔和鲜红的旗帜互相映衬，显得斑斑驳驳。广场里挤满了数千人，其中包括一千名身着侦察队制服的中小学生组成的方阵。

在铺着红布的演讲台上，一名核心党党员正在慷慨激昂地向人群发表演说。此人身材矮小，手臂却长得离奇，光秃秃的大脑袋上趴着几绺稀疏的头发。他活像传说中的侏儒怪，仇恨扭曲着他的身体。他一手抓住话筒，另一只手在头顶凶神恶煞地挥舞，这只手奇大无比，与瘦骨嶙峋的胳膊极不相称。他的声音从扩音器里传来，尤为刺耳，没完没了地控诉着敌人的种种暴行，诸如屠杀、驱逐、掠夺、强奸、虐待俘虏、轰炸平民、散布谣言、大肆侵略、背信违约等。听他的演讲，首先你不可能不信服，然后也不可能不疯狂。每隔几分钟，人群的愤怒就会沸腾一次；他的声音被野兽般的咆哮声淹没了，那是从几千个喉咙里不可遏制地爆发出来的。而最野蛮的叫喊声来自那些学生。

演讲大约持续了二十分钟时，有个通讯员急匆匆地走上讲台，把一张纸条塞到演讲者手里。他打开看了一眼，并未停止演讲。他的声音和举止没有任何改变，演讲的内容也不变，但是突然之间，那些名字变了。什么都不必说，一股理解的浪潮就这样扩散在人群中。大洋国在与东亚国打仗！紧接着出现了一阵可怕的骚乱。广场上悬挂的旗帜与海报全错了！一半的宣传画上印错了面孔，这是恶意破坏！准是戈德斯坦的特务们干的！于是，人群中出现了暴乱的场面，宣传画被人们从墙上扯下来，旗帜被撕成碎片踩在脚底。少年侦察队的表现惊人，他们爬上屋顶，将挂在烟囱上的横幅剪断。不过两三分中，这一切便全都了结了。那个演讲者仍紧攥话筒，身体前倾，另一只手在空中挥舞，继续演讲。一分钟后，人群中又爆发出野兽般的怒吼声。仇恨在持续着，一如既往，只不过仇恨的对象已改变。

温斯顿回想起那一幕，最令他印象深刻的是，那个演讲者居然是在某句话的中间转变了仇恨对象，不仅没有丝毫停顿，甚至连句法结构都不曾打乱。不过那时他正全神贯注地想着别的事。那是在海报被撕扯下来的混乱时刻，有个他连长相都没看清的人拍拍他的肩膀说："打扰了，我想你掉了公文包了。"他心不在焉地接过公文包，什么也没说。他知道要过好几天才有机会看看里面的东西。示威活动一结束，他立即回到真理部，尽管那时已将近二十三点。部里的全体工作人员都已返回。电屏幕已经发出指示，要求他们回到工作岗位，这几乎是多此一举的。

大洋国在与东亚国交战：大洋国一直与东亚国交战。五年内的政治文献现在有一大部分已彻底作废。各种各样的报道、纪录、报纸、书籍、小册子、电影、录音、照片——所有这一切都得以闪电般的速度更正。虽然还未下达指令，但大家都心知肚明，部里的领导希望在一周内将所有提及与欧亚国交战、与东亚国结盟的材料都消失殆尽。工作量极其繁重，再加上此事不能明说，使得任务更为艰巨。

记录司每人每天工作十八个小时，小睡两次，每次三小时。从地下室搬来的床垫，铺满了整条走廊。每顿饭都是食堂服务员用手推车推来的，包括三明治和胜利牌咖啡。每次温斯顿暂停工作去走廊上小睡时，总是尽量把桌上的文件处理完毕，但每次当他睡眼惺忪、腰酸背痛地回来时，桌上又会堆满雪山似的文件，不仅将述录器淹没了一半，还散落得满地都是。因此他要做的第一件事就是把文件收拾整齐，好腾出点儿地方来工作。最糟糕的是，这项工作并非纯粹的机械劳动，虽然很多时候只需更改下名字即可，但在处理某些事件的详细报道时，需要缜密的心思，还得发挥想象力。仅仅是将战争从地球的一端转移到另一端，所需的地理知识就得相当丰富。

到了第三天，他的眼睛疼得难以忍受，每隔几分钟就要擦拭下镜片。这像是在拼命干一件繁重的体力活，你本有权拒绝去做，但又神经质地急于完成。如果他有时间回想，他对着述录音器念的每一个字，用墨水笔写下的每一个笔画，都是精心编织的谎言，但他并没有因此而感到不安。他和司里的其他人一样，要尽量将这谎言编得圆满。

到了第六天早上，气力输送管里吐出来的字条慢慢减少了。在长达半小时里，没有任何东西传过来。随后又送过来一条，接着又没有了。几乎在同一时间段，各个部门的工作都减少了。司里人人都长长地偷舒一口气，这项不能提及的巨大工程终于完成了。现在无论是谁，都不可能找到文件来证明大洋国曾经与欧亚国交战。到了十二点，突然接到通知，部里全体工作人员都放假，放到第二天上午。温斯顿将装有那本书的公文包带回了家，工作时把它放在两脚之间，睡觉时就垫在枕头底下。回到家后，他刮了胡子，洗了个澡，差点儿就在浴缸里睡着了，虽然水只是微温。

当他爬上查林顿先生店铺的楼梯时，全身关节咔咔作响，倒也很享受。他十分疲惫，但睡意全无。他推开窗，点燃那个脏兮兮的小煤油炉，放上一壶水准备煮咖啡。朱莉娅马上就要到了，刚好利用这段时间看那本书。他在那把邋遢的扶手椅上坐了下来，解开公文包的搭扣带。

这本书很厚，装订较为拙劣，黑色封面上既无作者名也无书名，印刷的字体看上去也不怎么规则。页边破损严重，很容易散页，看来此书已经转过很多人的手。它的扉页上印着：

寡头政治集体主义的理论与实践

伊曼纽尔·戈德斯坦　著

温斯顿开始往下读：

第一章

无知即力量

有史以来，大约自新石器时代结束后，世上的人一直被分为三类：上等、中等和下等。他们还可以继续往下细分，被冠以无数不同的名称，他们的相对人数以及对待彼此的态度都因时代而异，然而社会的基本结构却从未改变。即使经历了翻天覆地的动荡和似乎无法逆转的改变后，依然能恢复其原有的格局，就像陀螺总能恢复平衡，无论你将它推向何方，推得多远。

这三个阶层的目标完全不可调和……

温斯顿停了下来，主要是想好好回味他正在舒适又安全地阅读这一事实。他独自一人，没有电屏幕，也没有隔墙之耳，不需要神经兮兮地东张西望或手掩书本。夏日甜蜜的空气轻吻着他的脸颊，远方不知何处隐约传来孩子们的嬉闹声。屋子里，除了座钟虫鸣般的走时声，再没有别的声音。他往扶手椅里再坐进去一些，把脚搁在壁炉前的挡板上。这生活无比惬意，但愿永远如此。突然，正如一个人在读一本他知道最终会把每个字都一读再读的书那样，他把书翻到另一处，发现那是第三章。他继续读下去：

第三章
战争即和平

世界被分成三个超级大国，这件事在二十世纪中叶之前即可被预料到。自俄国吞并欧洲，美国吞并大英帝国后，现存三大国中的两个大国，欧亚国和大洋国早已切实存在。第三大国东亚国是历经十年混战后才崛起的。这三大国的边境，有些是随意划分的，另外一些则根据战争的形势而定。但总体说来是按照地理界线划分的。

欧亚国包括整个欧亚大陆的北部，从葡萄牙到白令海峡。大洋国包括美洲、大西洋群岛及不列颠诸岛、澳大利亚和非洲南端。与这两国相比，东亚国相对较小，西部边界也不甚明了，主要包括中国及其以南地区、日本诸岛及满洲、蒙古、西藏等边界不明的大片区域。

这三个超级大国，永远都是与一国结盟，与另一国交战，在过去二十五年里，一直处于战争状态。如今的战争已不是二十世纪初期那种疯狂的你死我活的毁灭性战争了，而是双方目标有限的交锋，谁也没有能力将对方摧毁。

开战既不是为了掠夺物资，也不是意识形态上的真正分歧。但这并不说明他们进行战争的方式或者对待战争的态度就不那么血腥，或者多了点骑士精神。恰恰相反，对战争的歇斯底里在各国都是经久不衰而且普遍存在的，诸如强奸、劫掠、屠杀儿童、奴役人民、对战俘进行报复，甚至煮死或者活埋这样的行径均已习以为常。若此等行为都是我方而非敌方所为，更被认为值得称颂。然而从实际意义上说，战争只涉及一小部分人，他们大多是受过高等训练的专家，相对而言，伤亡比以前少很多。

如果真有战斗，通常发生在一些界线模糊的边境地带，一般人只能妄加揣测，而不知确切地点；或者发生在守卫海道战略要塞的浮堡一带。在文明的中心，战争不过意味着消费品的持续短缺，以及偶尔一枚从天而降炸死几十人的火箭弹。实际上，战争的性质已经改变。发动战争的原因的重要性已经发生了变化。在二十世纪初期的几次大战中居于次要地位的战争动机如今已跃升至主要地位，并被有意识地认可与执行。

想了解战争的性质——尽管每隔几年敌友关系总会发生变化，但战争还是那场战争。首先，人们必须认识到，战争不可能是决定性的。三个超级大国中的任何一国都不可能被彻底征服，即使另外两国联合起来也做不到。他们太势均力敌，而且天然防线难以逾越。欧亚国的屏障是其辽阔的陆地，大洋国则依仗大西洋和太平洋，而东亚国人口众多，民众勤劳。

其次，从物质意义上来说，现在已不再需要通过战争来夺取物资了。随着各国自给自足经济体系的形成，生产和消费已趋于平衡。以往为争夺市场而发动战争的理由已不复存在，而对原材料的争夺也不再是生死攸关的大事。不管怎样，这三个超级大国幅员辽阔，所需全部资源几乎都能在本国疆域内获得。

如果说战争还有什么直接的经济目的，那就是对劳动力的争夺。各大国的国境之间，有一块从未被任何国家长期占领的类似四边形的区域，四个角分别是丹吉尔①、布拉柴维尔②、达尔文港③和香港，其总人口约占全球人口的五分之一。为了争夺这片人口密集的区域和北极的冰雪地带，三大国征战不休。实际上，谁都不曾全部控制过这片有争议的地区，其中的各个部分经常轮流易主，要凭借突然的背叛才能占据这一块或那一块地方，因此也导致了结盟对象的不断变化。

所有被争夺的地区都蕴藏着宝贵的矿产资源。有些地方还盛产重要的植物产品，如橡胶，这在寒冷地带只能通过费用较高的方式进行人工合成。不过这些地区最有价值的是它们拥有取之不尽用之不竭的廉价劳动力储备。不管哪个国家，只要统治了赤道非洲，或中东诸国，或印度南部，或印度尼西亚群岛，就能支配几千万甚至几亿廉价苦力。这些地区的居民，几乎已被公开沦为奴隶，不停地在征服者之间转手。被当作煤或石油一样使用，以制造更多的军备物资，占领更多的领土，控制更多的劳动力；再制造更多的军备物资，占领更多的领土，如此循环往复，无休无止。

要引起注意的是，战争从未越过争议地区的边界。欧亚国的国境在刚果河与地中海北岸之间来回波动，印度洋

---

① 丹吉尔，摩洛哥北部古城、海港。

② 布拉柴维尔，刚果共和国首都，全国政治、文化中心，是座美丽的热带城市，享有“花园之城”的美誉。

③ 达尔文港，澳大利亚西北海岸城市，澳北区首府。

和太平洋的岛屿被大洋国和东亚国轮流占领；在蒙古地区，欧亚国和东亚国的边界从未稳定过；在北极地区，三大国都声称对其辽阔的疆域拥有主权，其实那里大部分地区都杳无人烟，未经勘探。不过，这三个超级大国的实力一直势均力敌，它们各自的核心地带从未被侵犯过。

此外，赤道附近地区被剥削民众的劳动力对世界经济而言并非必不可少。他们不能为世界增添财富，因为不管他们生产什么，都会被用于战争，而发动战争的最终目的就是为了发动下次战争时处于更有利的地位。凭借这些被奴役民众的劳动力，这场无休无止的战争速度加快了。但是如果没有他们，整个世界的社会结构以及这自我维持的进程，也不会有什么本质的不同。

现代战争的主要目的（根据双重思想的原则，核心党的首脑们对此既承认又不承认）是消耗机器制造的产品，而不是提高人民的生活水平。自十九世纪末期以来，工业社会的一大潜在问题便是如何处理剩余消费品。在当今社会，很少有人能吃饱饭，这个问题显然并不那么紧迫了，即使没有人为的销毁，这个问题也不应该是个问题。

当今的世界与一九一四年之前的世界相比，是个物质匮乏、食不果腹、满目疮痍的世界，如果与那时人们想象中的未来世界相比，更是有过之而无不及。

二十世纪初，人们设想中的未来社会令人难以置信的富足安逸、井然有序、卓有成效——是一个由钢铁、玻璃和洁白的混凝土构建的晶莹夺目、纤尘不染的世界——那几乎是每一个受过教育的人对未来的畅想。当时科技以惊人的速度发展，人们似乎自然而然地认为会一直这样发展下去，然而这一切并未发生。部分原因是漫长的战争与革命造成经济上的贫困，另一部分原因则是科技的进步需要依靠经验主义的思维习惯，但这种习惯在一个严格管制的社会里实难幸存。

总体而言，今天的世界比五十年前更原始。有些落后地区固然有所进步，不少设备也有所发展，但这些总与战争以及警察的监视侦查相关。实验和发明大都陷于停滞状态，二十世纪五十年代原子战争造成的破坏尚未完全恢复。然而，机器所固有的危险依然存在。

自机器问世之日起，有识之士都很清楚，人类再无从事辛苦体力劳动的必要，人与人之间的不平等关系也会明显改善。如果当时能将机器有意识地用于这一目的，饥饿、过劳、龌龊、文盲与疾病均有望在几代人之内消灭。实际上，在十九世纪末和二十世纪初，机器虽然并未用于这样的目的，但借助自动生成——生成出来的财富有时不得不被分配掉——确实极大提高了普通民众的生活水平。

然而，同样清楚的是，财富的全面增长将带来毁灭性的后果——从某种意义来说，的确是毁灭——等级社会的毁灭。如果世界上每个人的工作时间都缩短了，有足够的食物，住在带浴室和冰箱的房子里，而且拥有私人汽车甚至飞机，那么最明显抑或也是最重要的不平等将不复存在。一旦财富共享，人与人之间的差别就不那么明显了。

毫无疑问，可以设想有这样一个社会，在个人财产和奢侈品方面，财富平均分配，而权力仍集中在享受特权的少数人手里。但事实上，这样的社会不可能保持长期稳定。因为如果人人都能享受悠闲舒适、高枕无忧的生活，那么以前因贫困而麻木无知的民众就会读书识字，学会独立思考。学会这些后，他们早晚会意识到，特权阶层的那些人毫无作为，就会将之清除。

从长远来看，等级社会只有建立在贫穷和无知的基础上，才有可能存在。回到农业社会——正如二十世纪初某些思想家所梦想的那样——实际上并不可行，它与机械化趋势相背离，而机械化在全世界几乎已成为一种本能的趋势了。此外，任何国家如果在工业上落后，在军事上也就难以自保，必定会直接或间接地受制于更先进的敌国。

然而通过限制生产的方式让民众处于贫困状态，也不是令人满意的解决办法。在资本主义末期，大约在一九二〇年至一九四〇年之间，这个方法曾被大规模采用过。许多国家任由经济停滞，土地荒废，不添置资本设备，大部分人没有工作，依靠政府救济苟延残喘。而这也导致了军事上的疲软无力，更何况这样的贫困显然并非不得已，因此反抗不可避免。所以，问题就在于如何让工业的车轮持续运转却不增加世界的财富。物资必须生产，但不能分配给民众。要实现这一点，唯一的办法便是连续不断的战争。

战争的根本行为就是毁灭，不一定毁灭人的生命，但一定毁灭人的劳动成果。战争就是要将物资炸得粉碎，消散在空中，或沉入海底。否则，这些物资会让人们的生活过于舒适，而从长远来看，就会使人们变得过于聪明。即使用于战争的武器实际上并未被毁，但制造武器仍是消耗劳动力却又不生产消费品的一种方便途径。

比如，建造一座水上浮堡所消耗的劳动力可以制造好几百艘货轮。而浮堡最终一旦报废，绝不可能给任何人带来任何物质效益，但是建造一座新的水上浮堡又会继续耗费大量劳动力。原则上，战争总是努力计划将可能存在的超过本国人民最低需求的那部分剩余物资消耗殆尽。而实际上，本国人民的最低需求总是被低估，结果一半以上的生活必需品长期短缺，但这却被认为是个有利条件。即使是受到优待的阶层，也要让他们在艰苦的边缘徘徊，这是经过深思熟虑制定的方针，因为普遍的匮乏可以凸显少数特权的重要性并扩大各阶层之间的差异。

以二十世纪初的标准来衡量，即便是核心党党员的生活条件也是艰苦朴素的。但是，他所享用的少数奢侈条件，比如设施完备的宽敞住宅，质地上好的衣服，高档的食物、美酒和香烟，两三个仆人，私人汽车或飞机，这使得他们与外围党党员的生活有着天壤之别。而外围党党员同我们称之为“无产者”的底层民众相比，又享有类似的有利条件。整个社会的氛围就好似一座围城，是否拥有一块马肉就显现出了贫富差异。同时，由于意识到身处战争，人人自危，所以为保全性命，将所有权力交给一个少数人的特权阶层也就理所当然地成了不可避免的条件了。

可以看出，战争不仅完成了必要的毁灭，而且所使用的方式在心理上也能被人接受。从原则上说，要消耗世界上的剩余劳动力是一件轻而易举的事，完全可以通过修建庙宇和金字塔，挖个地洞然后再填满，甚至生产大批货物后付之一炬等方式实现。但是，这些做法只能给等级社会提供经济基础，而非感情基础。

当然，此处需关注的并不是无产者的情绪——他们的态度无关紧要，只要一直让他们处于工作状态即可——而是党自身的士气。哪怕身份最卑微的党员也得是一个称职、勤劳，在有限范围内头脑灵活的人，还必须是一个容易轻信、愚昧无知的狂热分子，他的主导情绪是恐惧、仇恨、赞颂和狂喜。换言之，他的精神状态要与战争形势一致。战争是否真的发生了，这无关紧要。因为不可能取得决定性胜利，所以战事是好是坏，也无关紧要，重要的是必须保持战时的状态。

党要求党员心智分裂，这在战争气氛中更容易做到，现在几乎人人如此。而且地位越高的党员，表现得越明显。准确地说，核心党党员对战争的狂热和对敌人的仇恨也是最强烈的。作为管理者，一个核心党党员经常需要知道哪条战争消息是假的，有时他可能会意识到整场战争都是伪造的，要么这场战争根本没有发生过，要么其目的完全不是公开宣称的那样。但在双重思想的作用下，这些认识很容易被中和。与此同时，没有哪个核心党党员对坚信战争真实存在这一神秘信念有过一丝动摇，他们深信大洋国最终必胜，将成为整个世界无可争议的主宰。

所有核心党党员都坚信未来会胜利，并视之为信仰。获取最后的胜利或者通过逐步扩张领土，确立压倒性的强大优势，或者通过发明某种坚不可摧的新式武器。新式武器正在持续不断地研发中，这也正是那些具有创造力或擅长思考的大脑能得到用武之地的极少数活动之一。

在当今大洋国，传统意义上的科学几乎已不复存在，新话里没有“科学”一词。过去所有科学上的成就，都建立在经验主义的思维方式之上，但这与英社的基本原则相违背。甚至连技术进步，也只在其产品能以某种方式减少人类自由的前提下获得。在实用技艺方面，或停滞不前，或出现倒退。耕田用的是马拉犁，书籍却由机器编写。不过，在至关重要的问题上——其实，指的就是战争和警察的侦查活动——经验主义的方式仍然被鼓励，至少可以容忍。

党有两个目标：征服全世界和永远消灭独立思考的可能性。因此，党亟待解决的重大问题也有两个：一个是如何在违背某人意愿的情况下，窥探他内心的想法；另一个是如何在几秒钟内，未加预警就杀死几亿人。科学研究之所以仍在进行，这些就是研究课题。今天的科学家只有两类。一类集心理学家与审讯专家于一身，他们对人的面部表情、动作与声调所蕴含的意义做细致入微的研究，并且测试药物、休克疗法、催眠和严刑拷打在逼供上的效果。另一类是化学家、物理学家或生物学家，他们只关注自己专业领域内与杀人灭口相关的研究。

在和平部庞大的实验室里，在巴西密林深处的实验站里，或者在澳大利亚的荒漠里，在南极罕无人迹的荒岛上，一批批科学家们正在孜孜不倦地工作着。有的在专注制定未来战争的后勤计划；有的在埋头设计越来越大的火箭弹、越来越有威力的炸药、越来越难穿透的装甲板；有的在寻找更致命的新毒气，或者可以大批量生产的足以灭绝整片大陆上所有植物的可溶性毒药，或者繁殖一种可以抵御任何抗体的病菌；有的在竭力制造一种可在地下行驶的车辆，如同能在水下航行的潜艇一样，或者就像帆船一样，可以不受基地控制而独立飞行的飞机；有的则在探索更遥不可及的可能性，比如在几千公里外的太空架设透镜，将太阳光束聚焦，或者利用地心热能，制造人为的地震和海啸。

但是这些计划没有哪个有望实现，三个超级大国，也没有哪国能明显领先另外两国。需要特别注意的是，三大国都已经拥有原子弹，其威力远超科学家们目前正在研制的其他任何武器。虽然党总是习惯性地宣传原子弹是它发明的，其实，原子弹早在二十世纪四十年代就已经问世，大约十年后开始大规模使用。那时，数以百计的原子弹落在了工业中心，主要集中在俄国的欧洲大陆、西欧和北美。其后果令所有国家的统治集团深信：如果再投下几颗原子弹，有组织的社会就此终结，他们的权力末日也因此到来。因此，虽然不曾签订正式条约或暗示过什么，但再也没有原子弹扔下来。不过，三大国都仍在继续制造原子弹，并储备起来，等待决定性时机的到来，他们都相信那一天迟早会来。

与此同时，在长达三四十年的时间里，各国战术几乎没有什么进展。当然，直升机的使用比以前更频繁，轰炸机在很大程度上已被自动推进的飞弹所取代，易受攻击的军舰已让位于几乎无法被击沉的水上浮堡。其他方面，就很少再有新的发展。坦克、潜水艇、鱼雷、机关枪，甚至步枪和手榴弹都仍在使用。虽然报刊和电屏幕里仍在报道没完没了的杀戮，但是像早期战争中那种动辄几十万甚至几百万人送命的殊死之战再也没有发生过。

三个超级大国中，没有谁会去尝试有可能带来严重失败风险的战略。当要采取大规模的军事行动时，总是先突袭自己的盟国。三大国所采取的战略，或假装采取的战略，完全一致。他们的计划不外乎通过打仗、谈判、选择时机背信弃义，将其中一个对手国家包围，夺取对方一系列基地，然后与该国签订友好条约，与其保持多年的和平关系，使其戒心全无。在此期间，将装有核弹头的火箭弹部署在各战略据点。等到时机成熟一起发射，使对方遭遇灭顶之灾，永无还击之力。然后便到了与剩下那个超级大国签订友好条约的时候了，并准备再次突袭。这种计划，简直不值一提，仅仅是不可能实现的白日梦罢了。

此外，除了赤道和北极附近那些被争夺的地带，没有哪个地方发生过战争，也没有哪个国家进犯过别国领土。这说明一个事实，超级大国的国界在有些地方是任意划定的。譬如，欧亚国能够轻易攻下不列颠群岛，因为从地理位置上说，它们本来就是欧洲的一部分；另一方面，大洋国也能将其疆域拓展到莱茵河，甚至波兰的维斯杜拉河。不过，那样就违反了虽不成文但各大国都遵循的关于文化统一的原则。如果大洋国要占领以前被称为法国和德国的地区，就需要消灭当地的居民，这是一项实施起来极其困难的任务，或者将其差不多一亿人口同化。就技术发展而言，这些地区的水平与大洋国不分上下。三大国都面临同样的问题，就其社会结构而言，本国人绝对不能与外国人有任何联系，除非是有限度地与战俘和黑人奴隶接触。即便是对目前正式的盟国，也带着极度的猜疑。

除战俘外，大洋国的公民从未见过任何一个欧亚国或者东亚国的公民，而且被禁止学习外语。如果被允许与外国人接触，他就会发现他们与自己是一样的同类，之前被告知的那些关于外国人的情况大部分都是谎言。如此，他们所生活的那个封闭世界就会被打破，而他的道德观赖以生存的恐惧、仇恨和自以为是的正义感就会荡然无存。因此，三国都意识到，无论波斯、埃及、爪哇或锡兰如何频繁易手，除了炸弹，绝不能跨越主要边界。

这里面还有一个从未言明但已被默认，且成为行为准则的事实，那就是所有三大国的生活方式都相差无几。在大洋国盛行的哲学叫英社，在欧亚国被称为新布尔什维克主义，而在东亚国则有一个中文名字，通常被译为“死亡崇拜”，不过也许译成“自我消灭”更好些。大洋国的公民不允许了解另外两种哲学的任何原则，却被灌输对它们的憎恶，认为它们都是对道德与常识的野蛮践踏。其实，这三种哲学很难区分，而它们所支撑的社会制度也如出一辙。到处都是相同的金字塔结构，对半神化的领袖有着相同的崇拜，都有着相同的依靠无休止的战争并为战争服务的经济体系。由此可见，三个超级大国不仅不能将对方征服，即便征服了也无利可图。恰恰相反，只要它们冲突不断，就能互相支撑下去，就像三捆谷物一样。

通常而言，三国的统治集团对自己的所作所为既了解又不甚了解。他们毕生致力于征服全世界，然而他们也明白，有必要让战争在不可能取胜的状态中永远持续下去。同时，因为不存在被征服的危险，使得否认现实成为可能，这也正是英社与其他两个敌国思想体系的特征。此处有必要重复之前所说的话，战争持续不断，已从根本上改变了自身性质。

在过去，战争就其定义而言，早晚会结束，胜负通常也是明确无误的。在过去，战争也是人类社会与客观世界保持联系的主要手段之一。历代所有统治者都曾试图将错误的世界观强加给他们的追随者，但绝不能鼓励任何可能削弱军事效能的幻觉，他们无法承受这样的后果。

战败就意味着丧失独立，或者其他一些通常很糟糕的后果，因此必须认真防备以避免失败。客观现实不能视而不见，在哲学、宗教、伦理学或政治学范畴，二加二可能等于五，但在设计枪支或飞机时，只能等于四。效能低下的国家早晚会被征服，而要提高效能就必须放弃幻想。而且，为提高效能，必须借鉴过去，这就意味着对过去发生之事要有相当准确的认识。当然，之前的报纸和历史书总会带有主观色彩和偏见，但是像今天这样的肆意篡改不可能发生。战争是保持头脑清醒的一项可靠保障，对统治阶级而言，它也许是所有保障中最重要的一项。无论战争是赢是输，没有哪个统治阶级能够全然置身事外。

但是，当战争确实持续不断时，它也就不再那么危险，更不存在什么军事上的需要了。技术发展可以停止，最明显的事实可以被否认或漠视。正如我们所见到的，姑且被称作科学的研究仍在为战争这一目标而进行着。但本质上都是白日梦，出不了成果，也无关紧要。效能，甚至军事效能，都不再需要。在大洋国，除了思想警察，没有什么是有效能的。

既然三个超级大国每一个都不可征服，那么每个国家都是自成一体的世界，几乎任何黑白颠倒的观念都可大行其道。只有在日常所需中，你才会感受到现实的压力——有吃饭喝水的需要，也有穿衣住房的需要，还得避免服毒或从顶楼坠落，诸如此类。在生与死、肉体的疼痛与欢愉之间，仍有差别，但仅此而已。

与外界隔绝，与过去割裂，大洋国的公民就像生活在星际之间，完全不知身在何处。在这样的国度里，统治者具有绝对的权威，就连古埃及的法老或罗马的凯撒大帝也都望尘莫及。他们不能让自己的子民大批饿死，以免对自己不利，他们还必须在军事技术上保持和敌国相同的低劣水平。一旦达到那个最低限度，他们就可以为所欲为地歪曲现实。

因此，如果我们按以往的战争标准来衡量，现代战争无非徒有虚名。就好比两只反刍动物间的争斗，其犄角的角度使对方在冲突中不会受到任何伤害。虽然战争是虚假的，但并非全无意义。它将剩余消费品消耗殆尽，也有助于维持等级社会所需要的那种特殊的思想氛围。不难看出，现在的战争已纯粹成了内政。

在过去，所有国家的统治集团尽管可能因为意识到他们的共同利益而对战争的毁灭性加以限制，但他们的确互相开战，而且战胜方会掠夺战败方。而在我们如今这个时代，他们根本不会互相厮杀。各个统治集团向自己的国民发动战争，目的既不是开疆拓土，也不是保家卫国，而是为了维持现有的社会结构不被破坏。因此，“战争”一词也就名不副实了。

也许这样说没错，战争因为持续不断而不复存在了。从新石器时代一直到二十世纪初期，战争给人们造成的那种特殊压力也已然消失，取而代之的是一种完全不同的东西。如果三个超级大国同意永远和平共处，互不侵犯对方疆界，而不是互相交战，结果也将大致如此。因为那样的话，每个国家仍是一个自成一体的世界，永远不会有因外来的危险导致头脑清醒的时候。真正永久的和平与永久的战争完全一致。这——尽管绝大部分党员只是肤浅地了解——就是党的标语“战争即和平”的深层内涵。

温斯顿暂停阅读，远方不知何处，一枚火箭弹爆炸了，发出雷鸣般的声响。独自在没有电屏幕的屋子里闭门读禁书的畅快感仍未消减。孤独与安全是一种身体上的感觉，不知为何，还掺杂着身体上的疲惫、扶手椅的柔软，以及窗口微风轻拂脸颊的感觉。这本书使他着迷，或者更准确地说，令他心安。

从某种意义上说，这本书并没有告诉他什么新东西，但这正是它吸引人的原因。如果他有可能将自己零乱的思想整理成章，书上所说的也正是他想说的。此书作者的思想与他很接近，但比他更有力、更系统，也更无畏。在他看来，最好的书便是将你已知的东西告诉你。

他刚翻回到第一章就听到了朱莉娅上楼的脚步声，于是从椅子上起身去迎接她。她把褐色工具包往地上一扔，即刻扑入他的怀抱。距离他们上次见面已过去一个多星期了。

“我拿到那本书了。”他松开她后说道。

“哦，你拿到了？那好啊。”她随口一应，显然没有多大兴趣，立刻蹲在煤油炉旁边煮起咖啡来。

直到在床上待了半小时后，他们才重新回到这个话题。傍晚有些许凉意，他们拉起床罩盖住身体。楼下传来熟悉的歌声和靴子走在石板路上的摩擦声。温斯顿第一次来这里时看到的那个胳膊通红的健壮女人几乎成了院子里一道固定的风景。只要是白天，几乎没有不看到她在洗衣盆和晾衣绳之间来回穿梭的时候，嘴里不是咬着晾衣夹，就是欢快地哼着情歌。朱莉娅侧卧着，似乎快要睡着了。他伸手将掉在地上的书拾起来，然后靠着床头坐起来。

“我们一定要读读它，”他说，“你也是，所有兄弟会的成员都必须读。”

“你读吧，”她闭着眼睛说，“大声读，那样最好了，你可以边读边解释给我听。”

时钟指向六点，也就是十八点，他们还有三四个小时可以在一起。他把书放在膝盖上，开始读了起来：

第一章
无知即力量

有史以来，大约自新石器时代结束后，世上的人一直被分为三类：上等、中等和下等。他们还可以继续往下细分，被冠以无数不同的名称，他们的相对人数以及对待彼此的态度都因时代而异，然而社会的基本结构却从未改变。即使经历了翻天覆地的动荡和似乎无法逆转的改变后，依然能恢复其原有的格局，就像陀螺仪总能恢复平衡，无论你将它推向何方，推得多远……

“朱莉娅，你醒着吗？”温斯顿问道。

“是的，亲爱的，我在听呢。继续吧，写得太精彩了。”

他继续往下读：

这三个阶层的目标完全不可调和。上等阶层的目标是保住他们现有的地位，中等阶层的目标是和上等阶层调换地位，下等阶层，如果他们还有目标——因为他们饱受谋生之苦，偶尔才会顾及日常生活之外的事情，这已成为他们永久的特征——就是要消灭一切差异，创建一个人人平等的社会。

因此，纵观整部历史，类似的斗争总是一次次重复上演。有很长一段时间，上等阶层的权力似乎坚不可摧，但早晚会有那么一刻，他们要么对自己失去了信心，要么再无能力进行有效统治，抑或两者兼而有之。这时，中等阶层就会假装为自由和正义而战，他们拉拢下等阶层，共同去推翻上等阶层。中等阶层一旦达到目的，就会将下等阶层重新踢回他们原先受奴役的地位，自己则摇身一变成了上等阶层。很快，一个新的中等阶层就会从另外一个或两个阶层中分离出来。于是，斗争又重新开始。

这三个阶层中，只有下等阶层的人从未哪怕是片刻实现他们的目标。如果说，从古至今从未取得物质上的进步，那也未免夸大其词。即便现在处于衰退时期，一般人的生活水平和几个世纪之前的人相比较，还是会高出不少。但无论是财富的增长、举止的温和、改革或革命，都未曾使人类接近平等一小步。从下等阶层的视角看，历史的变更至多意味着主宰者更名而已。

到十九世纪末期，许多观察者都注意到了这种显而易见的反复出现的模式。于是，产生了一些思想家学派，认为历史是循环发展的，并且声称不平等乃人类生活永恒不变的法则。当然，这种说法一直不乏拥护者，但是现在的表达方式和以前比有很大的变化。以前，等级社会的必要性尤其被上等阶层所强调，它被国王、贵族，以及依附他们过着寄生生活的牧师、律师之类的人所宣扬。通常说来，是通过承诺死后可以进入一个想象的世界作为补偿，从而缓和等级社会的矛盾。

中等阶层，只要他们仍在为权力而斗争，就总是使用自由、正义、博爱这些字眼。然而现在，四海之内皆兄弟的观念，正在被这些尚未掌权但希望不久就能掌权的人大肆攻击。以前，中等阶层的人总是打着平等的旗号闹革命，旧的专制一旦被推翻，马上建立起新的专制。而新的中等阶层在革命前就已宣布要实行专制。社会主义这一理论出现于十九世纪早期，可以追溯到古代奴隶起义思想链条中的最后一环，并且仍然受到旧时代乌托邦主义的影响。

然而自一九〇〇年以来出现的各种社会主义理论都越来越公开地摒弃建立自由平等的目标。本世纪中叶出现的新运动，即大洋国的英社，欧亚国的新布尔什维克主义，在东亚国通常被称为“死亡崇拜”，其根本目标就是要让不自由、不平等永远持续下去。这些新运动都脱胎于旧运动，往往保留了原有的名号，但对旧的意识形态只是空口宣扬而已。然而这些运动的真正目的都是阻挠进步，让历史在某个时刻冻结。这种常见的钟摆现象将再次发生，然后停止。一如既往，中等阶层推翻上等阶层后，自己成了上等阶层。不过这次由于处心积虑的谋划，新上等阶层将长期盘踞高位。

新学说之所以兴起，部分原因在于历史知识的积累和历史意识的增强，这在十九世纪以前几乎不可能存在。历史的循环前进如今已被人们所理解，或者至少表面上如此。既然可以被理解，那就可以被篡改。但是最主要、最根本的原因是，早在二十世纪初期，人人平等在技术上已成为可能。

诚然，人的天赋各异，能力也有高低，有的人就是比其他人更具有得天独厚的优势。但是，阶级划分、贫富悬殊已经毫无存在的必要了。从前，阶级划分不仅不可避免，也理所当然。不平等是文明的代价，但随着机器大生产的发展，情况发生了变化。即使人们仍需从事不同种类的工作，却不再需要在社会或经济水平上过着不同阶层的生活。因此，在那些即将攫取权力的新兴集团看来，人人平等不再是为之奋斗的理想，而是需要避免的危险。在更远古的时代，那时不可能建立正义和平的社会，人们反而更相信它的存在。

几千年来，人们一直梦想有个人间天堂，在那里，人人亲如兄弟，没有法律桎梏，也没有劳作之苦。虽然有些人从每一次历史变革中都能获益，但他们依旧心怀这样的梦想。

法国、英国和美国革命的继承者们，在谈到有关人权、言论自由、法律面前人人平等诸如此类的观念时，多少会信以为真，甚至其行为在某种程度上已经受到了这些观念的影响。然而到了二十世纪四十年代，所有政治思潮的主流都变成独裁主义了，人间天堂在有望实现的关键时刻却遭遇质疑。每一种新的政治理论，不管如何自称，都退回到了等级制度和军事管制。大约从一九三〇年开始，在形势普遍严峻的情况下，一些被弃之许久，甚至是好几百年前的做法——未经审讯就关押，把战俘当奴隶使用，公开处决，严刑逼供，扣押人质，放逐大批人口——不仅再次被普遍实行，而且居然被那些自我标榜为开明进步的人容忍甚至辩护。

只有在世界各地经过十年的国际战争、内战、革命与反革命之后，英社以及它的两个对手才能作为充分完善的政治理论登上历史舞台。不过，此前已有一些体系预见了它们的出现，这些体系通常被称为集权主义，出现于本世纪初期。而世界的主要轮廓将在动乱之后浮现出来，这是显而易见的。

究竟会由什么样的人来统治这个世界，也同样显而易见。新兴贵族阶层主要由以下人员构成：官僚、科学家、技术人员、工会领袖、宣传专家、社会学家、教师、记者、职业政客等。这些人员出身于中产薪水阶层和上层工人阶级，他们由被集权政府和垄断企业组成的贫瘠世界打造，并集结在一起。相较于旧时代相应阶层的人员，他们没那么贪婪，也没那么奢侈，却更渴望拥有绝对的权力。更重要的是，他们对自己的所作所为更加清醒，在镇压反抗上更有决心。

最后这个区别也是最重要的，同现今的专制相比，过去的专制并非全力以赴，而且软弱无能。过去的统治集团多少都会受到自由思想的影响，对到处可见的疏漏之处听之任之，他们只关注明目张胆的行为，对国民的所思所想毫无兴趣。

以今天的标准来衡量，即便是中世纪的天主教会都算得上宽宏大量了。部分原因在于，过去没有哪个政府能对其公民进行持续监视。然而，印刷术的发明使得操纵民意变得更加容易，之后电影和无线电的出现又起了推波助澜的作用。电视的发明，以及同一设备可同时收发的技术的发展，彻底宣告了私生活的终结。每一个公民，或者说至少每一个值得注意的公民，有可能一天二十四小时都置于警方的监视之下和官方的宣传之中，其他所有的交往渠道一概被切断。如此，政府不仅能够强迫民众完全服从国家意志，而且也能迫使其在所有问题的看法上保持完全一致，这是史无前例的第一次。

在五六十年代的革命时期过后，社会又像以前一样进行重组，分为上、中、下三个阶层。但是新的上等阶层和它所有的前辈不同，他们并非依靠直觉来统治，他们很清楚怎样做才能保住自己的地位。他们早就认识到，对寡头政治而言，唯一稳固的基础就是集体主义。财富和特权如为集体所有，捍卫起来也最为容易。

本世纪中叶进行的“消灭私有制”运动，其实质便是将财富集中到比以前更少的人的手中。不同之处在于，新的财富拥有者是个集团，而不是许多个体。对个人而言，党员不能拥有任何财产，除了一些微不足道的个人随身财物。对集体而言，党拥有大洋国的一切，因为党控制一切，有权按照它认为合适的方式处置所有产品。在革命之后的几年里，党几乎未遭任何反对就登上了主宰的地位，因为整个过程代表了集体化的一个进程。

人们总是设想，当资产阶级被剥夺财产所有权后，社会主义必定随之而来。毫无疑问，资产阶级被剥夺了财产，工厂、矿山、土地、房屋、交通工具——所有这一切都被剥夺了。既然这些东西不再是私有财产，那就必然是公共财产。英社，衍生于早期的社会主义运动并沿用其措辞，实际上也执行了社会主义纲领的主要部分。因此，可以预见也是蓄意为之的结果便是，经济不平等成了永久现象。

然而，等级社会的永久化却是个更深刻的问题。统治集团之所以会下台，不外乎这四种情形：被外部势力征服；统治无能，致使民众被逼造反；任由一个心怀不满的中等阶层出现并壮大；自身丧失了统治的信心和意志。这些因素并非单独发挥作用，作为规律，这四方面通常在某种程度上并存。任何一个统治阶级如能防范上述情况发生，便能永久掌权。说到底，最终的决定性因素还是统治阶级自身的精神状态。

本世纪中叶后，第一种危险在现实中已然消失。如今分割世界的三个超级大国中的每一个其实都是不可征服的，只能通过缓慢的人口变化使征服成为可能，然而作为一个拥有广泛权力的政府，要避免这点很容易。第二种危险也仅仅是理论上的危险。民众从来都不会自发造反，更不会因为自身受到压迫而造反。确实，只要不让他们掌握比较的标准，他们永远都不会意识到自己正在遭受压迫。之前反复出现的经济危机已毫无必要，现在也不允许发生。不过，其他同样大范围的混乱局面可能也确实会发生，但不会造成什么政治后果，因为即使有不满的情绪，也无法清晰地表达出来。

关于生产过剩的问题，自机械技术发展以来便一直潜伏在我们的社会中，但可以通过持续不断的战争来解决（见第三章），战争也能将民众的士气提升到一个必要的高度。因此，从我们目前统治者的角度来看，唯一真正的危险是从他们自身阶层分裂出一个新的集团，这个集团的成员有能力、有权欲，但怀才不遇，因此滋生出自由主义和怀疑主义。也就是说，问题在于教育，需要持之以恒地加强领导集团以及与其关系紧密且人口较多的下属集团的觉悟。至于民众的觉悟，只需以否定的方式加以影响即可。

了解这一背景后，即使一个人原先不了解大洋国社会的结构，也能做出大致的推断。稳居金字塔顶端的是老大哥。老大哥绝对正确，无所不能。所有成就、所有胜利、所有科学发明、所有知识、所有智慧、所有幸福、所有美德，都是在他的直接领导和激励下取得的。谁也不曾见过老大哥，他只是宣传画上的一张面孔，电屏幕里的一个声音。我们有理由确信，他将万寿无疆。至于他的出生年月，已成为难以解开的疑团了。老大哥是党向世界展示自己的一个代言人，他的作用是聚焦热爱、恐惧、崇拜等各种情感，因为将这些情感凝聚在个人身上比凝聚在组织上更为容易。

老大哥之下就是核心党，人数限制在六百万，或者不到大洋国总人口的百分之二。核心党之下是外围党，如果将核心党比作国家的大脑，那么外围党就是国家的臂膀。外围党之下是愚昧的群众，我们习惯上称之为"无产者"，约占全部人口的百分之八十五。按照我们之前提到的分类名称，无产者属于下等阶层，因为赤道一带的被奴役人口经常在征服者之间易手，不能算作整个结构中的固定或必要部分。

从原则上说，这三个集团的成员身份并不是世袭的。理论上，核心党员的后代并非生来就是核心党员。加入核心党或外围党是需要通过考试的，应试年龄在十六岁。党员不受种族歧视，也没有明显的地域偏见。在党内的最高阶层可以找到犹太人、黑人及纯印第安血统的南美洲人，任何地区的行政长官都是从当地居民中选拔的。大洋国任何地区的居民都不会觉得自己是殖民地人民，受远方首都的管控。

大洋国没有首都，而它名义上的元首也神秘不知所踪。除了英语是通用语言，新话是官方语言，其他方面没有任何形式的统一。维系它的统治，不是靠血统，而是靠共同的信仰。确实，我们的社会是分阶层的，而且划分十分严格。乍一看，似乎是按照世袭的界线划分的。不同阶层之间很少有互相往来的情况，比资本主义甚至前工业时代都要少得多。党的两大分支之间存在一定数量的人员流动，但不会太频繁，只需保证将无能之人剔除核心党，而外围党中那些野心勃勃的人才有上升机会，以免他们对党不利。无产者实际上是不允许入党的，他们当中最具天赋的人，有可能成为传播不满的核心人物，那就会被思想警察盯上并被清除。但是这样的情况并非一成不变，也并非原则问题。党不是原先意义上的一个阶级，它的目的也不是将权力传给自己的后代这么简单，如果没有其他办法能让最胜任的人留在最高层，它也完全乐意从无产者中选拔一代新人。在关键时期，因为党不是一个世袭组织，这对消除反抗势力起到了很大的作用。

老一代的社会主义者，由于一直受到所谓反抗“阶级特权”的训练，他们认为只要不是世袭的，便不能永久存在。他们没有看到，寡头政治的延续性不一定体现在后代身上，他们也没有想到，世袭贵族的统治向来短命，而像天主教会这样的选任组织有时反而能维持几百上千年。寡头政治的实质不在于父子相传，而是死者施加于生者的一种世界观和生活方式的延续。一个统治集团之所以成为统治集团，是因为它能够指定自己的继承人。党所关心的不是血脉的传承，而是自身的永恒。谁来掌权并不重要，重要的是等级结构永远保持不变。

我们这个时代所特有的一切信念、习惯、喜好、情感、精神状态，全都是为了保持党的神秘性，防止被人看透当前社会的真实面目。造反，或任何造反的预备行为在目前都是不可能的。

至于无产者，完全不用担心。只需放任自流，他们便会一代接一代，一个世纪又一个世纪地工作、繁衍与死亡。他们不仅没有丝毫造反的冲动，而且也无法理解世界可以变成另外一个天地。只有当工业技术的发展使你必须提高他们的教育水平时，他们才具有危险性。不过，由于军事和商业竞争都已变得无足轻重，所以群众的教育水平实际上已经下降。群众有什么意见或者没什么意见，都被认为是无关痛痒之事。不妨给予他们思想的自由，因为他们根本没有思想。至于党员就不同了，即使在最微不足道的事情上也绝不容忍他们有最轻微的思想越轨。

党员从出生到死亡一直都在思想警察的监视之下。即使独处，他也无法确认他是否真的在独处。无论他在哪里，睡着或是醒着，工作或是休息，在洗澡或是在床上，他都有可能被监视，事先没有警告，事后也毫不知情。他的所作所为没有一桩是可以忽略的。他的友情、消遣、对妻儿的态度、独处时的表情、睡梦中的呓语、甚至他特有的肢体动作，都将受到严密监视。不仅是所犯的过错，连任何细微的怪癖、任何习惯上的变化、任何神经性动作，都有可能被认为是内心挣扎的征兆，必定会被察觉。在任何方面，他都没有选择的权利。另外，他的行为不受法律或任何明文规定的准则的约束。大洋国没有法律，有些思想和行为，也没有被明令禁止，但一经察觉却必死无疑，无休无止的清洗、逮捕、拷问、监禁和蒸发等都不是为了惩罚实际犯下的罪行，而仅仅是为了清除那些有朝一日可能犯罪的人。

对党员不仅要求有正确的思想，而且要求有正确的本能。党员必须具备的各种信念与态度，从来不会明明白白地说出来，因为一旦说明白，必然会将英社的内在矛盾赤裸裸地揭露出来。如果他天生是个思想正统的人（新话称为“好思想者”），不管在什么情况下，他不用思考就知道正确的信念应该是什么，或者应该有怎样的情感。但无论如何，一个在儿童时代就接受复杂的思想训练，在“止罪”“黑白”“双重思想”等新话词汇氛围中长大的人，不愿意也无能力在任何问题上进行太深入的思考。

作为一名党员，不应该有任何私人的情感，但对党的热情不能有丝毫的减退。他应该保持永远狂热的情绪，对外敌和内奸恨之入骨，为党的胜利感到欢欣鼓舞，对党的力量和英明崇拜得五体投地。他对贫乏无趣的生活的不满被有意识地引导出来，通过两分钟仇恨会这样的活动得以消解。任何因思考而可能产生的怀疑或者造反倾向，也因为他早期接受的训练而被扼杀了。这种训练的最初也是最简单的阶段，在孩提时代就可以实施，就是新话里所谓的“止罪”。“止罪”指的是在任何危险思想即将进入大脑之时，大脑都会迅速阻止，如同本能。它包括无法举一反

三、无法感知逻辑错误，和英社原则相抵触的哪怕是最简单的观点都无法理解，如果某种思想有可能朝着异端发展，他就会感到厌烦、排斥。总之，“止罪”就意味着保护性愚蠢。

但只是愚蠢还远远不够，相反，还必须拥有完全正统的思想，这就需要像柔术师控制自己的身体一样去控制自己的思维过程。大洋国社会的根本信念是老大哥无所不能，党永远正确。但事实上，老大哥并非无所不能，党也并非永远正确，这就需要在处理现实问题时能灵活对待。此处的关键字眼便是“黑白”，与新话里的许多词一样，它也有两层自相矛盾的含义。用在敌人身上，就是无视明显事实强词夺理，颠倒黑白。用在党员身上，就意味着当党有需要时，你可以指黑为白，这是对党的忠诚。这同时也意味着相信黑就是白的能力，甚至认为黑就是白，忘记自己曾有过分辨黑白的能力。这就要求不断地篡改过去，而这只有靠那个实际上包含一切的思想体系才能做到，在新话中，这被称作“双重思想”。

篡改过去之所以必要，有两个原因。一个是辅助性的，或者说是预防性的，也就是说党员之所以能像群众一样忍受现状，部分原因是他缺乏比较的标准。一定要将它与过去割裂，与外界隔绝，必须要让他相信，他比祖先生活得更好，而且平均物质生活水平在不断提高。但篡改过去更重要的原因是确保党的一贯正确性。这不仅仅指讲话、统计数字和所有档案都必须不停地被更新，以显示党的预言在任何情况下都是正确的。同时还不能承认党在教义上或政治联盟上发生过任何变化，如果党承认自己改变过思想甚至是政策，那就等于承认自己有缺陷。比如，欧亚国或东亚国（无论哪一国）是当今的敌国，那么这个国家就必须永远是敌国，如果事实与之不符，那就得篡改事实，因此历史就一直被重写。这种日复一日的伪造过去的工作由真理部负责，一如仁爱部负责为维稳而进行的镇压与侦查工作，都必不可少。

过去的变化无常是英社的中心原则。该原则认为，历史事件，除了存在于文字记录和人们的记忆中，不再有其他的客观存在。只要记录与记忆一致，无论是什么，都是过去。既然党完全控制了所有的记录，也完全控制了党员的思想，那么党想要过去变成什么样，它就是什么样。同样，虽然过去可以被篡改，但在具体问题上却从未被篡改过。因为，不论当时需要将历史改成什么面目，改动后的新版本都成了过去，任何与之相左的过去都不曾存在过。这样的情况时有发生，即使当同一事件在一年内被篡改多次而变得面目全非时，这一点仍然适用。党在任何时候都掌握着绝对的真理，很显然，绝对的东西绝不可能与现在的情况不符。

由此可见，想控制过去，首先取决于对记忆的训练。确保所有的文字记录都符合当前的正统思想无非是种机械行为，然而也必须记住，事件的发生需合乎党的要求。既然我们有必要更改一个人的记忆或篡改文字记录，那就有必要忘记自己曾做过这件事。这种技巧是能够学会的，如同其他思想方法。大部分党员都学会了，当然那些既聪明又正统的人也学会了。在旧话中，它被很直白地称为“现实控制”。而在新话中，被称为“双重思想”，尽管双重思想还包括很多其他内涵。

双重思想意味着一个人的脑海中能同时拥有两种互相矛盾的信念，且两者都能接受。党内的知识分子知道他的记忆必须往哪个方向改变，因此也就明白自己在篡改历史。然而通过运用双重思想，也能让他心安理得地认为现实不曾被改变。这个过程必须有意识地进行，否则就缺乏足够的精确性。但同时，又必须无意识地进行，否则就会有一种弄虚作假的感觉，因而产生负罪感。

双重思想是英社的核心思想，因为党的根本目的就是进行有意识的欺骗，同时又需要绝对诚实地保持目标的坚定性。有意说谎，但同时又对这谎言信以为真；忘掉一切会成为障碍的事实，一旦需要又要将这些事实从遗忘中恢复过来；否认客观现实的存在，但同时又要考虑到这被否认的客观现实——所有这些都是必不可少的。

即使在使用“双重思想”这个词时，也必须运用双重思想。因为在使用这个词时，其实已经承认在篡改现实；再运用一遍双重思想，那就清除了这个认识。如此循环往复，无休无止，谎言永远领先真理一步。凭借着双重思想这种手段，党最终能够——如我们所知，也许能延续数千年——控制历史的进程。

过去所有的寡头政治之所以都倒台了，或是因为自身僵化，或是因为太过懦弱。他们要么愚蠢狂妄，不能适应形势的变化而被推翻；要么优柔寡断，本该使用武力镇压时却偏偏妥协让步，因而也被推翻。也就是说，他们的失败，可能是有意识的，也可能是无意识的。而党的成就恰恰在于它创立了一种能让两种情况同时并存的思想体系，除此之外，没有别的思想基础能够让党的统治千秋万代。如果要实行统治并使之持续，必须具备混淆现实感的能力，因为统治的秘诀无非是将自认为决无错误的信念与从过去错误中吸取教训的能力结合起来。

毋庸置疑，将双重思想运用得最高明的是那些发明双重思想并深知这是一个强大的思想欺骗体系的人。在我们这个社会里，最洞明世事的人也是最看不清世界本质的人。

总之，越是理解透彻，越是疑虑重重；越是聪明绝顶，越是神志不清。一个明显的例子就是，社会地位越高的人，对战争越歇斯底里。

那些对战争的态度最近乎理性的人，是被争夺地区的隶属国居民。在他们看来，战争无非就是一场持续不断的灾难，如浪潮般来回席卷，哪方获胜与他们都毫不相干。他们很清楚，统治者的变化只是意味着他们要做同样的工作，因为新主人会像旧主人一样，用同样的方式对待他们。地位稍高一点儿的工人是那些被称为“无产者”的人，他们只是偶尔意识到战争的存在。必要时，他们那些恐惧与仇恨的狂热情绪能被煽动起来，但如果放任自流，他们很长时间都不会想起战争正在进行。真正的战争热情只能在党内，尤其在核心党内找到。最坚信能够征服世界的人，正是那些明知不可能的人。这种奇特的对立统一关系——有知与无知，冷漠与狂热——正是大洋国社会的主要特点之一。官方的意识形态也充满矛盾，有时甚至毫无实际需要也是如此。

因此，党对源于社会主义的每一个原则都加以反对和诋毁，但又假借社会主义之名去实施。党教导大家轻视工人阶级，这是过去几个世纪都未曾有过的先例，而它要求党员所穿的制服却曾经是体力劳动者的服装，之所以选定这种制服也正是出于这一原因。党系统地破坏家庭的稳固性，却用一个能直接唤起家庭忠诚感的名字来称呼其领导人。甚至在统治我们的四个部的名称上，也暴露了他们在刻意弯曲事实上已达到厚颜无耻的地步。和平部主管战争，真理部制造谎言，仁爱部负责拷问，富足部生产饥荒。这种矛盾既非偶然，也不是普通的虚伪所致，而是费尽心机运用双重思想的结果。因为只有调和矛盾，才能保证权力永存，要打破古老的循环别无他法。如果要永远避免实现人类平等——如果我们所声称的上等人要永远保住他们的地位——那么社会的主流思想必定是处于受控制的疯狂状态。

然而有一个问题，直到现在几乎被忽略了，那就是：为何要避免实现人类平等？假如我们上述各种情况都正确无误，那么如此声势浩大又处心积虑地将历史冻结在某一特定时刻，动机何在呢？

至此，我们接触到了最核心的秘密。正如我们所了解的，党的神秘，尤其是核心党的神秘，是依赖双重思想来实现的。然而，比这更深刻的则是最原始的动机，也就是那从未被质疑过的本能，是它率先引发夺取政权，并带来双重思想、思想警察、无尽的战争，以及随后出现的其他一切必要的相关事物。这动机实际上包括……

温斯顿突然意识到周围一片寂静，如同意识到一种新的声音。他觉得朱莉娅有好一阵子没有动静了。她侧身躺着，腰部以上未着寸缕，脸颊枕在手上，一缕黑发垂在眼际，胸脯缓慢而匀称地上下起伏着。

“朱莉娅。”

没有回应。

“朱莉娅，你醒着吗？”

还是没有回应，她睡着了。

他合上书，把它小心地放到地上，躺了下来，拉起床罩，盖在两人身上。

他心想：那最终的秘密是什么，他仍然不得而知。他知道该怎么做，却不明白为什么。和第三章一样，第一章其实也并未告诉他多少他以前不知道的东西，只是把他已掌握的知识系统化了。但是读过之后，他比以前更确信他并没有疯。作为少数派，哪怕只有一个人的少数派，也不能说明你是疯的。世界上存在着真理和非真理，如果你坚守真理，即使与全世界对立，你也没有疯。

此时，夕阳西沉，一道金黄的光芒透过窗户斜照进来，落在枕头上。他闭上双眼，落日的余晖洒在他脸上，那姑娘柔滑的身体贴在他身旁，这给了他一种强烈的、混杂着蒙眬睡意的自信。他是安全的，一切都平安无事。他一边喃喃低语“理智不是统计学上的数字”，一边昏昏欲睡，心里觉得这句话蕴含着深邃的智慧。

第十章　我们是死者

❖

醒来后，他觉得自己沉睡了很久，扫了一眼老式座钟，才知道只有二十点半。他躺着打了个盹儿，楼下院子里又传来熟悉低沉的歌声：

这本是无望的痴念，
如同易逝的四月天。
可就是一个眼神一句话，
把我的心儿窃取梦儿牵！

这首低俗缠绵的曲调似乎一直盛行不衰，到处都能听到，比《仇恨歌》还要流行。朱莉娅被歌声吵醒，她舒服地伸了个懒腰下床来。

“我饿了，”她说，“我们再煮点儿咖啡吧。见鬼！煤油炉灭了，水也冷了。”

她提起炉子晃了晃，“里面没油了。”

“我想我们可以问老查林顿要一点儿。”

“真奇怪，我能肯定油原来是满的。我先穿上衣服，”她又说，“好像越来越冷了。”

温斯顿也起床了，穿上衣服。院子里那不知疲倦的歌声继续唱道：

他们说治愈伤痕需时间，
他们说忘记只要一转眼；
但这些年的欢笑与泪水，
仍不停把我的心房搅乱！

束紧工作服的腰带后，他踱到窗前。太阳一定是落在了房子后边，院子里已不见阳光。地上的石板湿漉漉的，似乎刚被冲洗过，他觉得天空也似乎刚被冲洗过，烟囱之间的那片蓝天尤其纯净，一碧如洗。那女人来回忙碌，没有一点儿疲惫的样子，晾衣夹子在她嘴里噙住又取出，她一会儿放声高歌，一会儿又默不作声，一块接一块地晾晒着取之不尽的尿布。他在想她是否以洗衣为生，或只是给二三十个孙辈当牛做马。

朱莉娅来到他身边，两人一起颇为出神地盯着下面那个结实的身影。他看着那女人特有的姿势，抡起粗壮的胳膊往绳子上晾衣服，像母马一样肥硕壮实的屁股高高撅起，他突然第一次意识到她很美。他以前还从未意识到，一个五十岁妇女的身体，由于生儿育女而变得臃肿庞大，又因为辛苦劳作而变得粗糙强壮，像个熟过头的萝卜，居然还会是美丽的。“但的确如此，”他想，“究竟有什么不可以呢？那具粗壮而毫无曲线的躯体就像花岗岩一样，皮肤粗糙发红，如果拿它和一个少女的躯体比，就如同玫瑰果和玫瑰花的区别，但为什么果实就比不上花朵呢？”

“她真美。”他自言自语。

“她的屁股至少有一米宽。”朱莉娅说。

“这就是她独特的美。”温斯顿说道。

他用胳膊一把搂住朱莉娅柔软的纤腰。她的一侧身体，从臀部到膝盖，都紧紧地贴着他。他们也曾缠绵缱绻，但不能生儿育女，这件事他们永远不能做。他们只能靠唇边细语来互诉衷肠，传递秘密。下面那个女人没有头脑，只有粗壮的胳膊、火热的心肠及多产的肚皮。他不知道她生育了多少子女，少说也有十五个。她也曾有过短暂的花季岁月，也许有那么一年，如野蔷薇般娇艳，接着就像受精的果实一样突然迅速膨胀，变得坚硬、发红、粗糙，之后她的生活就是洗衣做饭、擦桌拖地、缝补修理。这样浆洗缝补，先是为儿女，后来又为孙辈，从未间断地劳碌了三十年。到头来，她却依然放声歌唱。温斯顿不由得对她心生敬佩，不知为何，这种神秘的感情与屋顶烟囱后面那片苍白无云的天空混杂在一起，向无尽的远方延伸。

想来也怪，天空对每个人来说都是一样的，无论在欧亚国、东亚国还是在这里，而天底下的人们也几乎完全一样——在所有地方，世界的每个角落，有着几亿，甚至几十亿和这里一样的人们，他们对彼此的存在一无所知，被仇恨和谎言的高墙阻隔，但仍然十分相像——他们从未学会思考，但是在他们的内心中、身体上、肌肉里却积聚着将来某一天会推翻这个世界的力量。如果还有希望，希望就在无产者身上！虽然还没有把那本书看完，但他知道戈德斯坦最后要表达的一定也正是此意。

未来属于无产者。但是他能确定无产者掌握政权后所建立的新世界，对他温斯顿而言，不会像党的世界那样格格不入吗？是的，因为至少那是个头脑清醒的世界。哪里有平等，哪里就有清醒的头脑。早晚有一天，力量会变成意识。无产者是不朽的，你只要看看院子里那个强健的身影，你就会确信无疑。终有一天他们会觉醒，尽管这一天也许要等上一千年，他们会穿越重重逆境生存下来，就像飞鸟一样，将党既无法拥有也无法扼杀的生命力从一个身躯传向另一个身躯。

“你是否记得，”他问道，“在我们第一次见面时，那只在树林边上对着我们歌唱的画眉？”

“它并没有对着我们歌唱，”朱莉娅说，“它在为自己歌唱，甚至也不是那样，它只是在歌唱而已。”

鸟儿歌唱，无产者歌唱，党却不会歌唱。无论在世界上哪个地方，在伦敦和纽约，在非洲和巴西，在边界之外的神秘禁地，在巴黎和柏林的街道上，在广袤无垠的俄罗斯平原的村落里，在中国和日本的集市上——到处都伫立着同样强健而且无法征服的身影，由于辛苦劳作和生儿育女变得身形庞大，从生到死忙碌不休，歌唱不止。从他们这些健壮的肚子里，总有一天会诞生出一个神志清醒的种族。你们已经死去，未来是他们的。但是如果你们能像他们保持身体的生命力一样保持头脑的生命力，并将二加二等于四的秘密学说代代相传，你们也能同他们分享未来。

“我们是死者。”他说。

“我们是死者。”朱莉娅顺从地附和道。

“你们是死者。”一个铁石般冷酷的声音从他们身后传来。

他们猛地跳开。温斯顿觉得五内俱寒，他看到朱莉娅瞳孔四周变得惨白，脸色蜡黄，残留在脸颊上的胭脂显得特别突兀，似乎要脱离下面的皮肤。

“你们是死者。”那冷酷的声音再次传来。

“在版画后面。”朱莉娅悄悄地说。

“在版画后面，”那声音又说道，“站在原地，没有命令不许动。”

它来了，它终于来了！他们除了站在那里面面相觑，什么也不能做。去逃命，趁现在还来得及赶紧去逃命——他们从未萌生这样的念头。违抗从墙上传来的命令是不可想象的。紧接着听到“啪嗒”一声，好像是锁扣转动的声音，接着传来玻璃坠地的声音。那张版画掉到了地上，露出后面的电屏幕。

“现在他们能看见我们了。”朱莉娅说。

“现在我们能看见你们了，”那声音说，“站到屋子中间，背对背，双手交叉放在脑后，不得互相接触。”

他们没有接触，但他似乎能感到朱莉娅的身体在不停地颤抖，也许只是他自己在颤抖。他咬紧牙关不让牙齿打战，可他的膝盖不听使唤。楼下屋子的里里外外都传来皮靴踩踏的声音，院子里像是挤满了人，有什么东西被人从石板地上拖过。那女人的歌声骤然中断，接着又响起一阵什么东西滚过的声音，好像是洗衣盆被扔得在院子里翻滚。随后是一阵混乱的痛苦呼喊，最后是一声痛苦的尖叫。

“屋子被包围了。”温斯顿说。

“屋子被包围了。”那声音说。

他听见朱莉娅牙齿打战的声音。“我觉得我们还是告别吧。”她说。

“你们还是告别吧。”那声音说。接着，另一个截然不同的声音插了进来，这是个纤细文雅的声音，温斯顿觉得似曾听闻：“既然说到这个话题了，那就顺便提下‘蜡烛照着你睡觉，斧子把你头剁掉’！”

有什么东西砸到了温斯顿背后的床上，一架梯子的顶端从窗口插了进来，压坏了窗框，有人破窗而入。楼梯上又响起一阵皮靴踩踏声，房间里顿时站满了身穿黑色制服的彪形大汉，他们脚蹬钉有铁掌的皮靴，手握橡皮警棍。

温斯顿不再颤抖了，连眼睛也几乎不再转动。只有一件事情最要紧：站着别动，千万别动，别给他们任何殴打你的理由！一个长得像职业拳击手一样，有着扁平的下巴、嘴巴紧闭成一条缝的男人站在他对面，用拇指和食指夹着警棍，像是在思考着什么。温斯顿和他的目光一接触，那种赤身裸体的感觉，也就是将手放到脑后，脸和身体完全暴露出来的感觉令人无法忍受。那人伸出白色的舌尖，舔了舔应该是嘴唇的地方，然后走开了。接着又听到砸碎东西的声音，是有人拿起桌上的玻璃镇纸，一把将它砸到壁炉石上，摔得粉碎。

那块小小的珊瑚碎片，就像蛋糕上用糖霜做的玫瑰花蕾，在地垫上滚了过去。温斯顿心想："它那么渺小，一直那么渺小！"他听到背后有人深吸一口气，接着砰的一声，他的脚踝被人重重地踢了一脚，几乎使他失去平衡。

有人在朱莉娅的心口上猛揍一拳，她痛得像把折尺似的弯下腰，在地板上剧烈扭动着，喘不过气来。温斯顿根本不敢把头偏移哪怕一毫米，但有时候眼角余光依然能够看到她那张气喘吁吁的苍白脸庞。即使自己也是满怀恐惧，他依然能感受到朱莉娅所承受的痛楚，但再致命的痛楚也比不上喘口气来得要紧。他很清楚这种滋味，提心吊胆，又疼痛难忍，但你根本无暇顾及，因为最重要的是你得想办法喘气。这时两个男人一人拽着她的腿，一人抓着她的胳膊，像扛麻袋似的把她扛了出去。温斯顿扫了一眼她倒过来的脸，脸色蜡黄，五官扭曲，双眼紧闭，脸颊上仍有残留的胭脂。那是他看到她的最后一眼。

他站在那里，一动不动。各种各样的想法不由自主地浮现在他的脑海中，但都毫无意义。不知道他们是否逮捕了查林顿先生，也不知道他们把院子里那个女人怎么样了。他发现自己竟然很想撒尿，这让他觉得有些奇怪，明明两三个小时前刚刚尿过。他注意到壁炉架上的座钟指向九点，也就是二十一点了。但是外面的光线似乎太亮了，难道八月的夜晚到了二十一点，天还不会变暗吗？他怀疑是不是他和朱莉娅弄错了时间——多睡了整整十二个小时，还以为那时是二十点三十分，实际上已是第二天早上八点三十分。但是他没有再继续往下想，这毫无意义。

过道里传来一阵轻捷的脚步声。查林顿先生走了进来，那些穿黑制服的立即变得恭顺起来。查林顿先生外表也有了些变化，他的目光落在被摔得粉碎的玻璃镇纸上。

“把碎片捡起来。”他厉声喝道。

有人弯腰从命。查林顿先生的伦敦腔消失了，温斯顿瞬间意识到刚才从电屏幕里听到的那个声音是谁的了。查林顿先生依旧穿着那件旧天鹅绒上衣，但是以前几乎全白的头发现在变黑了，也不戴眼镜了。他目光凌厉地扫了温斯顿一眼，似乎在验明正身，此后就不再理会他。他的样貌依旧可辨，尽管他已经不再是原来那个人了。他的腰板笔挺，个头也似乎更魁梧了。他的面部变化其实并不不大，却足以令他改头换面。粗黑的眉毛不似以前那般浓密了，皱纹不见了，整个脸部线条也改变了，甚至连鼻子也似乎短了些。这是一张大约三十五岁的男人机警而冷酷的脸。温斯顿忽然意识到，这是他平生第一次真真切切地看到一个思想警察。

第三部

❖

一九八四

第一章　仁爱部牢房

他不知道自己身在何处，也许是在仁爱部，然而没有办法确认。他待在一间天花板很高但没有窗户的牢房里，四面都是闪闪发光的白瓷砖，隐藏的灯光冷冷地照着牢房，还有不断传来的低沉的嗡嗡声，他猜应该和换气系统有关。沿墙四周都装有狭长的板凳，或者说是搁板，只够一个人刚刚坐下，到了牢门那里才中断。门对面的角落里有个马桶，但没有木座圈。牢房内共有四个电屏幕，每面墙上都有一个。

他的腹部隐隐作痛，自从他被捆起来扔进一辆封闭的警车带到这里后，就一直疼痛。但他同时也觉得饥肠辘辘，饿得发慌。他大概有二十四小时没吃过东西了，也许有三十六小时。他现在仍然不知道，也许永远都不会知道，他们逮捕他的时候到底是早上还是晚上。自从他被捕以来，就再没吃过东西。

他坐在那窄窄的板凳上尽量一动不动，双手交叉放在膝盖上，他已经学会一动不动地坐着了。如果你做出多余的动作，他们就会通过电屏幕叱责你。但是想吃东西的愿望越来越强烈，他最想吃的就是一片面包，他依稀记得工作服的口袋里还有点儿面包屑。甚至很有可能——他这样想，是因为好像有什么东西时不时地蹭到他的腿——口袋里还有很大一块面包皮。最终，想一探究竟的诱惑战胜了恐惧，他把一只手悄悄地伸进口袋。

“史密斯！”电屏幕里传来一声呵斥，“6079 号温·史密斯！牢房里不许把手放进口袋！”

他依旧一动不动地坐着，双手交叉放在膝盖上。在被带到这里来之前，他被带去另外一个地方，那里可能是个普通监狱，也可能是巡逻队关押犯人的临时拘留所。他不知道在那里待了多长时间，少说也有几小时吧，那里没有时钟，也不见天日，很难估计时间。那地方嘈杂喧闹、臭气熏天。他们把他关在和这里差不多大小的一间牢房里，但那里又脏有臭，而且总是挤满了十到十五个人。他们中的大多数都是普通罪犯，不过也有几个是政治犯。

他静静地靠墙坐着，一动不动，被肮脏的身体挤来挤去，内心的恐惧加上肚子的疼痛令他无心关注周围之事，不过他还是发现党员囚犯和普通囚犯在举止上有着惊人的差别。

党员囚犯都默不作声，战战兢兢。而普通囚犯却似乎把谁都不放在眼里，他们对着狱警破口大骂，在个人财物被没收时拼命还击，在地板上涂写各种污言秽语，吃着藏在衣服的什么地方偷运进来的食物，甚至连电屏幕试图维持秩序时，他们叫嚷的声音比它还大。而另一方面，他们当中有几个似乎和狱警的关系很不错，可以喊他们的绰号，并花言巧语地骗他们的香烟，从门上的监视孔里塞进来。狱警对待普通囚犯也相对宽容，尽管有时候也不得不粗暴地对付他们。经常有人谈论劳改营的事，因为大多数囚犯都要被送到那里去。其实那里也“还行”，只要你能搞好关系，懂得规矩。那里少不了有行贿受贿，开后门，各种敲诈勒索，也有同性恋和卖淫，甚至还有用土豆酿制的非法私酒。能得到信任的只有普通囚犯，特别是匪徒和杀人犯一类的，他们算是狱中的特权阶层，而所有的脏活累活都由政治犯去干。

各种各样的囚犯不断地进进出出：毒品贩子、小偷、强盗、黑市奸商、酒鬼、妓女，等等。有些酒鬼凶横粗暴，得好几个囚犯联合起来才能将他制服。有个大约六十岁的大块头老女人被四个狱警拽着四肢抬了进来，她硕大的乳房耷拉在胸前，一头浓密的白色盘发在挣扎时散落下来，还在不停地踢打、叫骂。他们扯下她用来踢人的靴子，一把将她朝温斯顿的方向扔了过来，差点儿把他的大腿骨压坏。那女人支起身，冲着他们的背影破口大骂“操！狗娘养的！”然后，她才注意到自己坐错了地方，赶紧从温斯顿的膝盖上滑下来，坐到长凳上。

“对不起，亲爱的，”她说，“我也不想坐在你身上，都是那些狗杂种，把我撂你这儿了。他们不懂得怎样对待女士，对不对？”她停了下来，拍拍胸脯打了个嗝。

“请原谅，”她说，“我不大舒服。”

她身子前倾，哇地吐了一地。

“这下好多了，”她说着就闭上眼睛把身体往后靠，“我的意思是千万别忍着，趁它在胃里还没消化的时候赶紧吐出来。”

她恢复过来了，转身又看了一眼温斯顿，似乎立即对他产生了好感。她伸出一条粗壮的胳膊圈住温斯顿的肩膀，将他扳向自己，一股啤酒和呕吐物的气味直扑到他脸上。

“你叫什么名字，亲爱的？”她问道。

“史密斯。”温斯顿说。

“史密斯？”那女人说，“真好玩，我也叫史密斯，怎么会这样呢？”

她感叹道：“我可能就是你母亲！”

温斯顿心想：她有可能真是他的母亲。她的年龄体形都差不多，人在劳改营里待上二十多年总会有些变化，这很有可能。

再没有人跟他说过话。令人惊奇的是，普通囚犯对党员囚犯不理不睬，还称他们“政犯”，多少带着点儿轻蔑和不屑。党员囚犯似乎很害怕跟别人说话，尤其不敢和别的党员交谈。只有一次，两个女党员在长凳上被挤到一块时，一片嘈杂声中，温斯顿无意间听到她们匆匆交谈了几句，声音很轻，听不清楚，特别是提到了什么“一〇一房间”，他不知道那是什么意思。

大概是在两三个小时前，他们把他带到了这里。他腹部的隐痛一直没有消退，只是时而缓和，时而剧烈，他的思绪也随之放松或紧张。疼得厉害时，他脑海里只有疼痛本身，只想吃点儿东西。等到疼痛好受些，他又被恐惧攫住了。有时候，他一想到自己即将面临的遭遇，忍不住心头狂跳，连呼吸都要停止了。他似乎已经感到警棍击打在他的胳膊肘上，钉着铁掌的皮靴踩在他的小腿上。他仿佛看到自己匍匐在地，被打落了牙齿还在尖叫着求饶。

他很少想起朱莉娅，因为他无法将思绪集中在她身上。他爱她，不会背叛她，但这只是一个事实，就好像他所知道的算术法则一样。他感觉不到对她的爱，甚至很少去想她究竟怎么样了。

他倒是常常想起奥布赖恩，对他还怀着一线希望。也许奥布赖恩已经知道他被捕的消息了，他曾说过，兄弟会从不搭救自己的成员。不过还有剃须刀片，有可能的话他们会送进来。在狱警冲进牢房之前，他也许会有五秒钟的时间。刀片刺入身体，会带来一种冰冷的灼热感，说不定连拿着刀片的手指也会被割到骨头。所有的知觉都回到他这病恹恹的身体上了，就连最轻微的疼痛也会让他蜷着身子颤抖不已。他不确定就算自己有机会，是否真的会去用刀片。比这更理所当然的是，挨一刻算一刻，再多活十分钟也好，即使明知最后在劫难逃。

有时候，他尝试着数一数牢房的墙上有多少块瓷砖，这本不算什么难事，但是他经常数着数着就忘记数到哪儿了。更多的时候，他想知道自己身在何方，现在是什么时间。有一阵，他能确定外面是大白天，但下一刻又同样确定外面已漆黑一团。在这样的地方，直觉告诉他，灯火是永远不会被熄灭的，这是个没有黑暗的地方。他现在才明白为何奥布赖恩立刻听出了他话中的暗示。仁爱部里没有窗户，他所在的牢房也许在大楼的中心位置，也许挨着外墙，可能在地下十层，也可能在地上三十层。他想象着把自己从一个地方转移到另一个地方，并试图依靠身体的感觉来推断，他究竟是高高地悬在空中还是深深地埋在地下。

外面响起皮靴踏步的声音。铁门“哐当”一声打开了，一个年轻军官英姿飒爽地走了进来。他身着黑色制服，体形修长，整个人都焕发着像擦得铮亮的皮靴一样的光泽，但他那苍白又线条硬朗的脸庞却像是一副蜡制的面具。他示意门外的狱警将他们押来的囚犯带进来。诗人安普尔福思踉踉跄跄进了牢房，门又“哐当”一声关上了。

安普尔福思犹豫着左顾右盼，似乎觉得还有另外一扇门可以出去，接着开始在牢房里来回踱步。他没有注意到温斯顿的存在，他愁苦的眼神凝视着温斯顿头上大约一米处的墙壁。他没有穿鞋，又大又脏的脚趾头从袜子上的破洞里探了出来。他应该也有好几天没刮胡子了，又短又硬的胡茬布满了脸颊，一直长到颧骨那里，使他看上去像个凶恶之徒，这与他高大羸弱的身躯和神经质的举动有着很大的反差。

温斯顿尽管疲惫，还是稍稍坐直了身子，他必须得和安普尔福思说上几句话，哪怕冒着被电屏幕斥骂的危险。甚至很有可能安普尔福思就是那个来送剃须刀片的人。

“安普尔福思。”他叫道。

电屏幕里居然没有骂声。安普尔福思停下脚步，有点儿吃惊，他的目光慢慢地聚焦到了温斯顿身上。

“啊，史密斯！”他应道，“你也在！”

“你怎么进来了？”

“实话告诉你——”他在温斯顿对面的长凳上笨拙地坐了下来，“只有一种罪，不是吗？”

“那你犯了？”

“显然是犯了。”

他把一只手放到前额，压了压太阳穴，似乎在努力回忆什么事情。

“这样的事情早晚会发生。”他含糊其辞地说，“我想起一个例子，很可能就是那个例子的缘故。是一时疏忽了，毫无疑问。我们当时正在为吉卜林①的诗集定稿，我在其中一行的末尾保留了‘上帝’一词，我也是没办法啊！”

他抬起头来看着温斯顿，几乎是愤愤不平地说道：“那一行真没办法改，因为它的韵脚是‘棍子’②，你知道我们语言的全部词汇中能押这个韵的只有十二个词吗？我已经绞尽脑汁好几天了，实在想不出别的词来。”

他脸上的表情发生了变化。之前的愁苦愤懑消失了，有那么一会儿他几乎是欣喜的，在他蓬头垢面的脸上洋溢着知识分子的热情，也就是书呆子发现毫无用处的事实时的那种喜悦。

“你有没有想过，”他说，“整个英语诗歌史都受到了英语韵脚缺乏这一事实的影响？”

---

① 吉卜林（1865–1936），全名约瑟夫·鲁德亚德·吉卜林（Joseph Rudyard Kipling），英国小说家、诗人。1907年，其作品《老虎！老虎！》获诺贝尔文学奖。

② 英语里，棍子“rod”与上帝“god”押韵。

没有，温斯顿从来没有想到过这一点。而且在目前的处境里，这一点对他来说既不重要，也无兴趣。

“你知道现在是什么时间吗？”

安普尔福思显然又吃了一惊：“我从没想过这个问题。他们抓到我的时候——大概是两天前——也有可能是三天前。”

他的目光在四周墙上环顾了一番，似乎有点儿想在哪里能找到一扇窗户：“这种地方白天黑夜还有什么分别，我不知道该怎么计算时间。”

他们东拉西扯地聊了几分钟，冷不防从电屏幕里传来一声呵斥，命令他们闭嘴。温斯顿安静地坐着，双手交叉。安普尔福思块头太大，坐在狭长的板凳上很不舒服，所以老是不安地挪动身体，瘦长的双手一会儿搭在这个膝盖上，一会儿又换到另一个上。电屏幕又冲他吼了一声，命令他坐着别动。时间在一点一滴地流逝，二十分钟，一小时——很难判断。外面又响起一阵皮靴声，温斯顿心头一阵抽搐。快了，很快了，也许再过五分钟，也许现在，这皮靴声意味着就要轮到他了。

那个表情冷酷的军官又走了进来。手朝安普尔福思做了个简单的手势。

“一〇一房间。”他说。

安普尔福思被夹在狱警中间步履蹒跚地走了出去，脸上隐约有丝不安的神情，但又茫然不知所以。

好像又过去很长一段时间。温斯顿腹部的疼痛再次袭来。他的思绪在同一轨道上转来转去，就像一个球一次次地掉进同一个凹槽。他能想到的只有六件事：肚子疼痛、一片面包、流血和惊叫、奥布赖恩、朱莉娅、剃须刀片。这时，沉重的皮靴声越来越近，他的心头又是一阵痉挛。门开了，一股浓烈的汗臭味钻了进来。帕森斯走进牢房，他穿着卡其布短裤和运动衫。

这一次，温斯顿惊愕得差点儿忘了自己。

帕森斯瞥了温斯顿一眼，眼神里既没有兴趣，也没有惊讶，只有痛苦。他在牢房里来回走动，显然静不下来。每次当他伸直他那胖乎乎的膝盖时，那里就会很明显地不停地哆嗦。他睁大眼睛，正凝视着，好像无法使自己不盯住前方不远处的什么东西。

“你怎么进来了？”温斯顿问他。

“思想罪！”帕森斯几乎带着哭腔说道。他说话的腔调表明他已完全承认自己的罪行，但又多少带点儿惊恐，不敢相信这个词竟然会用在自己身上。他在温斯顿对面停下脚步，急切地向他诉苦：“你不会认为他们会枪毙我吧，会吗，老兄？他们不会枪毙你，如果你真的没做什么事——只是个念头，那是你能控制的吗？我知道他们会给你一个公正申辩的机会。嗯，我相信他们会那样做的！他们会了解我过去的表现，对不对？你也清楚我是个什么样的人，我不能算坏人吧。当然，不怎么聪明，但为人热情。我竭尽全力为党服务，不是吗？我觉得判五年差不多了，你觉得呢？要不然十年？像我这样的人在劳改营里也会大有用武之地。他们不会因为我的一次过失就枪毙我吧？”

“你有罪吗？”温斯顿问道。

“我当然有罪！”帕森斯嚷道，还奴颜婢膝地瞅了一眼电屏幕，“你不会认为党会逮捕一个无辜的人吧？”

他的青蛙脸稍平静了些，甚至还略带几分装得挺像的虔诚模样。

“思想罪是件可怕的事，老兄。”他一本正经地说道，“它很阴险，会在你不知不觉的时候控制你。你知道它是怎么控制我的吗？在我睡梦中！是的，这就是事实。你看看我，一天到晚都在不停地工作，尽我的本分——根本不知道我的脑袋里竟然会有这些坏思想。后来，我就开始说梦话了，你知道他们听到我说什么了吗？”

他压低了嗓音，那副神情，像极了某个人为了健康不得不服从医生的命令却又忍不住要骂娘。

"'打倒老大哥！'没错，我说了这个！好像还说了不止一次。老兄。我只跟你说，我很庆幸他们及时抓到了我，没让这个问题进一步恶化。你知道我在上法庭时要和他们说什么吗？'谢谢你们，'我要说，'谢谢你们及时挽救了我。'"

"是谁揭发你的？"温斯顿问道。

"是我的小女儿，"帕森斯答道，神情有些悲哀，但又不乏自豪，"她从钥匙孔里听到的。她听到我说的话，第二天就赶去巡逻队报告了。对一个七岁的小家伙来说，够聪明的了，是吧？我一点儿也不埋怨她。其实，我还为她感到骄傲呢。不管怎样，这说明我教育她的思想是正确的。"

他又像先前那样急匆匆地走来走去，好几次将渴望的眼神投向马桶。然后，他突然扯下了裤子。

"对不起，老兄，"他说，"我忍不住了，憋死了。"

他的大屁股猛地一下坐在了马桶上，温斯顿赶紧用手遮住脸。

"史密斯！"电屏幕那里传来了吼叫声，"6079号温·史密斯！不许遮脸！牢房里不许遮脸！"

温斯顿只好放下手。帕森斯大声畅快地排泄了一通。谁知冲水开关坏了，牢房里好几个小时都臭气熏天。

帕森斯被带走了。更多囚犯被神秘地带来又带走。一个女人要被带到"一〇一房间"去。温斯顿注意到，她听到这个词时，浑身瘫软，脸色大变。时候到了——如果他是上午被带进来的，那就在下午；如果他是下午被带进来的，那就在半夜。当时牢房里有六个人，有男有女，全都纹丝不动地坐着。

温斯顿对面有个男人，胖得没了下巴，牙齿暴突，活脱脱一只巨大无害的啮齿动物。他那长满斑点的胖脸下面像袋子似的鼓了出来，很难让人相信他在那里没有藏点儿吃的东西。他浅灰色的眼睛怯生生地从这张脸扫到那张脸，一旦碰到别人的眼光，就立马转移视线。

门开了，又一个犯人被带进来。他的样子让温斯顿心里打起了寒战。他长相普通，看上去有点儿猥琐，也许是个工程师或者技师，诸如此类。但是令人惊恐的是，他的面孔瘦得出奇，简直像一具骷髅。因为瘦削，他的嘴巴和眼睛大得不成比例，而且那双眼睛似乎充满了杀气，也不知对什么人或什么事有着难以遏制的刻骨仇恨。

那人在离温斯顿不远的板凳上坐了下来。温斯顿没有再看他，但他那张苦大仇深的骷髅脸却在他脑海里栩栩如生，好像就在他的眼前。突然，他意识到这是怎么回事了，那人快要饿死了。好像牢房里的每个人几乎在同一时刻都想到了这一点，板凳上传来了一阵轻微的骚动。那个没下巴的人不停地打量那个长着骷髅脸的人，然后不安地转移目光，很快又被无法抗拒的吸引力拉了回来。不久，他便在板凳上坐立不安了。最后。他站了起来，摇摇晃晃地穿过牢房，将手深深地插进工作服口袋，有点儿难为情地掏出一片脏兮兮的面包，递给骷髅脸男人。

电屏幕里传来震耳欲聋的咆哮声，把没下巴的人吓了一大跳。骷髅脸立刻将手放到背后，似乎要向全世界表明他拒绝了这份馈赠。

“巴姆斯特德！”那个声音继续咆哮，“2713 号巴姆斯特德！把面包片扔到地上！”

没下巴的人赶紧将面包扔到了地上。

“站在那里不许动，”那声音吼道，“面朝门口，不许动！”

没下巴的男人照做了，他那鼓起的面颊止不住地颤抖起来。门“哐当”一声打开了，那个年轻军官进来后走到一边，他的身后跟着一个臂膀粗壮的矮胖狱警。他在没下巴的男人对面站定，然后在年轻军官的示意下，使出浑身力气朝那没下巴男人的嘴巴猛挥一拳。这一拳用力极猛，差点儿把他打得飞了起来。他的身体被甩到牢房另一头，停在马桶底座那里。有一阵子，他躺在那里好像昏过去了，殷红的鲜血从他的嘴巴和鼻子里涌了出来，他无意识地发出微弱的呜咽声或者是呻吟声。接着，他翻过身去，用双手双膝撑地，颤颤巍巍地站了起来。和着不断涌出的鲜血和唾液，断成两截的假牙从他的嘴里掉了出来。

囚犯们都一动不动地坐着，双手交叉放在膝盖上。没下巴的男人爬回他原来的地方。他一侧脸颊的下半部分已出现淤青，嘴巴肿成了失去形状的深樱桃色的肉团，中间嵌着一个黑洞，还有少许鲜血不时地滴到他胸前的工作服上。他浅灰色的眼睛仍旧一刻不停地在众人脸上扫来扫去，神色比之前更惶恐了，似乎想要看看受到这样的侮辱，别人会怎么鄙视他。

门开了。年轻军官做了个小小的手势，指向骷髅脸男人。

“一〇一房间。”他说。

温斯顿旁边有人倒吸一口凉气，还引起了一阵慌乱。那人顿时跪倒在地上，双手握紧求饶。

“同志！长官！”他哭喊道，“您不用送我去那里啊！我不是都招供了吗？您还想知道什么？没有什么是我不愿意招的，没有！只要告诉我您想知道什么，我立刻全招。写下来我就签字——什么都行！就是别去一〇一房间啊！”

“一〇一房间。”军官说。

那男人脸色已然惨白，这时变成了一种温斯顿不敢相信的颜色。那确定无疑是一层绿色，绝不会弄错。

“对我怎么样都行！”他喊道，“你们已经饿了我好几个星期了，干脆让我饿死吧。枪毙我，吊死我，判我个二十五年。你们还想让我揭发谁？只要告诉我他是谁，你们想知道什么我就招什么。我才不管他是谁，也不管你们怎么处置他。我还有老婆和三个孩子，最大的还不到六岁，你们可以把他们全部带走，当着我的面割断他们的喉咙，我就站在旁边看，但千万不让我去一〇一房间啊！”

“一〇一房间。”军官说。

那人发疯似的扫视着其余犯人，好像他有办法能从这些人中找出一个当他的替死鬼。他的眼睛停在了没下巴男人那张被打烂的脸上，猛地伸出他那瘦骨嶙峋的胳膊。

“这才是你们要带走的人，不是我！”他大喊大叫，“你们没听到他被打之后说了什么。给我一个机会，我就把我听到的每一个字都告诉你们。反党的是他，不是我。”

狱警往前跨了一步，骷髅脸男人的声音变成了尖叫：“你们没听到他说什么！”

他还在重复着：“电屏幕出问题了，他才是你们要抓的人。带他走，不是我！”

两个魁梧的狱警俯下身去想要抓他的胳膊，但就在此时，他突然朝牢房的地板猛地一扑，拼命抓住支撑板凳的铁腿不放，发出野兽般的嚎叫。狱警上前揪住他，想掰开他的手指，但他死死抓住不放，力气大得惊人。也许有二十秒的时间，他们一直在拉扯他。囚犯全都一动不动地坐着，双手交叉放在膝盖上，眼睛正视前方。嚎叫声已经停止，除了牢牢抓住椅子腿，那人已经没有力气再做别的事了。这时又听到一声与原先完全不同的嘶喊，有个狱警用皮靴踢断了他的一根手指，他们将他拽了起来。

“一〇一房间。”军官说。

那人被带了出去，趔趔趄趄地走着，耷拉着脑袋，护着那只被踢伤的手，再不做任何反抗。

又过了很长一段时间。如果骷髅脸男人是在半夜被带走的，那现在就是上午；如果是在上午被带走的，那现在就是下午。牢房里只剩下温斯顿一个人，独自一人已经有好几个小时了。窄窄的板凳硌得他难受，他得经常站起来走走，倒没有受到电屏幕的斥责。那一片面包还躺在那个没下巴的男人丢下的地方。一开始，他得费很大的劲儿才能忍住不去看它，但是不久，干渴的感觉比饥饿更难忍受。他的嘴巴黏糊糊的，散发着臭味。换气系统的嗡嗡声和永远不变的苍白灯光令他晕乎乎的，大脑一片空白。在全身骨头都疼痛难忍的时候，他想要站起身来，但几乎又立即坐了下去，因为头晕目眩，不能确定自己是否能站稳脚跟。每当他觉得身体的感觉暂且可控时，那种恐惧感又重新袭来。

有时候，怀着越发渺茫的希望，他会想起奥布赖恩和那剃须刀片。如果还会给他送吃的来，可以想象那刀片也许就藏在食物里。他也会依稀想起朱莉娅，不知道她在什么地方受苦，也许比他要苦得多。此刻，她可能正痛得尖叫。他想："如果把我的疼痛增加一倍就能救出朱莉娅，我愿意那样做吗？是的，我愿意。"但这只是理智上的决定，之所以如此决定，是因为他知道他应该这样做。但他没有这种感觉。在这种地方，你感觉不到任何东西，除了痛苦和对痛苦的预感。况且，当你真正在承受痛苦时，不论出于何种原因，你还有可能希望增加自己的痛苦吗？这个问题现在根本无法回答。

又听到皮靴声由远及近。门打开了，奥布赖恩走了进来。

温斯顿一下子站了起来。奥布赖恩的出现令他震惊得忘掉一切戒备。他甚至忘记了墙上的电屏幕，这么多年来，这还是第一次。

"他们把你也抓到了！"他惊叫道。

"他们很早就抓到我了。"奥布赖恩说道，语气中略带一丝几乎是遗憾的嘲讽。他走到一旁，身后冒出一个胸围健壮的狱警，手里握着一根长长的黑色警棍。

“你知道的，温斯顿，”奥布赖恩说，“别自欺欺人了。你早就知道——你一直都知道。”

没错，他现在懂了，他原来一直都知道。可是，现在没时间想这些了，他眼睛盯着的只有狱警手里那根警棍。它可能落在任何地方：头顶、耳边、上臂、手肘——

手肘！他猝然跪倒在地，用另一只手紧捂住被打的手肘，身体几乎瘫软，眼前直冒金星。想不到，真想不到，挨一棍竟能痛成这样！眼前的金星消散后，他能看到另外两人都在俯视着他，狱警在耻笑他那扭曲的身体。无论如何，有个问题现在可以回答了。不管什么原因，在遭受痛苦的时候，你绝不希望再增加自己的痛苦。对于痛苦，你只有一个念头，让它停止。“世界上没有比身体的痛苦更痛苦的事了。痛苦面前没有英雄，没有英雄。”他徒劳地抱着被打残的左臂在地上翻滚，一遍又一遍地这样想着。

第二章　二加二等于几

他躺在像是张行军床那样的东西上，只是离地面更高些，而且手脚都被绑住，动弹不得。灯光似乎比平时更强烈，此刻正照在他的脸上。奥布赖恩就站在他身旁，目不转睛地低头看着他。在他的另一侧，站着个身穿白大褂的人，手里拿着注射器。

即使睁开双眼后，他也只能逐渐看清周围的环境。他有一种幻觉，仿佛是从一个完全不同的世界游进这个房间的，那是一个深不可测的水下世界。他不知道在那里待了多久，自从他们逮捕他以后，他就再也没见过黑夜或者白天。还有，他的记忆也不连贯。有时他的意识完全停止，就连睡梦中也是如此。经过一段空白期后，又再次恢复。但这其中的间隔是几天、几周抑或几秒，那就不得而知了。

自从第一次手肘被打以来，噩梦便开始了。后来，他才明白，当时发生的全部，只是个前奏而已，几乎是每个囚犯都必须经历的一种例行公事般的审讯。罪行名目繁多——间谍罪、破坏罪，诸如此类——事实上，每个人都会招供。招供无非是种形式，酷刑才是实实在在的。

他不记得被拷打过多少次及每次持续多久，总有五六个身穿黑制服的人在同时拷打他。有时用拳头，有时用警棍，有时用钢棍，有时用皮靴。很多时候，他在地上滚来滚去，像头牲畜一样不知羞耻，挣扎着想要躲开这些拳打脚踢，但一切都是徒劳，只会招来更多的踢打，落在肋骨、腹部、手肘、小腿、下腹、睾丸、脊骨这些地方。很多时候，这种毒打没完没了，以至于对他而言，最残酷、最邪恶、最不可原谅的事情不是狱警无休止的毒打，而是他无法强迫自己丧失意识。

很多时候，毒打还没开始，他就已经吓得魂飞魄散，大声求饶，只是看到对方挥起拳头，就足以令他一股脑儿坦白出任何真实或捏造的罪行。有时候，他下定决心坚决不招，实在疼得无法忍受才说出只言片语。有时候，他软弱无力想要妥协，他对自己说："我会坦白，但不是现在。我一定要坚持下去，直到疼痛难以忍受。再被踢三下，再两下，我就说出他们想要知道的事情。"有时候，他被打得几乎无法站立，像袋土豆似的，被扔到牢房的石板地上，让他恢复几小时，拖出去再毒打一顿。还有的时候，恢复的时间比较长，他只是隐约记得。因为在那些时候他要么睡过去了，要么昏过去了。

他记得曾被关进一间牢房里，里面有一张木板床，一个装在墙上的架子，锡制的洗脸盆，还吃到了几顿饭，有热汤、面包，偶尔还会有咖啡。他记得有个脾气暴躁的理发匠来给他刮过胡子，理过发，另外还有些穿着白大褂、毫无同情心的人，例行公事似的测试他的脉搏，检查他的反应，翻看他的眼皮，用粗糙的手指在他身上摸索一番，看有无骨折，然后再往他的手臂上扎一针，让他昏睡过去。

拷打没那么频繁了，主要变成了一种威胁，一种恐惧，只要他的答复不能让人满意，随时都有被拷打的可能。审讯他的不再是那些身穿黑制服的恶棍，而是党员知识分子，都是些行动敏捷，戴着亮闪闪眼镜的矮胖子。他们轮班审问他，每一班得持续——他觉得有，但不能确定——十到十二小时。这群后来的审讯者不断让他受点儿小折磨，但他们主要依靠的还不是肉体上的折磨。他们抽他耳光，拧他的耳朵，逼他单腿站立，扯他的头发，不许他撒尿，用强烈的灯光直射他的脸，直到他泪流不止。但是这一切的目的只是要羞辱他，并摧毁他争辩和推理的能力。

他们真正的武器，是对他没完没了的审讯，一小时接一小时，诱他说错话，掉进圈套，歪曲他所说的一切，证明他的每一句话都是自相矛盾的谎言。一直逼到他忍不住失声痛哭，既是因为羞愧，也是因为精神疲惫。有时候问讯一次，他会哭上五六回。大部分时间他们都在大声辱骂他，他的回答略有迟疑，他们就威胁要把他交还给狱警。但有时他们也会突然改变语调，称他为"同志"，以英社和老大哥的名义来打动他，颇为伤感地问他，即使到了现在，是否对党还有半点儿忠诚，是否愿意洗刷自己的罪行。

在连续几小时的疲劳审讯后，他的精神已濒临崩溃，就连这样的花言巧语也能让他涕泪交零。到最后，这些喋喋不休的问话比起狱警的拳打脚踢更能将他彻底击垮。他仅仅变成一张要他说什么就说什么的嘴，一双要他签什么就签什么的手。

他现在唯一想知道的是，他们想要让他招供什么罪行，这样他就能在恐吓来临之前迅速供认。他供认自己暗杀党的领导，散发煽动性的小册子，侵吞公款，出卖军事情报，以及从事各种各样的破坏活动。他供认早在一九六八年，他就是东亚国政府的间谍。他供认自己是个宗教信徒，是资本主义的崇拜者和堕落的性变态者。他供认自己杀害了妻子，尽管他知道，审讯他的人肯定也知道，他的妻子还活着。他供认多年来，一直跟戈德斯坦有私人联系，还是某地下组织的成员，该组织几乎包括他认识的每一个人。供认一切事，牵连所有人，这也算不得什么难事。更何况，从某种意义上说，这些都没错。的确，因为在党看来，思想和行为之间没有什么区别。

他的脑海中还出现了另外一些记忆，支离破碎得失去了关联，就像被黑暗包围的一帧帧照片。

他在一间不知是明是暗的牢房里，因为他看不到任何东西，除了一双眼睛。附近有台仪器正在缓慢而有规律地嘀嘀嗒嗒地响着。那双眼睛变得越来越大，越来越明亮。突然，他从座位上腾空而起，跳进那双眼睛里，被吞没了。

他被绑在一把周围都是仪表盘的椅子上，头上有刺眼的灯光，一个穿着白大褂的男人正在读仪表盘。外面传来沉重的皮靴声，门“哐当”一声打开了，那个蜡像脸军官走了进来，后面跟着两个狱警。

“一〇一房间。”军官说。

白大褂男人没有转身，也没有看温斯顿，只盯着仪表盘。

他被推到一条宽广的走廊里，有一公里宽，充满了金色的光芒。他放声大笑，高声坦白。他把什么都坦白了，就连严刑拷打时都能忍住不说的话也全坦白了。他对着一个已完全熟悉他的人诉说他的生平。跟他在一起的还有狱警、其他审讯者、白大褂男人、奥布赖恩、朱莉娅、查林顿先生，所有人都在走廊里推着他往前走，大声喊着笑着。某个潜伏在未来的可怕之事被略过了，并未发生。一切平安无事，不再有痛苦，他生命里最不起眼的细枝末节都被赤裸裸地呈现出来，获得了谅解与宽恕。

他不太确定是否听到了奥布赖恩的声音，挣扎着想从木板床上爬起来。在整个审讯过程中，虽然他从未见过他，但他有种感觉，奥布赖恩就在他身边，只是他看不见而已。是奥布赖恩在操纵这一切，派来狱警拷打温斯顿，又不让他们打死他的是他，决定温斯顿什么时候该痛得尖叫、什么时候该暂缓挨打、什么时候让他吃饭、什么时候让他睡觉、什么时候把药物注进他的胳膊的是他，审问他并暗示他该如何答复的也是他。他是折磨者，保护者，审讯者，也是朋友。

有一次——温斯顿记不清是打了针睡着后，还是正常睡着后，又或者是暂时醒来的时候——有个声音在他耳边低语：“别担心，温斯顿，你现在由我看管。我观察你已经七年了，现在到了转折点，我要拯救你，让你变得完美。”他不能确定这是否是奥布赖恩的声音，但这和七年之前，在梦里曾对他说“我们将在没有黑暗的地方见面”的声音是一模一样的。

温斯顿完全不记得审讯是怎样结束的。有一段时间他处于黑暗之中，然后就到了现在这间牢房或者说房间里。现在他的四周逐渐清晰起来，他几乎完全平躺，动弹不得。他身体的每个主要部位都被牵制，甚至连后脑勺也不知用了什么办法被固定住了。奥布赖恩低头俯视着他，神情严肃又十分悲哀。从下往上看，他脸色憔悴，皮肤粗糙，眼下还有眼袋，从鼻子到下巴这儿有好几道皱纹。他比温斯顿想象中要老许多，可能有四十八或五十岁。在他手的下方有个仪表盘，上面有个控制杆，盘面有一圈数字。

“我告诉过你，”奥布赖恩说，“如果我们还会再见面的话，就在这里。”

“是的。”温斯顿说。

没有任何警告，奥布赖恩的手只轻轻动了一下，一阵疼痛感便向他的全身袭来。这疼痛令人恐惧，因为他看不到究竟发生了什么，只是觉得身体受到了某种致命的伤害。他不知道是否真有什么事情发生，抑或仅仅是电流造成的幻觉。但是他觉得他的身体被扭曲得变了形，关节正在逐渐被撕开。他的额头疼得直冒汗，但是最糟糕的还是担心脊骨会不会“啪嗒”一声断裂。他咬紧牙关，艰难地用鼻子呼吸，尽可能不发出声音。

“你害怕了，”奥布赖恩看着他的脸说，“再过一会儿什么东西就会断裂，你尤其害怕断裂的是你的脊骨。你的脑海里有一幅逼真的画面，脊椎在一节一节地断开，骨髓在一滴一滴地流淌，这就是你现在所想的，是不是，温斯顿？”

温斯顿没有回答。奥布赖恩将仪表盘上的操纵杆拉了回来，阵痛很快消失，几乎和来的时候一样快。

“那是四十，”奥布赖恩说，“你可以看到，这个仪表盘上的数字可以高达一百。所以请你记住，在我们的谈话中，我能轻而易举地随时掌控你痛苦的级数，如果你对我撒谎，或者试图以任何方式来搪塞我，再或者甚至明知故犯装糊涂，你就会痛得大喊大叫，马上，你明白了吗？”

“明白了。”温斯顿说。

奥布赖恩的态度变得没那么严厉了，他若有所思地推了推眼镜，来回踱了几步。当他再次开口时，他的声音很温和，也很有耐心。他说话的样子像是医生、教师，甚至是牧师，一心只想解释规劝，而不是惩罚。

“我在为你费心啊，温斯顿，”他说，“因为你值得我为你这么做。你很清楚你的问题出在哪里，这么多年来，你早就意识到这一点了，只是你一直不愿承认。你的精神是错乱的，你的记忆是有缺陷的。你记不住真正的事情，却说服自己把那些从未发生过的事当作真事。幸好，这是可以治疗的。但是你从来没有想办法治疗，因为你不想那样做。其实只要在意志力上再努力一点儿就可以，但是你连这一点儿都不愿意去做。即便现在，你仍然死死抱着这个毛病不放，还以为那是一种美德。现在，我们来举个例子。我问你，眼下大洋国在和谁打仗？”

“我被捕的时候，是在跟东亚国打。”

“跟东亚国，好。大洋国一直都在跟东亚国打仗，是不是？”

温斯顿深吸一口气。他张开嘴，欲言又止，他没法不看那仪表盘。

“请说真话，温斯顿。你的真话，把你认为你记得的都告诉我。”

“我记得直到我被捕前的一个星期，我们还没有和东亚国打仗，我们还是盟友。那时正在与欧亚国打仗，那场战争持续了四年。在那以前——”

奥布赖恩用手势打断了他的话。

“再举个例子，”他说，“几年前，你确实产生了一次最严重的幻觉。你以为那三个人，三个曾经的党员，名叫琼斯、阿伦森和卢瑟福——他们在对叛国罪和破坏罪供认不讳后被处决——并没有犯下被指控的罪行，你以为你看到过确凿无疑的文件证据，可以证明他们的供词都是假的。有一张照片，让你产生了幻觉，你以为你真的在手里握到过，就是像这样的一张照片。”

奥布赖恩的手指间夹着一张长方形的简报，在温斯顿的视线里大约停留了五秒钟。是张照片，而且毋庸置疑，就是那张照片，是琼斯、阿伦森和卢瑟福在纽约参加一次党务会议时的那张照片的另一个复件。十一年前他曾意外见到过它，但立刻就销毁了。它只在他眼前出现了一瞬间，随即又消失了。但他曾经看到过，真真切切地看到过！他忍着剧痛拼命挣扎着想要坐起来，可是连移动一毫米都不可能。此刻，他甚至已经忘记了仪表盘的存在。他只想再次握住那张照片，或者至少再看它一眼。

“它是存在的！”他叫了起来。

“不。”奥布赖恩说

他走到房间的另一边，那边墙上有个记忆洞。他掀开盖子，那张薄薄的纸片被一股暖气流卷走，在火焰闪烁的一刹那消失了。奥布赖恩从墙那边转过身来。

“化为灰烬了，”他说，“甚至是无法辨认的灰烬，是尘埃。它不存在了，也从未存在过。”

“但是它存在过！现在也存在！它在记忆里存在，我记得它，你也记得它！”

“我不记得它。”奥布赖恩说。

温斯顿心头一沉，这就是双重思想，他有种彻底的无助感。如果他能确认奥布赖恩在撒谎，那倒反而无所谓了。但完全有可能的是，奥布赖恩真的已经完全忘记了这张照片。果真如此，那他也就忘记了他曾否认记得这张照片，进而忘记“忘记”这一行为本身。你怎能肯定这仅仅是个欺骗的诡计？也许人的大脑真的会出现疯狂的错乱，正是这个想法击败了他。

奥布赖恩低头看着他，似有所思。与之前相比，他更像一个老师，正在不辞辛劳地劝导一个任性倔强但仍有希望的孩子。

“党有一条关于控制过去的口号，”他说，“请你再复述一遍。”

“谁控制过去，谁就控制未来；谁控制现在，谁就控制过去。”温斯顿顺从地复述道。

“谁控制现在，谁就控制过去。”奥布赖恩边说边缓缓点头，表示赞许，“温斯顿，依你看，过去是真实存在的吗？”

那种无助感再次向温斯顿袭来。他扫了一眼仪表盘，不知该如何回答，“是”或“不是”究竟哪个答案能使他免遭痛苦，他甚至不知道哪个答案才是真实的。

奥布赖恩微微一笑。

“你不是玄学家，温斯顿，”他说，“直到现在，你还从未考虑过‘存在’意味着什么。我说得更准确些吧，过去是具体存在于空间中的吗？在某个或者另外一个由物质构成的世界中，过去仍在进行中？”

“不是。”

“如果过去存在，那它在哪里呢？”

“在档案里，它被书写下来了。”

“在档案里，还有——？”

“在头脑中，在人的记忆里。”

“在记忆里，很好！那么，我们——党，控制了所有的记忆，也就是控制了过去，不是吗？”

“可是你们怎么能阻止人们的记忆呢？”温斯顿喊道，他再次暂时忘却了仪表盘的存在，“那是不由自主的，是个人无法控制的，你们怎么能控制记忆呢？你们还没控制住我的记忆！”

奥布赖恩的神情再次严厉起来，他把手放在了仪表盘上。

“恰恰相反，”他说，“是你还没控制住它，所以你被带到了这儿。你来到这儿，就是因为你自以为是、自不量力。你不愿意服从，可这是头脑清醒的代价。你宁愿当一个疯子，当一个人的少数派。只有受过训练的头脑才能看清现实，温斯顿。你以为现实是某种客观的、外在的、独立存在的东西，你以为现实的本质不言自明。当你自欺欺人地以为你看到了什么东西时，你设想其他人也和你一样看到了同样的东西。不过我告诉你，温斯顿，现实不是外在的，现实只存在于人的头脑中，不在其他任何地方。而且它不在个人的头脑中，因为个人的头脑会犯错，无论如何，也很快会消亡。它只存在于党的头脑中，党的头脑是集体的，也是不朽的。无论什么，只要党认为是真理，那它就是真理。你不可能看到现实，除非凭借党的眼睛。这是你必须重新学习的事实，温斯顿。这需要自我毁灭的勇气，也需要意志上的努力。你一定要先让自己变得谦卑，然后才有可能变得理智。”

他停顿片刻，似乎为使他的话能被充分理解。

“你还记得吗，”他又说道，“你在日记中写过，‘所谓自由，就是可以说二加二等于四的自由’？”

“记得。”温斯顿说。

奥布赖恩举起左手，手背对着温斯顿，藏起大拇指，伸出其余四指。

“我伸出了几根手指，温斯顿？”

“四根。”

“如果党说不是四根而是五根——那又是几根？”

“四根。”

话音未落，他便疼得倒吸一口气。仪表盘上的指针瞬间跳到了五十五，温斯顿全身大汗淋漓，就连呼吸空气都会发出低沉的呻吟，即使咬紧牙关也无济于事。奥布赖恩盯着他，仍然伸出四根手指。他拉回控制杆，疼痛只略微减轻了一点儿。

“几根手指，温斯顿？”

“四根。”

指针窜到了六十。

“四根！四根！我还能说什么？四根！”

指针肯定又往上升了，但他没有去看。他看到的只有奥布赖恩那张阴沉严峻的脸庞和四根手指。这些手指像柱子一样矗立在他的眼前，巨大而模糊，好像还在摇晃着，但毫无疑问就是四根。

“几根手指，温斯顿？”

“四根！停下来，停下来！你怎么还在继续？四根！四根！”

“几根手指，温斯顿？”

“五根！五根！五根！”

“不，温斯顿，那样没用。你在撒谎，你还是想着有四根。请问，几根手指？”

“四根！五根！四根！你说几根就几根，只要能停下来，别让我受罪了！”

他突然坐了起来，奥布赖恩的手臂圈着他的肩膀。有几秒钟，他也许是昏过去了，绑着他的绳子松开了。他觉得很冷，身体在瑟瑟发抖，牙齿在咯咯作响，泪水顺着脸颊汩汩而下。有那么一刻，他像个婴儿似的依偎在奥布赖恩的怀里，那环绕在他肩头的粗壮的手臂给了他出奇的安慰。他有种感觉奥布赖恩是他的保护者，痛苦是外来的，来自别处，而奥布赖恩能将他从痛苦中拯救出来。

“你学得很慢，温斯顿。”奥布赖恩温和地说。

“我能怎么办？”他抽泣着说，“我怎么能看不到眼前的东西呢？二加二就是等于四。”

“有时候是，温斯顿。有时候等于五，有时候等于三，有时候三种答案都对。你必须再努力一些，要变得神志清醒，可不是件容易的事。”

他把温斯顿放到床上躺下。温斯顿感到四肢又被绑紧了，但疼痛感已经慢慢退去。他也不再颤抖了，只剩下虚脱和冰冷的感觉。奥布赖恩向那个身穿白大褂的人点头示意，那人刚才就一直在旁边站着，一动不动。白大褂此时弯下身子仔细检查了他的眼睛，摸了摸他的脉搏，耳朵贴在他胸口听了听，又在他身上到处敲了敲，然后向奥布赖恩点点头。

“再来。”奥布赖恩说。

疼痛渗入他的身体。仪表盘上的指针肯定升到了七十或七十五，这次他闭上了眼睛。他知道手指还在那里，还是四根。重要的是，不管怎样，要熬过这阵剧痛活下来。他已不再留意自己是否哭出声来。疼痛减轻了一些，他睁开眼睛，奥布赖恩又将操纵杆拉了回去。

“几根手指，温斯顿？”

“四根，我想是四根。如果可以的话，我会看到五根，我尽量看到五根。”

“你希望是什么，是想让我相信你看到了五根，还是真想看到五根？”

“真想看到五根。”

“再来。”奥布赖恩说。

也许指针升到了八十，或者九十。温斯顿只能断断续续地记起为何身体会这么疼痛。在他紧闭的眼皮后面，一座手指森林在那里不停地舞动，时而交织，时而分开，时而重叠，时而显现。他想数一数它们有多少根，但他不记得为什么要数。他只知道要数清它们是不可能的，反正这是由于四和五之间的那个神秘特性决定的。疼痛再次减轻，他睁开眼睛，发现自己看到的又是相同的景象，无数的手指，像移动的树木，仍朝左右两个方向不停地漂移，交错，再交错。他又闭上了眼睛。

“我现在伸出了几根手指，温斯顿？”

“我不知道，我真的不知道。如果你再来一次，你会要了我的命的。四根，五根，六根——说实话，我真的不知道。”

“有进步。”奥布赖恩说。

一根针刺进了温斯顿的胳膊，几乎同时，他觉得有一股无比舒畅的能将人治愈的暖流传遍了他的全身。疼痛几乎已忘却了一半，他睁开眼睛感激地望着奥布赖恩。望着那张深沉而又满是皱纹的脸，如此丑陋却又如此聪慧，他不免心潮澎湃。如果他还能够动弹，他一定会伸出手去，搭在奥布赖恩的胳膊上。他从未像现在这样，如此深切地爱戴奥布赖恩，不仅仅是因为他终止了疼痛。他对奥布赖恩那种似曾相识的感觉又回来了。

其实，奥布赖恩是敌是友并不重要。重要的是，他是一个可以与之交心的人。也许，与其被人爱慕，不如被人理解。奥布赖恩将他折磨得几近疯狂，而且有那么一瞬间，可以肯定，他几乎要将他置于死地。这都无关紧要，从某种意义上说，他们的感情比友谊更深厚，他们是知己至交。虽然不曾明说，但是总有一个地方，可以让他们当面交谈。奥布赖恩在俯视着他，他的表情似乎在说，在他心里或许也有同样的想法。他说话时语调随和，像是在闲聊。

“你知道你在哪儿吗，温斯顿？”他问道。

“不知道，但是我猜，在仁爱部吧。”

“那你知道你在这儿待了多长时间了吗？”

“我不知道。几天，几星期，几个月——我觉得有几个月了。”

“你觉得我们为什么要把人带到这个地方来吗？”

“让他们招供。”

“不，那不是原因，再想想。”

“惩罚他们。”

“不！”奥布赖恩高声叫道，他的声音与平时大不相同，他的脸色突然严厉起来，变得十分激动，“不对！把你们带到这里来，不只是为了逼你们招供，也不是为了惩罚你们。要我告诉你为什么带你们到这儿来吗？为了给你们治病！让你们神志清醒！带到我们这里来的人，没有一个不是被治愈了才离开的，你明白吗，温斯顿？我们对你们犯下的那些愚蠢的罪行毫无兴趣，党对表面的行为不感兴趣，思想才是我们唯一关心的。我们不仅要摧毁敌人，还要改造他们。你明白我这样说的意思吗？”

他朝温斯顿俯下身子，因为距离近，又是从下往上看，他的脸看起来奇大无比，极为丑陋，而且还洋溢着得意和狂热的神情。温斯顿的心又猛地一沉，如果有可能，他恨不得钻到床底下去。他觉得奥布赖恩一时冲动完全有可能再次转动仪表盘。但就在此时，奥布赖恩转身离开了。来回踱了几步，没有刚才那么激动了，他继续说道：

“你首先得明白，在这个地方，不存在殉道一说。你一定读到过历史上关于宗教迫害的事，中世纪就有天主教的宗教法庭，但那是失败之举。它旨在铲除异端邪说，结果却使得它们生生不息。在火刑柱上烧死一个异教徒，就会有成千上万个异教徒冒出来。为什么会这样？因为宗教法庭公开迫害它们的敌人，在他们还未悔过之时就将他们处死。实际上，是因为他们不肯悔过才将他们处死。他们之所以赴死，是因为他们不肯放弃自己真正的信仰。这样一来，所有的荣誉都自然而然地归属于殉道者，所有的耻辱都归咎于烧死他们的迫害者。

“后来到了二十世纪，出现了所谓的极权主义者，比如德国的纳粹党和俄国的共产党。俄国人对异端邪说的迫害远比宗教法庭来得更残酷。他们以为已经从历史的错误中汲取了教训，他们知道，无论如何，不能再制造殉道者。在对受害者进行公审之前，先故意摧毁他们的尊严，对他们严刑拷打，关禁闭，直至将他们折磨成摇尾乞怜的可怜虫，让他们坦白什么，他们就坦白什么。为保全自身，他们互相辱骂、攻击，哀号求饶。然而，仅仅几年之后，同样的情况再次发生。死去的人都成了烈士，他们曾经的堕落沉沦被人遗忘。还是那个问题，为什么会这样？首先，他们的供词明显是屈打成招的，是不真实的。我们不会犯这样的错误，在这里所有的供词都是真实的，我们会让它们变成真实的。而且，我们不会让死者有反抗我们的机会。

“你别再幻想后代会为你平冤昭雪，温斯顿。后代根本不知道你的存在，历史的洪流会将你清除得干干净净。我们会把你变成气体，让你消失得无影无踪。你不会留下任何痕迹，档案里没有你的名字，活着的人不会记得你。你被消灭了，过去没有你，将来也不会有你，你从来就没有存在过。”

“那何苦要来折磨我呢？”温斯顿想道，不由得心生怨恨。奥布赖恩停下脚步，像是温斯顿大声说出了他的心声。他那张丑陋的大脸凑上前来，微眯起眼睛。

“你在想，”他说，“既然我们打算将你彻底毁灭，所以不管你说什么或做什么，都无关紧要——既如此，我们何苦要不厌其烦地先来拷问你？你心里就是这样想的，对不对？”

“对。”温斯顿说。

奥布赖恩微微一笑：“你是我们这个模式上的瑕疵，温斯顿，你是一个必须清除的污点。我刚才没有告诉你，我们和过去那些迫害者不一样吗？我们不满足于口是心非的服从，也不满足于卑躬屈膝的屈从。最后你向我们投降时，一定是出于你自由的意愿。我们不会因为异端分子反抗就消灭他，只要他还反抗我们，我们就不能消灭他。我们要改造他，控制他的思想重塑他。我们要扑灭他心中的一切邪念和幻觉，把他争取到我们这边来，不是表面上的，而是发自肺腑地、全心全意地站到我们这边来。在处死他以前，我们会把他变成我们的人。

“我们不能容忍这个世界上的任何地方存在着错误的思想，无论它多么隐秘，多么微弱。即使在处死一个人的时候，也不允许他有任何离经叛道的想法。从前，异教徒在走向火刑柱的时候，仍然是异教徒，还不忘宣扬他的异端邪说，并为之兴奋。甚至连俄国大清洗运动中的受害者走上刑场等着挨子弹时，他们脑壳里装的也都是反叛思想。但是，我们在把人脑崩掉之前先要让它变得完美。旧时独裁主义者的命令是‘你们不许这样’，极权主义者的命令是‘你们必须这样’，而我们的命令是‘你们就是这样’。

“凡是被带到这里来的人，没有一个敢抵抗我们的。每一个人都被清洗得干干净净，就连那三个你曾经以为是无辜的卖国贼——琼斯、阿伦森和卢瑟福——到最后，也还是被我们击垮了。我本人也参加了对他们的审讯，我看着他们的意志一步步瓦解，泣不成声，跪地求饶，痛哭流涕——到最后，他们已不再有痛苦和恐惧，有的只是悔恨之心。等我们审讯结束后，他们只剩下空空的躯壳，除了对所犯之事的忏悔和对老大哥的热爱，再无其他。看到他们那么热爱老大哥，真令人动容。他们恳求尽快被处决，以至于能在思想依然纯洁的时候死去。”

他的声音几乎变得如梦呓一般，脸上依旧带着那种兴奋和狂热的表情。温斯顿心想，他没有装模作样，他不是伪君子，他对自己所说的每一个字都深信不疑。最令温斯顿感到压抑的是，他意识到自己智力低下。他看着这魁梧却优雅的身躯踱来踱去，在他的视线里进进出出。从各方面来说，奥布赖恩都比他强大。凡是他曾经萌生，或者可能萌生的念头，奥布赖恩无不想到过、研究过、驳斥过，他的头脑涵盖了温斯顿的头脑。但如果真是那样，奥布赖恩又怎么可能疯狂呢？一定是他，温斯顿，他自己疯了。奥布赖恩停下脚步俯视着他，声音又变得严厉起来。

“温斯顿，不管你向我们屈服得多彻底，都别妄想自己可以活命。误入歧途的人无一能幸免，就算我们选择让你度过余生，你依然无法逃脱我们的掌心。在这里发生的事情你是永远抹不掉的，你得事先明白这一点。我们将彻底打垮你，使你永世不得翻身。就算你能活上一千年，你也无法从这些事情中恢复过来。你不可能再拥有正常人的情感，你内心的一切都化为一团死灰。你也不可能再拥有爱情、友情、活着的乐趣、欢笑声、好奇心、勇气或正直之心。你将成为一个空心人，我们会把你掏空，然后再用我们自己将你填满。”

他停下来向白大褂示意。温斯顿意识到有个很沉重的器械被推到他脑后。奥布赖恩就坐在床边，因此他的脸和温斯顿的脸几乎在同一高度。

“三千。”他对温斯顿头上的那个白大褂说。

有两块略微有些湿润的软垫夹在温斯顿的太阳穴上。他感到一阵恐惧，似乎又有疼痛袭来，一种新的疼痛。奥布赖恩伸出一只手，按在他的手上，几乎是很慈祥地安慰他。

“这次不会痛了。”他说，“你盯着我的眼睛。”

就在此刻，传来一阵猛烈的爆炸声，或者说像是爆炸声，不过也说不准是否真的有什么声音传来，但无疑显现过 道刺眼的强光。温斯顿没觉得疼痛，只觉得筋疲力尽。这一切发生的时候，他原本还是躺着的，但有种奇怪的感觉，自己好像是被突然推到这个位置上的。一种可怕的无痛的感觉瞬间将他击倒了。他的脑袋里好像也发生了某种变化。当他的眼睛能重新看清东西后，他还记得自己是谁，身在何方，也认出了正在凝视着自己的那张脸。但总觉得说不出在什么地方，有块很大的空白，就像他的脑子被挖走了一块似的。

“这不会持续很久的，”奥布赖恩说，“看着我的眼睛，大洋国现在跟哪个国家打仗？”

温斯顿想了想。他知道大洋国是什么意思，他自己就是大洋国的公民。他也记得欧亚国和东亚国，不过关于谁和谁打仗，他就不知道了。事实上，他根本没有意识到还有打仗这回事。

“我想不起来了。”

“大洋国现在是和东亚国打仗，你现在想起来了吗？”

“想起来了。”

“大洋国一直在与东亚国打仗，自从你出生以后，自从建党以来，自从有史以来，大洋国就一直和东亚国不停地打仗，一直是同一场战争，你想起来了吗？”

“想起来了。”

“十一年前，你编造了一个关于三个被判处死刑的卖国贼的故事。你自以为看到了一张能证明他们无辜的纸片，但这张纸根本不存在。你虚构了这个故事，到后来，你就信以为真了。你现在还记得最初编造这个故事的情景吧，你想起来了吗？”

“刚才我向你举起了我的手指，你看到了五根手指，你想起来了吗？”

奥布赖恩举起他左手的手指，把大拇指藏了起来。

“这儿有五根手指，你看到五根了吗？”

“看到了。”

他确实看到了，在他头脑里的景象变化之前的一刹那。他看到了五根手指，没有畸形。然后一切又都恢复正常，之前那些恐惧、憎恨和迷惑再次涌上心头。但是有那么一刻——他不知道有多久，也许是三十秒钟——是清清楚楚、确凿无疑的。那时，奥布赖恩的每个新暗示都在填塞那块空白，成为绝对的真理。那时，如果有需要，二加二可以等于三，就像等于五一样容易。那一刻，在奥布赖恩把手放下之前就已经结束了。虽然，他无法重新体验那一刻，但他仍然记得，如同一个人还会记得他多年以前的一段经历，如今想来依然栩栩如生，而当时的他其实是另外一个完全不同的人。

“你现在看到了。”奥布赖恩说，“不管怎么样，那都是可能的。”

“是的。”温斯顿说。

奥布赖恩带着满意的神情站了起来。在他左边，温斯顿看到那个白大褂打破一支针剂，将注射器的活塞往回抽。奥布赖恩面带笑容地转向温斯顿，几乎和往常一样，他推了推鼻梁上的眼镜。

“你在日记中写过，”他说，“无论我是你的朋友还是敌人，这都无关紧要，因为至少我是个能够理解你，并且可以和你交谈的人。你说得没错，我喜欢和你交谈。你的思想吸引了我，和我的很像，只不过你精神失常。在我们结束这次谈话之前，如果你愿意，你可以问我几个问题。”

“我想问任何问题都可以？”

“任何问题，”他看到温斯顿的眼睛盯着仪表盘，“已经关掉了，你的第一个问题是什么？”

“你们把朱莉娅怎么样了？”

奥布赖恩再次露出了笑容。“她背叛了你，温斯顿。很迅速——很彻底，我很少见到这么快就站到我们这边来的人。你要是见到她，很可能认不出她了。她的反叛、欺骗、愚蠢、肮脏的思想，一切都被我们从她体内熄灭了，她已经脱胎换骨，像教科书那样完美。”

“你们对她用刑了？”

奥布赖恩避而不答：“下一个问题。”

“老大哥存在吗？”

“他当然存在，只要党存在，老大哥就是党的化身。”

“他是像我一样存在的吗？”

“你不存在。”奥布赖恩说。

那种无助感再次向他袭来。他知道，或者能够想象到那些证明他不存在的理由，但那都是胡说八道，只是文字游戏。“你不存在”这个陈述本身不也包含着逻辑上的荒谬吗？但这样说又有什么用呢？一想到奥布赖恩会用疯狂的理由把他驳斥得哑口无言，他也只能无可奈何。

“我想我是存在的，”他疲惫无力地说，“我意识到了自己的存在。我出生了，我将会死去。我有胳膊有腿，在宇宙中占据了一个特定的位置，没有别的物体跟我同时占据同一个位置。在这个意义上，老大哥存在吗？”

“这不重要，他存在。”

“老大哥会死吗？”

“当然不会，他怎么会死呢？下一个问题。这个，温斯顿，你永远无法知道。就算我们把你审讯完后决定释放你，就算你能活到九十岁，你也永远无法知道这个问题的答案是‘是’还是‘否’。只要你活着，它就是你头脑里的一个不解之谜。”

温斯顿安安静静地躺着，他胸口的起伏比刚才急促了一点儿。他还是没有问他最先想到的那个问题，他一定得问，可是他的舌头好像发不出声音了。奥布赖恩的脸上掠过一丝微微的笑意，连他的眼镜似乎也闪现出嘲讽的微光。他知道，温斯顿突然想到，他知道我想问什么！想到这里，他不由得脱口而出：

“一〇一房间里有什么？”

奥布赖恩脸上的表情没有变化，只是用冰冷的语气答道：“你知道一〇一房间里有什么，温斯顿。每个人都知道一〇一房间里有什么。”

他向白大褂举起一根手指，显然这次谈话到此结束。一个针头猛地扎进温斯顿的胳膊，他几乎瞬间陷入昏睡状态。

第三章　改造温斯顿

❖

“你的改造分为三个阶段，”奥布赖恩说，“也就是学习、理解和接受，你现在该进入第二阶段了。”

和往常一样，温斯顿仰卧在床上。不过，最近他被绑得略松了些，虽然仍被绑在床上，但是他的膝盖能够稍微动一动，脑袋也能向两侧转一转，还能抬一抬他的小臂。仪表盘也没以前那么恐怖了，只要他够机智，还能免受它的折磨。只有在他表现愚蠢的时候，奥布赖恩才会拉动控制杆。有时候，他们能进行一次完整的谈话而不用启动仪表盘。他不记得一共进行过多少次谈话，整个过程似乎拖得很长，没完没了——好几个星期，可能——而两次的间隔有时候可能是几天，有时候只有一两个小时。

“你躺在这里，”奥布赖恩说，“常常心生疑惑——你甚至问过我——为什么仁爱部要在你身上花费这么多的时间和精力。当初你自由的时候，你也为本质上相同的问题困惑过。你能理解这个社会是如何运转的，但你不理解它的根本动机。你记不记得在日记本上写过，‘我明白该怎么做，但我不明白为什么要这么做’？就在你思考‘为什么’的时候，你开始怀疑自己的神志是否清醒。你已经读过那本书，戈德斯坦的书，至少也读了一部分，它有没有告诉你以前不知道的东西？”

“你读过了？”温斯顿问道。

“这是我写的，或者说我参与了写作。你也知道，没有哪本书靠一个人可以写完。”

“它说的都是真的吗？”

“描述部分是真实的，但提出的计划是胡说八道。什么秘密积累知识——逐渐开启民智——最终无产者造反——推翻党的统治。你不看完也知道它会这么说，这都是一派胡言。无产者永远不会造反，再过一千年、一百万年也不会。他们做不到，我不必告诉你原因了，你已经知道了。如果你曾经有过暴动革命的梦想，那你趁早死心吧。党是绝无可能被推翻的，党的统治将永远持续，你要以此作为你思想的出发点。”

他向床走近一些。

“永远！”他重复道，“现在让我们回到‘怎么样’和‘为什么’的问题上来。你很了解党是怎样维持它的权力的，现在请你告诉我，我们为什么要抓住权力不放。我们的动机是什么？我们为什么要掌权？”“说吧。”他见温斯顿默不作声，又加了一句。

但温斯顿还是有一阵子沉默不语，一种疲惫感将他裹挟。而奥布赖恩的脸上又隐约透出那种狂热的神情。他已经预感到奥布赖恩会说些什么。党谋求权力并非为了自身利益，而是为了大多数人的利益。党谋求权力是因为民众懦弱无能，他们无力承受自由，也不敢面对现实，必须由更强大的人来统治他们，对他们进行系统性的欺骗。人类面临两种选择，自由或幸福。而对大多数人而言，选择幸福更好。

党是弱者永远的保护人，是具有献身精神的一群人。他们为非作歹是为了美好终将到来，他们牺牲自我的幸福是为了他人的幸福。这很可怕，温斯顿心想，可怕的是，如果奥布赖恩这样说，他也会相信。你能从他的脸上看出来，奥布赖恩无所不知。关于这个世界的真相，他比温斯顿要清楚一千倍，民众过着如何潦倒不堪的生活，党又是用怎样的谎言和暴行迫使他们安于现状。他全都明白，也全都权衡过这些问题，但这些都不重要，为了追求最终目标，一切手段都是合理的。温斯顿心想，面对这样一个比你聪明、能心平气和地听完你的观点后依然固守他的疯狂不放的疯子，你又能怎样？

“你们统治我们是为了我们的利益，”他有气无力地说，“你们认为人类不适合管理自己，因此——”

他几乎刚一开口就大叫起来。一阵剧痛穿透了他的身体，奥布赖恩将仪表盘上的操纵杆扳倒三十五的位置。

“真是蠢话，温斯顿，真是愚蠢！”他说，“以你的水平，不应该说出这样的话来。”

他把操纵杆扳回来，继续说道：

“现在让我来告诉你这个问题的答案。它是这样的，党谋求权力完全是为了他自身的利益，我们对他人的利益不感兴趣，我们只对权力感兴趣，而不是财富、奢侈生活、长生不老或幸福生活。只有权力，纯粹的权力。什么是纯粹的权力，你很快就会明白。我们跟过去所有的寡头统治者不一样，原因在于我们很清楚自己在做什么。所有其他人，哪怕看着跟我们相似的人，也都是些懦夫和伪君子。德国纳粹党和俄国的共产党在统治手段上和我们很相似，但是他们从来没有勇气承认自己的动机。他们假装，也许甚至还相信，他们夺权是迫不得已，而且只在有限的时间内。在不远的将来，将会出现一个人人自由平等的天堂。我们和他们不一样，我们很清楚，从来不曾有谁取得权力之后还会主动放弃。权力不是手段，而是目的。建立独裁政权不是为了捍卫革命，而进行革命是为了捍卫独裁政权。迫害的目的就是迫害，拷打的目的就是拷打，权力的目的就是权力。你现在开始懂我的意思了吗？”

温斯顿被震撼了，一如既往，他被这张疲惫不堪的脸庞震撼了。这是一张坚毅、饱满又残酷的脸，充满了智慧和被抑制的热情。在这张脸面前，他感到自己十分无助。但这张脸是疲乏的，眼眶下面有眼袋，双颊皮肤松弛。奥布赖恩向他倾斜，有意让这张饱经风霜的脸离他更近些。

“你在想，”他说，“这张脸苍老又疲惫。你在想，我大谈权力，却无法阻止自身的衰老。你难道不明白，温斯顿，个人无非是个细胞？有了细胞的衰老，才有机体的活力。你把指甲剪掉，难道会死吗？”

他从床边转身离开，又开始来回踱步，一只手插在口袋里。

“我们是权力的祭司，”他说，“上帝就是权力。但目前对你而言，权力只是个单词而已，现在到了该让你对权力的含义有所了解的时候了。你要明白的第一件事是，权力是集体的，个人只有在他不再成为个人的时候才拥有权力。你知道党的标语：‘自由即奴役’。你有没有想过，它也可以倒过来说？奴役即自由。单独的——自由的——这样的个人终将被打败，这是肯定的，因为每个人都难逃一死，这是最大的失败。但是如果他能完全、彻底地服从，如果他能挣脱个人身份的桎梏，如果他能将自己融入党，那么他就是党，他将无所不能，永生不死。你要明白的第二件事是，权力是对人的权力，是对身体的控制——但是，最重要的是，对思想的控制。权力对物质——你会称其为外在的现实——的控制，其实并不重要，我们已经绝对控制了所有的物质。”

有一阵子，温斯顿没去注意仪表盘，他猛然用力想要坐起来，却是徒劳，只能痛苦地扭动身体。

“可是你们怎么能控制物质呢？”他脱口而出，“你们甚至无法控制天气和重力定律，还有疾病、痛苦、死亡——”

奥布赖恩做了个手势，不让他继续往下说：“我们控制物质，是因为我们控制了思想。现实是装在脑袋里的，这一切你会慢慢明白的，温斯顿。没有什么事情是我们做不到的，隐身、漂浮——任何事情。如果我愿意，我可以像肥皂泡一样飘浮在空中。但是我不想这样，因为党不希望我这样做。你一定要把十九世纪那些关于自然规律的想法统统抛掉，自然规律是由我们制定的。”

“但是你们并没有！你们甚至还没有成为这个星球上的主人。不是还有欧亚国和东亚国吗？你们连它们都还没有征服。”

“这并不重要。等到时机合适，我们就会征服它们的。即便不征服，那又有什么要紧呢？我们可以无视它们的存在，大洋国就是整个世界。”

“但是世界本身微如尘埃，人类何其渺小——多么无助！人类才存在多久？这个地球上有好几百万年都没有人类存在。”

“胡说八道。地球与人类一样长久，不可能更久。它怎么可能更久呢？除非通过人类意识，否则一切都不存在。”

“但岩石里尽是些已然灭绝的动物的骨骼——猛犸象、乳齿象，以及巨大的爬行动物，它们早在人类出现很久以前就存在于地球上了。”

“你见过这些骨骼吗，温斯顿？当然没有。这些都是十九世纪的生物学家们杜撰出来的。在人类出现之前，什么都不存在。在人类消失以后——如果有一天，人们真会走向终点——也不可能存在任何事物。除了人类，再无其他。”

“但是整个宇宙是独立于我们之外的。你看那些星星！有些有一百万光年之遥，它们在我们永远无法触及的地方。”

“星星是什么？”奥布赖恩漠然说道，“它们不过是几公里之外的火光而已。如果我们愿意，就能触摸到它们。或者，我们也可以抹灭它们。地球才是宇宙的中心，太阳和星星都围绕它转动。”

温斯顿又挣扎了一下，不过这次他什么都没说。奥布赖恩像是在答复一个无言的反抗，他继续说道：

“当然，为了某些特定目的，这话也不尽然。当我们在大海上航行，或预测日食、月食的时候，我们经常发现，假定地球绕着太阳转，星星距离我们亿万公里之遥，这样会很方便。但这又有什么关系呢？你以为我们就不能创造两种天文学体系吗？根据我们的需要，星星可近可远。你以为我们的数学家无法做到这一点吗？难道你忘记双重思想了吗？”

温斯顿在床上蜷缩起身子，不管他说什么，迅猛的答案都能像棍棒一样将他击倒。但是他知道，他知道自己是对的。在自己的头脑之外什么都不存在的信念——是否一定有办法证明这是错的？这不是很久以前就被揭露的谬论吗？它甚至还有个名称，不过他忘了。奥布赖恩俯视着他，嘴角浮起一丝淡淡的笑意。

“我告诉过你，温斯顿，”他说，“玄学不是你的专长。你正在苦思冥想的那个词是‘唯我论’，可是你错了，这不是‘唯我论’。如果你愿意，可以称它为‘集体唯我论’。但这不是一回事，实际上，恰恰相反。这些都是题外话。”

他变了种语气补充道：“真正的权力，我们日日夜夜为之奋斗的权力，不是对物的控制，而是对人的控制。”

他停顿了一会儿，又换上一种老师循循善诱一个大有前途的小学生的语气问道：“一个人如何才能对另一个人实施权力，温斯顿？”

温斯顿思考了一下：“通过让他受折磨。”

“完全正确，通过让他受折磨。光是服从还远远不够，除非他在饱受折磨，否则你怎么能肯定他服从的是你的意志而不是他自己的？

权力就在于对别人施加痛苦和屈辱，权力就是要将人的思想撕得粉碎，然后再按照你需要的模式将它们重新组合起来。那么，你现在开始明白我们要创造一个怎样的世界了吧？它与过去那些改革家所设想的愚蠢的、享乐的乌托邦刚好相反。这是一个充斥着恐惧、背叛与折磨的世界，一个践踏与被践踏的世界，一个臻于完善却愈益冷酷的世界。在我们的世界里，进步就意味着痛苦越来越多的进步。旧时代的文明都标榜自己建立在博爱或公正的基础之上，我们的文明则建立在仇恨的基础之上。在我们的世界里，除了恐惧、愤怒、狂喜、自贬之外，不再有别的情感。其他所有情感都会被我们摧毁——所有。

“我们已将革命前遗留下来的各种思想习惯彻底打破，我们割断了子女与父母、人与人、男人与女人之间的联系，没有人再敢信任自己的妻子、孩子或者朋友了。不过到了将来，也不会再有妻子和朋友了。孩子一出生就从母亲身边被带走，就像从母鸡身边带走鸡蛋一样。性本能将被彻底根除，生殖行为将成为一年一度的例行手续，就像更新配给证一样。我们将消灭性高潮，我们的神经病学家已经在研究这个问题了。除了对党的忠诚，再也没有别的忠诚。除了对老大哥的爱，再也没有别的爱。除了因打败敌人而笑，再也没有别的笑。再也没有艺术、文学和科学，当我们变得无所不能时，我们再也不需要什么科学了。再也没有美和丑的分别了，再也没有好奇之心和生命进程中的欢欣愉悦了，其他一切乐趣都将被摧毁。但是自始至终——别忘了这一点，温斯顿——对权力的迷醉始终存在，而且会越来越强烈，越来越敏锐。一如既往，每时每刻都会有胜利的狂喜和践踏一个束手无策的敌人的快感。如果你要设想一幅未来的画面，那就想象一只皮靴践踏在人脸上的情景吧——永远如此。”

奥布赖恩停顿了一会儿，似乎想等温斯顿开口说话。温斯顿在床上蜷缩得更紧了，他无话可说，只觉得心如冰窖。奥布赖恩继续道：

“你要记住，永远如此。那张脸永远会在那里，任人践踏。异端分子、社会公敌，永远都会在那里，一次次地任人打败，任人羞辱。自从你落到我们手中所经历的一切——所有的一切都将持续下去，而且会变本加厉。侦查、背叛、逮捕、酷刑、处决、失踪，所有这些都永不停止。这是一个恐怖的世界，也是一个狂欢的世界。党越强大，就越不能容忍异己。反抗力量越弱，专制程度就越严酷。戈德斯坦和他的异端邪说将永远存在，每一天，每一刻，他们都将被攻击、被诋毁、被讥讽、被唾弃，但是他们会永远存在下去。在过去的七年里，我和你合演的这出戏将一遍遍地重演，一代代地演下去，并且，形式会越来越隐秘。总有异端分子任由我们摆布，他们痛不欲生，精神崩溃，寡廉鲜耻——到最后，幡然悔悟，自我救赎，心甘情愿匍匐在我们的脚下。这就是我们将要面临的世界，温斯顿。这是一个胜利频频、凯旋不断的世界，一个无休无止压迫着权力神经的世界。我觉得，你已经逐渐明白这个世界的真实面目了。但是，到最后，你不仅能理解它，你还会接受它，欢迎它，并且成为它的一分子。”

温斯顿已经恢复过来，可以说话了。“你们不能！”他有气无力地说。

“你这话是什么意思，温斯顿？”

“你们无法创造出刚才你所描述的那个世界。这是在做梦，根本不可能。”

“为什么？”

“因为文明是不可能建立在恐惧、仇恨和残忍之上的，它不可能持久。”

“为什么不可能？”

“它没有生命力，它会分崩离析，自取灭亡。”

“简直胡扯。你以为仇恨比爱更耗精力，为什么会这样？即便如此，又有什么关系呢？假设我们让自己衰老得更快，假设我们让人生的节奏加快，一到三十就老态龙钟，那又有什么关系呢？难道你还不明白个体的灭亡不算灭亡吗？党才是永生不朽的。”

和刚才一样，温斯顿被奥布赖恩的这番话驳斥得无言以对。况且，他也害怕如果他坚持异见，奥布赖恩会再次转动仪表盘。然而他又不能沉默不语，只好有气无力地进行还击，不是争辩，也没有什么论据能支撑自己，只是对奥布赖恩刚才的这番话，感到有种说不出来的惊恐。

“我不知道——我也不在乎。不管怎样，你们一定会失败。总有东西会打败你们，生命会打败你们。”

“我们掌控着生命，温斯顿，在它的各个方面。你还幻想着会有个叫什么人性的东西因不满我们的所作所为进而起来反抗。但人性是我们创造的，人是可以被任意塑造的。也许你会回到你的旧想法上去，以为无产者或奴隶会起来推翻我们，还是别再痴心妄想了。他们无能为力，就跟牲口一样。人性就是党，其余的一切都是外在的——无关紧要。”

“我不在乎。到最后，他们一定会打败你们。他们早晚会看出你们的真面目，然后将你们撕得粉碎。”

“你看到什么证据能证明它会发生吗？或者有什么理由这样认为呢？”

“没有，但我相信会这样。我知道你们一定会失败。宇宙中总有什么东西——我不知道，某种精神，某种原则——是你们永远无法战胜的。”

“你相信上帝吗，温斯顿？”

“不。”

“那会是什么，那个会打败我们的原则是什么？”

“我不知道，是人的精神吧。”

“你认为自己是个人吗？”

“是的。”

“如果你算是人，温斯顿，那你就是最后一个人。你这种人已经绝迹，我们是继承者。你明白你是孤家寡人吗？你身处历史之外，你根本就不存在。”他的态度变了，口气也更为严厉，“你自以为在道德上比我们高出一筹，就因为我们欺骗世人，手段残忍？”

“是的，我认为自己要高出一筹。”

奥布赖恩没有说话，有另外两个声音冒了出来。过了一会儿，温斯顿辨认出其中一个声音是他自己的。这是他加入兄弟会那天晚上与奥布赖恩交谈的录音，他听到自己回答保证会欺骗、偷盗、伪造、谋杀、教唆吸毒和卖淫、传播性病、朝孩子脸上泼硫酸。奥布赖恩做了个不耐烦的手势，像是在说没必要放这段录音。然后，他转动了一个按钮，那声音就中断了。

“起身下床吧。”他说。

绑带已经自动松开了，温斯顿自己下了床，在地板上摇摇晃晃地站着。

“你是最后一个人，”奥布赖恩说，“你是人类精神的守护者。你会看到自己真实的模样，把衣服脱掉。”

温斯顿将系住工作服的一根细带子解开，拉链头早就被扯掉了。他不记得自己被捕以来，有没有脱过一次衣服。制服里头是一些肮脏、泛黄的破布片，勉强还能认出是内衣裤的形状。他把它们脱下来扔在地上时，发现房间的另一端有个三面镜，他走了过去，接着又突然止步，不由自主地发出一声惊叫。

“往前走，”奥布赖恩说，“站在两面镜子中间，这样你还能看到侧面的样了。”

他刚才停下来是因为他被吓坏了。一个佝偻着背、面如死灰、形如枯槁的怪物正向他走来。这样子着实令人惊骇，还不仅仅因为他知道这就是他自己。他又朝着镜子走近了几步，由于驼背的缘故，这怪物的脑袋向前突出。这是一张绝望的死囚的脸，凸起的前额和光秃秃的头顶连成一片，鹰钩鼻尖尖的，颧骨像是挨了打似的深陷了进去，颧骨上方有一双凌厉而警觉的眼睛。脸颊上爬满了皱纹，嘴巴也凹陷了。这无疑是他自己的脸，但在他看来，它的变化似乎比内心的变化更大，它所流露出来的情感也跟他内心感受到的截然不同。他已经有些秃顶了，一开始还以为是自己的头发变成了灰白色，原来那是头皮的颜色。除了双手和脸上一圈之外，他浑身灰白，积满陈垢。污垢之下到处都是红色的疮疤，脚踝上的静脉曲张处已是大面积溃疡，周边皮肤正在一层层脱落。但真正可怕的还是他枯瘦的身体，细瘦的肋骨如同骷髅身上的一般，大腿枯干萎缩，还不及膝盖粗。现在他知道奥布赖恩为什么让他看自己的侧面了，他的脊背弯曲得吓人。羸弱的肩膀往前耸出，致使胸口塌陷，瘦骨嶙峋的脖子几乎要被脑袋的重量折断。如果让他猜，他一定会说这是个六十岁老人的身体，而且患有不治之症。

“你有时候会想，”奥布赖恩说，“我的脸——一个核心党党员的脸——看上去衰老疲惫，你觉得自己的脸又怎么样呢？”

他一把抓住温斯顿的肩膀，把他扳了过来面对着自己。

“你看看你现在的样子！”他说，“看看你满身的污垢，看看你脚趾缝里的灰尘，看看你腿上流脓的伤口。你知不知道自己臭得像一头山羊？也许你已经不再注意这些了，看看你现在这副皮包骨头的样子，你看到了吗？我用大拇指和食指就能圈住你的胳膊，我能像拗胡萝卜一样拗断你的脖子。你知不知道自从你落到我们手里以来，你的体重掉了二十五公斤？就连你的头发也是一把一把地往下掉，你看！”

他伸手去揪温斯顿的头发，又扯下一把来：“张开你的嘴巴，还剩下九、十、十一颗牙齿。你来的时候一共有多少颗？就连你剩下的这几颗也快掉了。你看看这里！”

他用大拇指和食指抓住温斯顿剩下的一颗门牙，用力一扳，温斯顿只觉得上腭一阵剧痛，奥布赖恩已将那颗原本松动的门牙连根拔了下来，随手一扔。

“你正在腐烂，”他说，“你浑身散架，你算什么？一副发臭的皮囊而已。你现在转过身去再照照镜子，看到和你面对面的那个东西了吗？那就是最后一个人。如果你是人，那就是人性。现在把衣服穿上吧。”

温斯顿开始用迟缓、僵硬的动作穿上衣服。直到现在，他才似乎注意到，自己居然孱弱到这种地步。他心里只有一个念头：他被关在这里的时间一定比他想象的更长。当他把这身肮脏的破布裹上身时，看到自己被摧毁的身体，不禁悲从中来。他还没明白自己在做什么，就已经跌坐在床边的一张小凳子上放声大哭起来。他意识到自己的丑陋与不堪，这是一把裹在肮脏破布里的瘦骨头，坐在白色刺眼的灯光下啜泣，但是他不能自已。奥布赖恩几乎是非常仁慈地把一只手搭在他的肩膀上。

“不会永远这样的，”他说，“只要你愿意，就可以避免发生。一切都取决于你。”

“你们干的好事！”温斯顿呜咽道，“你们让我落到了这个地步。”

“不，温斯顿，是你让自己落到了这个地步。在你决意与党作对的时候，就已经接受了这个结果。第一步里就包含了所有的一切，没有哪件事的发生是你当时不曾预料到的。”

他停顿了一下，然后继续说道：

“我们已经打败了你，温斯顿，我们已经摧毁了你。你现在已经看到你的身体是什么样子的了，你的精神也处于同样的状态。我认为你的自尊已所剩无几，你被踢打过、被鞭笞过、被羞辱过，你痛得尖叫过，你在自己的血泊和呕吐物中翻滚过，你哭着求饶过，你背叛过所有的人，所有的事。你还能想起哪一件堕落的事是你没有做过的吗？”

温斯顿停止了哭泣，但是泪水还是止不住地往外涌。他抬头望着奥布赖恩。

“我没有背叛朱莉娅。”他说。

奥布赖恩若有所思地低头看着他。

“是的，”他说，“是的，这一点千真万确。你没有背叛朱莉娅。”

对奥布赖恩特有的崇敬之情再次涌上温斯顿的心头，似乎没有什么能够摧毁这种奇特的感情。“多么有智慧，”他想，“多么有智慧啊！奥布赖恩没有一次不能理解对他所说的话。”换了世界上任何其他人，都会马上回答说，他已经背叛了朱莉娅。因为在严刑拷打之下，还有什么是没有从他嘴里撬出来的呢？他所知道的关于她的一切，都全盘招供了：她的习惯、性格、过去的生活，他还事无巨细地坦白了他们每次约会时的情形，他俩互相说过的话，在黑市上吃过的饭，他们的通奸行为，他们模糊不清的反党计划——所有的一切。不过，按照他对这个词的理解，他并未背叛她。他没有停止爱她，他对她的感情始终不渝。不需要任何解释，奥布赖恩就已经明白他的意思了。

“告诉我，”他说，“还有多久他们会枪毙我？”

“可能要很久，”奥布赖恩说，“你的情况有点儿棘手，但不要放弃希望。每个人都会被治愈的，或早或晚。到最后，我们会枪毙你。”

第四章　党始终是正确的

他好多了。一天天胖起来，也一天天强壮起来，如果还能用“天”来区分日子的话。

白色灯光和嗡嗡的轰鸣声还和从前一样，不过这间牢房比他以前待的都要舒服一些。木板床上有枕头和靠垫，还有张凳子可以坐。他们给他洗了个澡，并且允许他隔一段时间就在锡盆里擦洗身子，甚至送来了温水。他们还给了他一套新内衣和一套崭新的工作服，给他静脉曲张的溃疡处抹上了镇痛的药膏，把他剩下的坏牙悉数拔除，为他镶上了一副假牙。

就这样过了几个星期，或者几个月。现在还是可以计算出时间的，如果他有兴趣算的话，因为他们好像是定时给他送的饭。他估计，大概每二十四小时会送来三顿饭。有时候，他也在暗暗琢磨，这送饭来的时间到底是白天还是晚上。伙食好得出奇，每三顿就会有一顿是肉，有一次甚至还给他送来了一包香烟。他没有火柴，但是送饭过来的那个从不说话的狱警会给他点火。他抽第一口的时候觉得有点儿恶心，但还是坚持下来了。以后每次饭后抽半根，这盒烟抽了很长时间。

他们给了他一块书写用的白石板，角上还拴了一个铅笔头，一开始他并没有去用。即使醒着的时候，他也总是无精打采的。他经常吃完一顿饭就几乎一动不动地躺在那里，等待下一餐的到来，有时候就这么睡着了，有时候会迷迷糊糊地做起白日梦来，反正就是懒得睁眼。他早已习惯了强光照在脸上仍能睡着，除了梦境更加连贯，好像与之前并无多大区别。这段时间他频频做梦，而且总是做些愉快的梦。他梦见自己在黄金乡，同母亲、朱莉娅、奥布赖恩一起，坐在阳光照耀下的一大片金黄色的废墟中——什么都不做，只是晒晒太阳，聊聊家常。他醒来后想的大多也是梦中的情景。如今少了疼痛的刺激，他似乎已经丧失了思考的能力。他倒不是厌倦，只是不想说话或做任何别的事。只要能让他独自待着，不被拷打，不用审讯，能填饱肚子，能保持干净，这就完全心满意足了。

渐渐地，他在睡觉上花的时间越来越少，但他仍然不想下床。他只想静静地躺一躺，感受体内正在积聚的力量。他会到处摸摸自己，确认他的肌肉是否变结实了，皮肤也不再松弛了，这一切都不是幻觉。最后可以确定无疑的是，他是真的长胖了，大腿也肯定比膝盖要粗了。这以后，他开始定期锻炼。一开始有些勉强，不久就可以走上三公里，那是以在牢房里踱步来丈量的。他佝偻的肩膀正在挺直，也尝试着做一些较为复杂的运动，却发现有些动作已无能为力，这让他既震惊又汗颜。他只能走，不能跑，不能平举板凳，也不能单腿独立，一立就倒。蹲下来后，要忍着大腿和小腿钻心的剧痛，才能重新站起来。他尝试做俯卧撑，但一点儿希望都没有，他甚至无法把自己撑起一厘米高。但是仅仅在几天之后——几顿饭后——甚至连这般壮举都能完成，后来他一下子能做六个。他开始由衷地为自己的身体感到自豪，还时不时地想起自己的脸庞也正在恢复到正常的模样。只有当他偶尔摸到自己光秃秃的头顶时，才会想起那张爬满皱纹、伤痕累累的脸庞曾从镜子里窥望过他。

他的头脑也逐渐活跃起来。他坐在木板床上，背靠着墙，写字板放在膝盖上，打算开始自我再教育。

他已然屈服了，这一点毋庸置疑。事实上，他现在想起来，早在做出这个决定之前很久，就已经做好屈服的准备了。自从他被带到仁爱部的那一刻起——是的，甚至在他和朱莉娅孤立无援地站在电屏幕前听从冷酷命令的那几分钟里——他就已经明白，想要凭一己之力反抗党的权力是多么轻率和肤浅。

他现在知道了，七年来，思想警察监视他就如同观察放大镜下的一只小甲虫，他的言行举止无一能逃脱他们的视线，就连他的思想，也没有他们猜测不到的。甚至连他放在日记本封面的那粒白色尘埃，也被他们小心翼翼地放回原处。他们放录音给他听，拿照片给他看，有些是他和朱莉娅在一起的照片。是的，甚至还有……他无法再与党对抗了。再说，党始终是正确的。必须如此，不朽的集体的大脑怎么可能出错呢？你能有什么客观的标准来检验它的判断呢？理智只是个统计学上的数字，仅仅意味着学会按照他们的思维去思考问题。只是——！

他感觉握在指间的铅笔又粗又笨，他开始将浮现在头脑中的想法写下来，先用拙劣的大写字母写下：

自由即奴役

然后几乎毫不犹豫地在下面写道：

二加二等于五

但在这之后，他停顿了片刻。他的大脑像是要逃避什么，似乎无法集中精力。他知道自己知道接下来那句是什么，可是这一刻却想不起来了。当他重新想起时，只是凭着有意识的推断，它应该是什么，而不是自发想到的，他写道：

权力即上帝

他什么都接受了。过去可以被篡改，但过去从来没有被篡改过。大洋国正在与东亚国交战，大洋国一直在与东亚国交战；琼斯、阿伦森和卢瑟福犯下了被指控的罪行，他从未见过可以推翻他们罪行的照片，这照片从未存在过，一切都是他杜撰出来的。他记得自己曾记住过与之相反的事情，但这些都是错误的记忆，是自欺欺人的产物。这一切多么轻而易举啊！只要你投降，其他一切都迎刃而解。就好像逆流游泳时，无论你怎样挣扎，都会被水流往回冲，但你突然决定调转方向顺流而下，而非逆流而上。什么都不曾改变，除了你自己的态度，命中注定的事情总是会发生。他也不知道自己为何要反抗，一切都变得那么容易，除了——！

一切都有可能是真的。所谓的自然定律全是胡言乱语，重力定律也是一派胡言。“如果我愿意，”奥布赖恩曾说过，“我可以像肥皂泡一样飘浮在空中。”

温斯顿琢磨出来了：“如果他认为他飘浮在空中，而我同时认为看到他这样做了，那么这件事就算发生了。”

突然，就像深埋于水下的一大块残骸露出水面一样，有一个念头顿时浮现在他的脑海里：这一切并没有真的发生，是我们想象出来的，只是幻觉而已。不过，他马上打压了这个念头，这是个显而易见的谬论。因为它假定在个体之外存在一个“真实的世界”，在那里发生着“真实”的事情。但是又怎么可能存在这样一个世界呢？除了通过我们的头脑，我们还能了解什么事情？任何事情都在我们的头脑中发生，只要是在头脑中发生的，那就是真实发生的。

他轻而易举地清除了这个谬论，而且也不存在被这个谬论诱惑的危险。不过，他仍然意识到，根本就不应该动这样的念头。只要危险思想出现了苗头，大脑就应该产生一个盲点，这个过程应该是自动的，本能的。在新话里，称之为“止罪”。

他开始锻炼自己学习“止罪”，他向自己提出一些命题——“党说地球是平的”“党说冰比水重”——然后训练让自己看不到或者理解不了与这些命题相矛盾的观点。这并不容易，需要极强的推理能力和即兴应变的能力。就像“二加二等于五”这样的算术题，也已经超出他的智力水平了。这要求大脑处于一种灵活的状态，这一刻要求运用最微妙的逻辑，下一刻又要对最基本的逻辑错误毫无知觉。愚蠢和理智同样必要，也同样难以达到。

与此同时，他一直在脑海里隐隐约约地琢磨还要多久他们才会枪毙他。“一切都取决于你。”奥布赖恩这样说过。但是他很清楚，他没有办法让这一天提前到来。或许就在十分钟之后，或许将在十年之后。他们可能会把他单独监禁好几年，可能会把他送进劳改营，也有可能把他释放一阵子，正如他们有时做的那样。完全有可能的是，在他被枪毙以前，逮捕、审讯这一场戏将会完完整整地重演一遍。唯一可以肯定的是，死期永远无法预料。惯例——一个不曾明说的惯例是，不管怎样你会知道，虽然你从未听人说过——他们会从背后朝你开枪，总是在脑袋背后，没有任何警告，就在你沿着走廊从一间牢房走向另一间牢房的时候。

有一天——不过“一天”可能并不是一个准确的表达，因为很有可能当时已是深夜，应该说有一次——他突然坠入一个奇异、愉悦的幻境之中。他正沿着走廊走着，等待着子弹的到来，他知道它马上就要来了。一切都解决了、消除了、妥协了。不再怀疑、不再争辩、不再痛苦、不再恐惧。他的身体已恢复健康，变得强壮。他步履矫健、心情欢畅，仿佛在阳光下行走。他再也不是走在仁爱部那条狭窄的走廊里了，而是走在一条洒满阳光的大道上，足有一公里宽。行走其中，他狂喜得像是刚服了兴奋剂似的。他来到了黄金乡，沿着被野兔啃咬过的古老牧场的一条小径朝前走。他能感受到脚下是软软的矮草，脸上是暖暖的阳光，草场的边缘是一片榆树林，榆树的枝条在微风里轻轻摇曳。远处有一条小溪在徐徐流淌，柳树掩映下，鲮鱼在溪潭里缓缓游弋。

猛然间，他被一阵恐惧惊醒，后背直冒冷汗，他听到自己在大声呼喊：

“朱莉娅！朱莉娅！朱莉娅，我的爱人，朱莉娅！”

那一瞬间，他产生了强烈的幻觉，觉得朱莉娅不仅在他身边，而且融入了他的体内，像是渗入到他皮肤的肌理之中。就在那一瞬间，他觉得自己爱她更甚于从前他俩自由相伴的时候。他也知道，她还活着，在某个地方，需要他的帮助。

他躺回到床上，尽量平复自己的情绪。他都做了些什么啊？这一瞬间的软弱会增加他多少年的奴役啊？

再过一会儿，他就能听到牢房外传来的皮靴声，他们不可能任由你狂叫而不对你惩罚。他们现在知道了，如果说以前还不知道的话，他打破了与他们达成的协议。他服从党，却依然仇恨党。过去，在他顺从的外表下隐藏着异端思想。如今又后退了一步，他在思想上已然投降，但希望内心深处不被亵渎。他知道自己错了，却宁愿犯错。他们会明白的——至少奥布赖恩会明白，那一声愚蠢的呼喊将所有的一切都坦白了。

他将不得不重新开始，也许那又是好几年。他伸手抚摸自己的脸庞，让自己熟悉新的面容。两颊有很深的皱纹，颧骨突出，鼻子塌陷。此外，自从上次在镜中看到自己的模样后，他们给他镶了一副全新的假牙。当你不知道自己的脸庞是什么样子时，很难保持神秘莫测的表情。不管怎样，仅仅控制外表还远远不够。他第一次认识到，如果你想保守一个秘密，你必须对自己也保密。你必须知道它一直都在那里，但不到必要时刻，你不能让它以任何一种叫得上名字的形式出现在你的意识里。从今以后，他不仅需要想得正确，而且必须感觉正确，梦得正确。与此同时，他必须将自己的仇恨紧锁在体内，就像是个有形的球体，把它变成身体的一部分，但跟其余部分又毫无关联，类似一个囊肿。

总有一天，他们会枪毙他。虽然不知道在何时，但可以提前几秒钟猜到。总是在背后，正当在走廊上走动的时候，十秒钟就足够。那时，他的内心世界将彻底改变。突然，一言不发，一步未停，脸上的表情也一丝不变——伪装猝然落地。砰！内心的仇恨爆发了，这仇恨如同熊熊火焰将他团团围住。几乎与此同时，砰！子弹出膛了，太迟了，或者太早了。他们还来不及改造他，就将他的脑袋崩成碎片。异端思想未被惩罚，未曾悔改，永远在他们的掌控之外。他们将在自身的完美之中打穿一个漏洞，至死仍仇恨他们，这就是自由。

他闭上双眼，这比接受一种思想训练更加困难。这是个自我作践、自我摧毁的问题，他得投入到最肮脏的污秽之中。而最可怕、最令人厌恶的会是什么？他想到了老大哥，那张巨大的面孔（因为经常在宣传画上见到，他总觉得有一米宽），浓密的黑色八字胡须，一双如影随形的眼睛，不由自主地浮现在他的脑海里。他对老大哥的真实情感又是什么？

过道里传来了沉重的皮靴声，铁门“哐当”一声打开了。奥布赖恩走进牢房，他身后跟着那个蜡像脸军官和穿黑制服的狱警。

“起来，”奥布赖恩说道，“过来。”

温斯顿站在他面前，奥布赖恩的双手紧紧地抓住他的肩膀，死死地盯着他。

“你还有欺骗我的想法，”他说，“这很蠢。站直了，看着我的脸。”

他停顿了一下，然后用更温和的语气继续道：

“你在进步，在思想上已无大碍了，但在感情上毫无长进。告诉我，温斯顿——切记，不要撒谎，你知道我总能识破谎言——告诉我，你对老大哥的真实情感是什么？”

“我恨他。”

“你恨他，好。那么，是时候让你进入最后一个阶段了。你必须热爱老大哥，仅仅服从还远远不够，你必须热爱他。”

他松开温斯顿，把他轻轻推向狱警那个方向。

“一〇一房间。”他说。

第五章　一〇一房间

在他被关押的每个阶段，他都知道，或者似乎知道自己在这幢没有窗户的大楼里的某个地方，也许是因为空气压力上略有差异。狱警拷打他的那间牢房是在地下，奥布赖恩审讯他的那间牢房在靠近屋顶的很高处，而现在这个地方，应该是在很深的地下，似乎已经深到尽头了。

这比他以前待过的牢房都要大，但他几乎没留意周围的环境，只看到他的正前方有两张小桌子，每张都铺了绿呢子布。一张离他只有一两米，另一张更远些，靠近门口。他被死死地绑在一把椅子上，动弹不得，连脑袋也不能转动。有个像垫子样的东西紧紧夹住他的后脑勺，迫使他只能直视前方。

他独自一人待了一会儿。后来，门开了，奥布赖恩进来了。

“你曾经问过我，”奥布赖恩说，“一〇一房间里有什么。我告诉过你，你早就知道答案了，每个人都知道。一〇一房间里有世界上最可怕的东西。”

门又打开了，一个狱警走了进来，手里提着一个用铁丝编成的盒子或篮子之类的东西。他把它放在了远处那张桌子上，因为奥布赖恩刚好站在那里，所以温斯顿看不到那究竟是什么。

“世界上最可怕的东西，”奥布赖恩说，“因人而异。可能是活埋，可能是烧死，可能是淹死，也有可能是钉死，或者是其他各种各样的死法，多达五十几种。可是对有些人来说，最可怕的东西却是一些微不足道的东西，根本不足以致命。”

他往旁边挪了一点儿，让温斯顿可以看清桌上那样东西。这是个长方形的铁丝笼，顶上有个可以拎的把手。挂在笼子前面的，是个看上去像击剑面罩之类的东西，凹面朝外。尽管离他有三四米远，他还是能看出笼子被纵向隔成上下两层，每层都有一些小动物。竟然是老鼠！

“对你而言，”奥布赖恩说，“世界上最可怕的东西恰恰是老鼠。”

看到这笼子的第一眼，温斯顿就有预感似的浑身战栗，感到莫名的恐惧。但在此时，他突然明白笼子前面那个面罩一样的东西用意何在，他觉得自己好像被吓得失禁了。

“你不能那样做！”他声嘶力竭地叫喊道，“你不会的，你不会的！这不可能！”

“你还记得吗，”奥布赖恩说，“那些曾在你梦里出现的恐慌时刻？你的面前有一堵黑墙，耳边有一阵喧闹的声音传来。墙那边有一种可怕的东西，其实你明明知道那是什么，但是没有勇气去面对。墙那边正是老鼠。”

“奥布赖恩，”温斯顿竭力控制自己的声音说，“你知道没必要这样，你到底想让我干什么？”

奥布赖恩没有直接回答。等他再度开口时，他又换上了他时而会用的循循善诱的老师的口吻。他若有所思地望着远方，像是在对温斯顿身后某个地方的观众说话。

“就其本身而言，”他说，“疼痛还远远不够。有的人能忍受痛苦，甚至到了濒临死亡的程度。但对每个人而言，总有一些他无法忍受的——甚至连想都不敢想的事情，这与勇敢或懦弱无关。如果你从高处摔落时抓紧一条救命的绳子，这不算懦弱；如果你从深水里探出头来猛吸一口气，这也不算懦弱，这只不过是你无法泯灭的本能。老鼠也是如此。对你来说，它们是无法忍受的东西，是无法抵抗的压力，即使你希望自己能够抵抗。我们要你做什么，你就得做什么。”

“但那是什么，究竟是什么？如果我不知道那是什么，又怎么能够去做？”

奥布赖恩拎起笼子，带往近处那张桌子，在呢子桌布上小心翼翼地放了下来。温斯顿甚至能听到自己血脉偾张的声音。他觉得自己坐在一片无边的孤寂之中，四周是空旷的原野，广袤无垠的荒漠被阳光炙烤着，各种声音从遥远的四面八方朝他奔涌而来。其实，装着老鼠的笼子离他不足两米。它们体形硕大，鼠须坚硬，毛发呈褐色而非灰白色，正是最凶猛的时候。

“老鼠，”奥布赖恩仍对着他那些隐形的观众说道，“虽然是啮齿类动物，但也是食肉的，这一点你该明白。你也一定听说过市区贫民窟里发生过的事情。女人不敢把婴儿单独留在家里，哪怕五分钟也不行。老鼠们肯定会群起而攻之，瞬间就能把婴儿啃得只剩一堆骨头。它们还会攻击病人和垂死之人，知道人在什么时候毫无还手之力，真是智力惊人。”

笼子里突然传来一阵吱吱的尖叫声，温斯顿觉得像是从遥远的地方传来。老鼠们正在互相撕扯，它们想要冲破隔离层大战一番。他还听到了一个绝望、低沉的呻吟声，那——似乎也从他身外什么地方传来。

奥布赖恩拎起笼子，与此同时，他按下了笼子上的某个开关，发出尖锐的“咔嗒”声。温斯顿疯狂地想从椅子上挣脱，但是无济于事。他身体的每一部分，甚至他的头部，都被固定得动弹不得。奥布赖恩把笼子移得更近了，离温斯顿的脸不足一米。

“我已经按下了第一个操纵杆，”奥布赖恩说，“你该明白这笼子的构造。面罩会紧紧扣住你的头部，不留一丝缝隙。当我按下另一个操纵杆，笼门就会拉起，那些饿昏了的畜生会像子弹似的窜出来。你有没有见过老鼠蹦窜的样子？他们会扑到你脸上并咬住不放，有时候它们会先咬眼睛，有时候它们会从脸颊里钻进去，咬断你的舌头。”

笼子又移近了一些，越逼越近。温斯顿听到了一连串的尖叫声，好像就在他脑袋上方响着，但是他极力克制住自己的恐慌。快想，快想，即使只剩下半秒钟——想出办法是唯一的希望。突然，那畜生身上的霉臭味直冲他的鼻孔而来，恶心得他五脏六腑翻江倒海，几乎昏了过去，眼前一片漆黑。一瞬间，他丧失了理智，变成一头惊叫的野兽。他挣扎着逃离黑暗，内心只有一个念头。有一个办法，也只有这一个办法可以救自己。他必须得把另外一个人，另外一个人的身体，安插在他和老鼠之间。

面罩的边缘大得将他视野中的一切其他事物都遮挡住了。此时，铁丝门离他只有两手掌远。这些老鼠也知道就要大快朵颐了，其中一只激动得上蹿下跳，另一只比阴沟里的老鼠老得多，已经掉了毛，后腿直立，粉红色前爪扒住铁丝，一个劲地嗅着周围的空气。温斯顿能看到它发硬的鼠须和黄色的牙齿。刚才那阵黑色的恐慌再次攫住了他，他顿时感到眼前发黑，脑袋一片空白，束手无策。

“这是古代中华帝国一种常见的刑罚。”奥布赖恩一如往常地说教道。

面罩逼近他的脸，铁丝划到了他的面颊。接着——不，那不是解脱，只是一丝希望，一丝渺茫的希望。太晚了，也许太晚了。但他突然明白，在这个世界上只有一个人，能让他将自己的惩罚转嫁出去——只有一个人的身体能够安插在他和老鼠中间。于是，他一遍遍地狂叫起来。

“咬朱莉娅！咬朱莉娅！别咬我！朱莉娅！随你们怎么咬她。撕她的脸，啃她的骨头。别咬我！咬朱莉娅！别咬我！”

他往后倒了下去，坠入了无底的深谷，远离了老鼠。他依旧被绑在椅子上，但已穿过地板向下坠落，穿过大楼墙壁，穿过地表层，穿过海洋，穿过大气层，跌入了外太空，跌入了星际深渊——永远，远远地，远远地，远离了老鼠。他已在光年之外，可奥布赖恩依然在他身旁。他的脸颊仍能感受到铁丝的冰冷，然而从裹挟着他的一片漆黑之中，他听到了金属撞击的“咔嗒”声。他知道笼门关上了，不会再打开。

第六章　热爱老大哥

❖

栗树咖啡馆里几乎空无一人。一道阳光穿透窗玻璃斜射进来，落在积满灰尘的桌面上。现在是十五点，正是孤孤单单的时刻，电屏幕里传出轻微的音乐声。

温斯顿坐在他常坐的那个角落里，凝视着面前的一只空玻璃杯，他时不时地抬头扫一眼对面墙上正盯着他看的那张巨大的面孔。“老大哥正在看你”，文字如此说明。一个服务员主动过来往他的杯子里斟满胜利牌杜松子酒，又从另外一个软木塞上插着一根管子的瓶子里倒出几滴液体，轻轻摇了摇。那是丁香味的糖精，这家咖啡馆的特色。

温斯顿正在听电屏幕里传来的声音。目前只是在播放音乐，但随时可能插入来自和平部的特别公报。最近，来自非洲前线的新闻令人极其不安，他整天为之忧心忡忡。一支欧亚国的军队（大洋国正在跟欧亚国打仗，大洋国一直都在跟欧亚国打仗）正在以惊人的速度向南推进。午间报道虽然没有明确提及任何地点，但战场可能已经转移到了刚果河口岸。这样一来，布拉柴维尔和利奥波德维尔[①]便岌岌可危。人们不用看地图也知道这意味着什么，这不仅仅是丢掉非洲中部

① 利奥波德维尔，刚果民主共和国首都金沙萨的旧称，与布拉柴维尔隔河相望，是非洲中部最大的城市。

的问题，就连大洋国的领土也将受到威胁，这在整场战争中是前所未有的。

一种强烈的情感，确切地说，并不是恐惧，大概是一种莫名的激动，在他心中骤然升腾，随后又渐渐消退。他不再去想关于战争的事了。这些天来，他对任何事情都不能集中精力，哪怕只有片刻时间。他端起酒杯一饮而尽，和往常一样，酒一落肚他便感到一阵哆嗦，甚至还有点儿恶心想吐的感觉。这玩意儿真够受的，丁香和糖精本身就够让人恶心的了，但还是盖不住这酒浓浓的油味。最糟糕的是，杜松子酒的气味一天到晚缠绕在他身上，和他脑海里某种气味形影不离地纠缠在一起，那是——

他从未说出它们的名字，即便在脑海中，只要有可能，他就绝不去想它们的样子。他隐约记得，它们曾逼近他的脸，那股霉臭味扑鼻而来。杜松子酒往上涌时，他张开发紫的嘴唇打了个嗝。自从获释后，他便长胖了些，也逐渐恢复了以前的脸色——事实上，不仅仅是恢复。他脸上的轮廓变得粗壮了，鼻子和脸颊上的皮肤泛出粗糙的红色，就连光秃秃的头顶也变成了粉红色。

服务员再次主动地将棋盘和最新一期的《泰晤士报》送来，而且已经翻到了棋艺专栏那一页。见温斯顿酒杯已空，便端来一瓶杜松子酒为他斟满。无须吩咐，他们知道他的习惯。棋盘总是为他备好，这张角落里的桌子也总是为他留着，即使咖啡馆里人满为患，他仍是独自坐在这张桌子前，因为没有人愿意被看到和他坐得太近。他从来不去数他喝了几杯，过上一段或长或短的时间，他们会给他送来一张脏纸条，说那就是账单。但他总感觉他们少算了，不过，哪怕多算了他也无所谓。如今他有了足够花的钱，甚至还有了一份工作，一个挂名的闲差，收入比他以前的工作要高得多。

电屏幕里的音乐中断了，响起了说话的声音，温斯顿抬起头来听。这次不是来自前线的公报，而是富部的一则简报。好像是说上个季度，第十个三年计划中关于鞋带的产量超额完成了百分之九十八。

他研究了一下报纸上的棋局，然后依样摆上棋子，这是个棘手的残局，关键在于两个马。“白子先走，两步将死对方。”白子总是能够将对方将死，他有一种模糊不清的神秘感。总是如此，毫无例外，就是这么安排的。自开天辟地以来，黑子在所有的棋局中从未赢过一次。难道这不是意味着善良终将战胜邪恶，且毫无例外吗？那张巨大的面孔正盯着他，神情泰然自若。白子总是能赢。

电屏幕里的声音停顿了一下，换了一个更严肃的语调说道：“大家注意，十五点三十分必须收听重要公告。十五点三十分！这是最重要的新闻，切勿错过。十五点三十分！”接着，叮叮当当的音乐声再次响起。

温斯顿忽然心中一动，那是来自前线的公告。直觉告诉他，那将是个坏消息。整整一天，带着一阵阵小小的激动，他的脑海中时不时地涌现出非洲惨败的念头。他似乎真的看到欧亚国的军队像蚂蚁般蜂拥而至，穿过从未被攻破的边界，向非洲南端的尖角涌去。为什么不能从侧翼包抄他们呢？他的脑海里清晰地呈现出西非海岸的轮廓。他举起白子向前走了一步，这一步走得正合适。甚至正当他看到黑压压的军队向南挺进时，他也看到了另外一支神秘集合的军队突然插入他们的后方，将他们的海陆交通全部切断。他觉得通过主观愿望，他可以让另外一支大军出现，但是必须立即行动。如果他们已经控制了整个非洲，如果他们已经占领了好望角的机场或潜艇基地，大洋国将会被一分为二。这也许就意味着不堪设想的后果：战败、解体、世界被重新瓜分、党被摧毁！他深吸一口气，百感交集——但准确地说，又不能算是百感交集，而是层层交叠的感觉，也说不清最隐秘的那层是什么——在他心中翻腾着。

那阵情感的波澜已经平息，他又将白子放回原位。但此时，他无法集中精力研究棋谱。他忍不住心猿意马，几乎是无意识地用手指在桌面的灰尘上涂写：

2+2=5

“他们无法进入你的内心。”她曾经说过。但是他们可以。

“在这里发生的事情你是永远抹不掉的。”奥布赖恩曾经说过，此言不差。有一些事情，还有你的所作所为，永远都无法挽回。在你的内心深处，有些东西已被杀死，被烧毁，被腐蚀。

他见过她，甚至还和她说过话，这已经不再有危险了。直觉告诉他，现在他们对他的行为几乎没什么兴趣。他俩如果有谁愿意，还能安排再次见面。其实，那一次见面很是偶然。

那天在公园里，是一个糟糕的三月天，冷得刺骨。地面冻得像一块铁板，小草几乎全冻死了，到处都不见花蕾，只有几株番红花费劲地钻出地面，却又被狂风吹折得零落不堪。他当时正急匆匆地赶路，手都冻僵了，眼睛也被风刮得流泪了，在离他不到十米的地方，他突然看到了她。他们几乎擦肩而过，形同陌路。不过随后他还是转过身来跟着她，并不是很急切。他知道已经没有危险，也没有人再会对他有任何兴趣。她没有说话，斜穿过草坪，似乎是要摆脱他，但后来又像是听任他走到自己身边来。不一会儿，他们来到一处掉光树叶的乱蓬蓬的灌木丛中。那灌木丛既无法藏身，也不能挡风，他们停下脚步。那天冷得邪乎，风呼啸着穿过枯枝，撕扯着零星几朵脏兮兮的番红花。他伸出胳膊搂住了她的腰。

那里没有电屏幕，但肯定有隐藏的话筒。而且，他们很有可能被人看见。但这些都无关紧要，一切都无关紧要。如果他们愿意，甚至可以躺在地上做那事儿。不过，一想到这点，他便觉得厌恶，浑身僵硬。对于他的搂抱，她也毫无反应，她甚至没想过要挣脱。他现在知道她有什么变化了。她的脸色很不好，还多了一条长长的疤痕，从前额一直蔓延到太阳穴，有一半被头发遮挡着。不过变化还不在于此，而是她的腰粗了许多，而且令人惊讶的是，变得极其僵硬。他记得有一次，在火箭弹爆炸后，他帮忙把一具尸体从废墟中拖出来。让他震惊的是，那尸体不仅异常沉重，而且无比僵硬，极难拖动，根本不像是血肉之躯，更像是一块巨石。他不禁想到，她的皮肤也一定大不如以前那般细腻柔滑了。

他没想过要去吻她，他们什么话也没有说。当他们往回走，再次穿过草地的时候，她这才第一次正眼看他。这短促的一瞥，满是鄙夷和厌恶。他不知道这厌恶仅仅是因为往事不堪，还是因为他浮肿的脸和被风刮得流泪的双眼。他们在两把铁椅子上并排坐下来，但没有紧挨着。他看到她想要开口说话。她把笨重的鞋子挪开了几厘米，还故意踩断了一根小树枝。他这才注意到，她的脚似乎比以前要宽一些。

“我背叛了你。”她直言不讳地说。

“我也背叛了你。”他说。

她又厌恶地瞥了他一眼。

“有时候，”她说，“他们会用一些东西威胁你，一些你无法忍受甚至不敢想象的东西。然后，你就会说，‘别对我这样，对付别人去吧，对谁谁这样吧。’事后，也许你会假装这只是你的权宜之计，只是想让他们就此住手，其实你的本意并非如此。但这不是真的，事情发生时，你确实就是那样想的。你觉得没有别的办法可以救自己，你真的愿意用那个办法来自救。你真的想让它发生在别人身上，你根本不在乎他们遭什么罪，你在乎的只有你自己。”

“你在乎的只有你自己。”他附和道。

“从那以后，你对那个人的感情就和以前不一样了。”

“没错，”他说，“你的感情就和以前不一样了。”

似乎再没有别的可说了。寒风将他们单薄的工作服刮得紧贴在身上。几乎同时，他们觉得默默无言地坐在那里十分尴尬。另外，天太冷，也实在坐不下去了。她说了句要去赶地铁之类的话，起身要走。

“我们还会再见面的。”他说。

“是的，”她说，“我们还会再见面的。”

他犹犹豫豫地跟随了她一小段路，在她后面落后半步。他们没有再说话。她也不是真的想要甩掉他，但走路的速度刚好让他没法跟她并肩走。他本来打定主意要陪她走到地铁站，但突然觉得，在这样的寒风中跟着走既毫无意义，也难以忍受。他转念一想，还不如转身离开，回到栗树咖啡馆去，那地方从未像现在这般吸引着他。他怀念他在角落里的那张桌子，还有报纸、棋盘，以及不断斟上的杜松子酒。最重要的是，那里很暖和。过了一会儿，也不完全出于意外，他任由一小群人把他和朱莉娅分开了。他心不在焉地追了几步，随后又放慢脚步，转身向相反方向走去。走了五十米后，他回头看看。街头行人并不多，但是他已分辨不出她的身影。在那十几个行色匆匆的行人中，哪一个都有可能是她。也许，从背后已无法辨认她那臃肿僵硬的身影了。

“事情发生时，”她刚才说，“你确实就是那样想的。”他当时确实是那样想的。他不仅仅是说说而已，他是真的希望如此。他希望把她而不是他，送上去喂——

电屏幕里流淌出的音乐突然变换了曲调，取而代之的是一个带有嘲讽意味的沙哑的调子，一种靡靡之音。紧接着——也许并未发生，也许只是对类似声音的些许记忆——有一个声音唱道：

在栗树绿荫下，
我出卖了你，你出卖了我。

他眼里涌出了泪水，一个服务员经过，看到他的杯子已空，便拿着杜松子酒瓶过来。

他举起酒杯闻了闻，这玩意儿一口比一口难喝，但现在他已沉溺其中了。这是他的生命，他的死亡，他的复活。每天夜里他靠着杜松子酒沉醉不醒，每天清晨又靠它苏醒过来。他很少能在十一点之前醒来，醒来时发现眼皮像是被胶水粘住了，嘴巴渴得冒烟，后背疼痛欲裂。如果不是床头还放着前一天晚上留下的酒瓶和茶杯，他甚至不可能爬起来。

中午那段时间，他一直神情呆滞地坐在那里听着电屏幕，酒瓶就在手边。从十五点到打烊时间，他是栗树咖啡馆的常客。再不会有人在乎他做些什么，没有哨子警告他，也没有电屏幕呵斥他。偶尔，也许一周两次吧，他会去真理部一间积满灰尘、被人遗忘的办公室里做点工作，或者说所谓的工作。

他被分配到某个小组委员会下属的小组委员会，前者又隶属于另一个委员会，该委员会是为负责处理第十一版新话词典编纂过程中遇到的次要问题而成立的无数委员会之一。他们要赶写一份所谓的中期报告，但到底要报告什么，他确实从未弄明白，好像是要讨论逗号应该放在括号内还是括号外的问题。这个小组委员会另外还有四名成员，都和他情况类似。有时候，他们刚聚在一起开会，又立即散会了。他们互相坦承，其实没什么事情可做。但也有的时候，他们几乎是煞有其事地坐下来工作，像模像样地填写会议记录，起草没完没了的冗长的备忘录——他们把要讨论的问题究竟是什么演变成了越来越复杂深奥的争论，他们对定义吹毛求疵，将话题离题千里，争吵不休——甚至威胁恐吓，扬言要向上级告发。但是突然之间，他们又仿佛灵魂出了窍，围坐在桌子旁，两眼迷茫地望着对方，就像听到鸡啼就会消失的鬼魂一样。

电屏幕安静了一会儿。温斯顿再次抬起头来，公报！但是没有，他们只不过在换音乐而已。他闭上眼睛就能想起非洲地图，军队的动向能用示意图显示出来：一根黑箭头垂直南下，一根白箭头横向东进，切断了前者的尾巴。像是为了获得肯定，他抬头看看画像里那张不动声色的脸。有没有可能第二个箭头根本不存在？

他觉得兴味索然，又喝了一口杜松子酒，捡起白子试探着走了一步。将。但这一步显然不对。因为——

毫无理由地，一段往事突然浮现在他的眼前。他看见一个点着蜡烛的房间，里面有张铺着白色床单的大床，还有他自己，当时九岁或十岁的样子，坐在地板上，正摇着骰子筒，兴奋地哈哈大笑。他母亲坐在他对面，也是笑容满面。

那也许是她失踪前一个月的事。那时两人暂时和好，他忘却了腹中难熬的饥饿，暂且对她恢复了儿时的依恋。他记得很清楚，那天下着倾盆大雨，雨水沿着窗玻璃飞泻而下，屋子里光线昏暗，没法看书。两个孩子被困在黑暗狭窄的卧室里极其烦躁。温斯顿又哭又闹，吵吵嚷嚷地想要点吃的，他在房间里翻箱倒柜，还对着护墙板猛踢，直至邻居敲墙以示抗议，而他的小妹妹则哭个不停。

最后，他母亲只好说："听话，我给你去买个玩具，一个很好玩的玩具——你会喜欢的。"说完她就冒着大雨出门了，去了附近一家还开着门的小杂货店。回来时手里拿着一个纸板盒，里面装了一副"蛇梯棋"[①]。直到现在，他仍记得那纸板盒被雨淋湿的气味。那副棋

① 蛇梯棋，一种棋类游戏，源自古印度。棋盘上绘有多个长短不一的蛇和梯子的图案，参与者掷骰子前进，如走到梯底一格可进至梯顶一格，如走到蛇头一格，表示遭蛇吻，要退至蛇尾一格，先抵终点者胜出。

做得糟糕透了，棋盘都裂开了，小木头骰子切割得很粗糙，以至于无法平放。温斯顿不高兴地瞥了一眼，一点儿兴趣也没有。但后来，他母亲点了一支蜡烛，他们坐在地上玩了起来。当看到那些小棋子满怀希望地往上爬，可是手气不好又得退回有蛇的地方，几乎回到起点时，他兴奋得又喊又叫。他们玩了八局，各赢四局。他的小妹妹年纪太小，还看不懂这个游戏，却也倚着靠垫坐在那里笑，因为别人都在笑。整个下午，他们都开开心心地待在一起，就像他幼年时候那样。

他将这幅画面从脑海中驱除。这是个虚假的记忆，他时常受到这种虚假记忆的困扰。不过，只要你明白它们是什么，那就无所谓了。有些事情发生过，但有些没有发生过。他转过身看着棋盘，再次举起白子。刚一举起，它就“咔嗒”一声掉到了棋盘上。他大吃一惊，好像被针扎了一下。

一阵尖厉的喇叭声刺穿了空气。公报来了！胜利！凡是在发表公报前响起喇叭声就意味着胜利的消息。咖啡馆里就像通了电流一般沸腾起来，就连服务员也吃了一惊，竖起耳朵倾听。

喇叭声引发了一阵巨大的喧哗。电屏幕里传来一个激动的声音，正在急促地播报。才一开始，就被外面雷鸣般的欢呼声淹没了。这消息神奇地传遍了大街小巷，他时不时地从电屏幕里听到一些内容，得知事态进展正如他所料：一支海上大军秘密集结，从背后突袭敌军，白色箭头切断了黑色箭头的尾巴。透过喧嚣的人声，可以听到一些断断续续的胜利的话语：“伟大的战略部署——完美的配合——彻底击溃——五十万战俘——完全丧失斗志——控制整个非洲——结束战争近在眼前——胜利——人类历史上最伟大的胜利——胜利，胜利，胜利！”

桌子底下，温斯顿的两条腿在不停地痉挛着。他没有从座位上起身，但是在他的脑海里，他在奔跑，飞快地奔跑，他跟外面的人群在一起，发出震耳欲聋的欢呼声。他又抬头看了一眼老大哥的肖像。这个操纵世界的巨人啊！这块将亚洲的乌合之众撞得头破血流的巨石啊！他想起就在十分钟之前——是的，也就十分钟——他还心存疑虑，还在思量前方的战事究竟是胜是负。哈！不只是一支欧亚国的军队被消灭了！自从他踏入仁爱部的第一天起，他已经发生了很多变化，但直至此刻，最终的、必不可少的、脱胎换骨的变化才真正发生。

电屏幕里的声音仍在没完没了地播报战俘、战利品和大屠杀的故事，外面的喊叫声已逐渐减弱。服务员们也各自归位了，其中一人拿着一瓶杜松子酒走了过来。温斯顿坐在那里，沉浸在美好的梦境中，并未注意到酒杯已被斟满。他再也不会奔跑，不会欢呼了，他又回到了仁爱部，一切都被宽恕，他的灵魂洁白如雪。站在法庭的被告席上，他招供了一切，牵连了所有人。他走在铺着白色瓷砖的走廊里，犹如走在阳光下，一个持枪的警卫紧随着他，一颗期待已久的子弹终于射穿了他的脑袋。

他抬头凝望那张巨大的面孔。用了四十年的时间，他才终于明白那隐藏在黑色八字胡后面的笑容究竟意味着什么。哦，那残酷且毫无必要的误会啊！那顽固且背离慈爱胸怀的流亡者啊！两滴夹杂着杜松子酒气味的眼泪慢慢滑过他的鼻梁两侧。不过现在好了，一切都好了，斗争已经结束，他也战胜了自己。他热爱老大哥。

附录：新话的原则

新话为大洋国的官方语言，是为满足英社，即英国社会主义的意识形态的需要而产生的。到一九八四年，仍然没有人能将其作为唯一的交流工具，无论是演讲还是写作。《泰晤士报》上的社论都是用新话写就的，但那些力作只能由专家执笔才能完成。预计到二〇五〇年左右，新话最终将取代旧话（也就是我们所说的“标准英语”）。所有党员在日常会话中越来越倾向于使用新话的词汇和语法结构。一九八四年所使用的版本以及收录在第九版、第十版新话词典里的新话，都是临时性的，其中包含许多不必要的词汇和过时的结构，日后都将被废除。此处我们讨论的是收录在第十一版新话词典里的最终也是最完美的版本。

新话的目标，不仅仅是为了给英社的拥护者们提供一种适合他们表达世界观和思维习惯的手段，更是为了让其他的思维模式无法立足。一旦新话被彻底采用，旧话便会被遗忘，任何异端思想——即偏离英社原则的思想——根本不可能被想到，至少在思想依赖话语表达时是如此。新话词汇之所以如此构建，是为了让党员能够准确而微妙地表达他们的真正意图，同时也排除了所有其他含义以及通过间接途径表达这些含义的可能性。能做到这一点，部分是因为它创造了新词，但主要还是因为清除了那些不合时宜的词，以及剥除那些残留单词的非正统含义，最大可能地取缔它们所有次要的含义。

举个简单的例子，“free”（自由）一词在新话中仍然保留，但只能用于这一类的表述中，譬如“This dog is free from lice”（这只狗不长虱子）或者“This field is free from weeds”（这块田不长野草），而不能用于诸如“political free”（政治自由）或“intellectually free”（思想自由）这些旧话的含义。既然政治自由与思想自由作为概念都已不复存在，那么也就没有必要留下与之相关的词了。除了消灭那些绝对异端的词，削减词汇量本身也是目的，但凡可以被省略的词，就不允许存在。发明新话的目的不是为了扩大思想范围，而是为了缩小这个范围，将可供选择的词汇减到最少，也就间接促成了这一目的。

新话的基础建立在我们目前所掌握的英语之上，然而很多新话的句子，即使不含新造的词，对于今天说英语的人而言，也几乎难以理解。新话的词汇分成截然不同的三类，即A类词汇，B类词汇（亦称复合词汇），C类词汇。将这三类词汇分别论述相对简单，但其语法特征可在论及A类词汇时统一阐释，因为同样的规则对这三类词汇都适用。

A类词汇。这类词汇为日常生活用词——比如吃、喝、工作、穿衣、上楼、下楼、乘车、种花、烹饪，等等。这类词几乎完全由现有的单词构成，例如，打、跑、狗、树、糖、房屋、田野等。不过，与我们现在使用的英语词汇相比，数量极少，但对其语义却有严格限定。所有模棱两可、含混不清的含义一律被清除。此类新话词汇无非是用一个简单的不连贯的声音，来表达一个单一的明确的概念。A类词汇是绝无可能用于文学创作，或进行哲学或政治讨论的。它只能用于表达单纯而且目标明确的想法，通常只涉及具体的实物或身体的动作。

新话的语法有两大显著特征。第一个特征是不同词类的词几乎完全可以互换。这种语言中的任何一个词（从原则上说，这一点甚至适用于诸如“if”或者“when”之类的很抽象的词）都可以作为动词、名词、形容词或者副词来用。动词和名词如果词根相同，就不会有任何词形变化，这一规则本身就导致许多已过时的旧词形被废除。以“thought”（“思想”的名词）为例，它在新话中并不存在，而被“think”（“思想”的动词）所代替，既可充当动词，又可充当名词。词源学原则在此不能发挥任何作用。

但在有些情况下，保留下来的词是原来的名词，也有另外一些情况，保留下来的则是原来的动词。甚至一个动词和一个名词如果含义相近，但没有词源学上的关联，其中一个往往被消灭。举例来说，不存在“cut”（切）这个词，它的含义完全被名词兼动词的“knife”（刀）所涵盖。形容词就是在这样的动名混合词上添加后缀“-ful”（的）得到的，副词则添加“-wise”（地）。因此，比如“speedful”就是“快的”的意思，而“speedwise”就是“快地”的意思。我们现在所使用的一些形容词，如“good”（好的），“strong”（强壮的），“big”（大的），“black”（黑色的），“soft”（柔软的）都被保留下来了，但是数量极少。这些词也很少能派上用场。因为几乎任何一个形容词都可以在一个动名混合词后添加一个“-ful”而生成。现在的副词已被删得一个不剩，除了那些原本就是以“-wise”结尾的极个别的词。副词无一例外都以“-wise”结尾，而比如“well”这个词，已被“goodwise”取而代之。

另外，任何单词——原则上也适用于新话中的每一个词，都能够加一个“un-”前缀变成否定意义，或者加一个“plus-”前缀用来加强语气，如果需要进一步强调，那就加上“doubleplus-”。举例来说，“uncold”（不冷）表示“warm”（暖和），而“pluscold”及

“doubleplusscold”就表示“very cold”（很冷）和“superlatively cold”（极冷）。在当今英语中，也可以通过使用诸如“ante-”“post-”“up-”“down-”这些介词前缀，来限定任何一个词的含义。通过这样的方法，可以让词汇量大幅削减。譬如，既然有“good”（好的）一词，就没必要保留“bad”（坏的）这样的词了，因为“ungood”（不好）同样能表达所需的含义，事实上，还能表达得更好。不管在什么情况下，凡是两个本来就意义相反的词，便需删除其中一个。以“dark”（黑暗的）为例，可以由“unlight”（不亮的）来取代，而“light”（明亮的）则可以由“undark”（不暗的）取代。孰去孰留，由你的喜好而定。

新话语法的第二个显著特征是它的规则性。除了下面提到的几种特例，所有词形变化都遵循同样的规则。因此，所有动词的过去式和过去分词都以“-ed”结尾。“steal”（偷）的过去式是“stealed”，“think”（想）的过去式是“thinked”，在新话中都是如此。而比如“swam”“gave”“brought”“spoke”“taken”这类的词形统统被废除。所有的名词复数都加“-s”，有时视情况也加“-es”。如“man”“ox”“life”的复数形式分别为“mans”“oxes”“lifes”。形容词的比较级和最高级一律加“-er”或“-est”（good，gooder，goodest），旧话中的不规则形式，以及“more”“most”这种形式均被废除。

新话中仍被允许进行不规则变化的词只有代词、关系词、指示形容词，以及助动词。这其中除了“whom”是多余的，已被删除，“shall”和“should”所表示的时态已被取消，因为它们所有的用法都被“will”和“would”所包含了。为了说话迅速、方便，仍保留了一些不规则变化的词。如果一个词不易发音，或者有可能被听错，就被认为是个坏词。因此，为了听起来悦耳，偶尔会在一个词的中间插入别的字母，或者保留过时的词形。不过，这种情况主要出现在B类词汇中。至于为什么发音方便会如此重要，将在下文中阐释清楚。

B类词汇。这类词汇由具有明显政治目的的单词构成，也就是说，不仅每个词都具有政治含义，而且能让使用这些词汇的人持有令统治者满意的思想态度。如果对英社原则没有充分的了解，那是很难正确使用这些词的。在有些情况，这些词也能被翻译成旧话，甚至被翻译成A类词汇，但通常都需要冗长的解释，而且总会丢失原话中的言外之意。B类词汇是一些口头缩略语，常用少数几个音节表达丰富的内涵。而且，较一般的语言更精准，也更有力。

B类词汇都是复合词①，由两个或两个以上的单词，或单词的部分，按照易于发音的形式组合而成。由此产生的混合词都是名词兼动词，按照一般的规则变化词形。举个简单的例子，“goodthink”（好思想）大致可理解为“orthodoxy”（正统），如果当成动词使用，意思就是“to think in an orthodox manner”（按正统方式思想）。该词的形式变化如下：名词兼动词是“goodthink”，过去式和过去分词都是“goodthinked”，现在分词是“goodthinking”，形容词是“goodthinkful”，副词是“goodthinkwise”，动名词是“goodthinker”。

B类词汇完全不是按照词源学的原则构成的。构成此类词汇的单词可以是任何时态，以任何顺序排列，可以做任何删减，也可以为了易于发音而任意移位，只要能看出它的来源即可。例如，在“crimethink”（思想罪）一词中，“think”在后，而在“thinkpol”（思想警察）一词中，它又在词首，而后半个单词“police”（警

① 诸如“speakwrite”这样的复合词当然也存在于A类词汇中，但这些词只是为了方便缩写，并不具有特殊的意识形态色彩。——原注

察）又少了第二个音节。因为要使单词听起来悦耳绝非易事，所以B类词汇中的不规则词形比A类更多。比如，“Minitrue”（真理部），“Minipax”（和平部），“Minluv”（仁爱部）这三个词的形容词形式分别是“Minitruthful”“Minipeaceful”“Minilovely”，这只是因为若改成“-trueful”“-paxful”“-loveful”，发音会有点儿拗口。但在原则上，所有B类词汇都可以变形，而且完全依照同样的方式变形。

B类词汇中有些词义非常微妙，如果你对这门语言尚未完全掌握，就很难明白其中含义。譬如，以《泰晤士报》社论里的“Oldthinkers unbellyfeel Ingsoc”这一典型句式为例，如果把它译成旧话，最简单的译文便是：“Those whose ideas were formed before the Revolution cannot have a full emotional understanding of the principles of English socialism”。（那些在革命之前思想就已定型的人们无法对英国社会主义有感情上的充分理解。）但是，这一译文显然不够充分。首先，如果想要彻底理解上面这句新话，就必须对“Ingsoc”（英社）一词有清晰的了解。其次，只有对英社思想有完全充分认识的人才能全面感受到“bellyfeel”这个词的意义。它意味着一种盲目狂热的认同，这样的行为如今难以想象。还有“oldthink”一词，因为它与邪恶、堕落的思想脱不了干系。但是新话中的某些词具有特殊功能，“oldthink”便是其中之一，与其说这些词是在表达意义，不如说是在消灭意义。这些词数目不多，但是它们的意义会不断扩展，到最后，一个综合性术语就囊括了许多单词组合而成的含义，这许多单词就会被废弃、忘却。因此，新话词典的编纂者面临的最大困难不是创造新词，而是创造出新词后，确定它们是何含义。也就是说，确定新词的出现会废除哪类旧词。

在对以“free”（自由）为例的分析中，曾有过异端含义的词，为方便起见予以保留，但那些不合时宜的含义必须得清除。其他诸如“honour”（荣誉），“justice”（正义），“morality”（道德），“internationalism”（国际主义），“democracy”（民主），“science”（科学），“religion”（宗教）等无数单词，就这样被废除了。因为少数几个概括性的单词覆盖了它们的含义，因而也就消灭了它们。例如，所有与自由和平等概念相关的单词都被“crimethink”（思想罪）这一个词所包含，而所有与客观与理性概念相关的单词都被“oldthink”（旧思想）所囊括。倘若再仔细划分，那就危险了。对党员的要求是，保持与古希伯来人一样的人生观就可以了。古希伯来人对其他事物知之甚少，只知道除了他们之外，别的民族崇拜的都是“伪神”。他们不需要知道那些神祇的名字叫“Baal”①“Osiris”②“Moloch”③“Ashtaroth”④等。也许，他知道得越少，他的思想就越正统。他知道上帝耶和华和他的戒律，因此，他认为其他名称、其他属性的神祇全都是伪神。

党员也有几分类似，他知道什么是正确行为，也模糊而又笼统地知道哪些行为可能是离经叛道的。比如，他的性生活完全被新话中的两个词所控制，即“sexcrime”（性犯罪）和“goodsex”（好性）。“性犯罪”涵盖了一切性方面的不端行为，包括乱伦、通奸、同性恋，以及其他性变态的行为。此外，也包括正常的为了性爱而性交的行为。没必要将其一一列举，因为这些都是有罪的行为，而且从原则上来说都犯了死罪。C类词汇主要由科技词汇构成，可能有必要对某些失常性行为给予特殊名称，但普通民众用不着那些词。他们知道“goodsex”是什么意思——那是夫妻之间的正常性行为，为了繁

① Baal，译为巴力，古代腓尼基人的太阳神。

② Osiris，译为奥西里斯，古埃及神话中的冥王。

③ Moloch，译为摩洛克，火神。

④ Ashtaroth，译为阿什托雷思，古代叙利亚和腓尼基人的性爱之神。

衍后代这唯一目的而进行的，但女方不能有身体上的快感，否则就是“sexcrime”。在新话中，几乎不可能在意识到异端思想后还能继续进行异端的思考。此外，也根本不存在必要的词汇供你思考。

B 类词汇中没有哪个词在意识形态上是中立的，很多词都属委婉语。比如“joycamp”（幸福营，实际上是劳改营）和“Minipax”（和平部，实际上是战争部）这两个词，它们的真实含义与字面含义正好相反。另一方面，有些词竟然公然表现出对大洋国社会真实本质的蔑视。以“prolefeed”（无产者养料）一词来说，意思就是党给无产者提供的那种垃圾娱乐和虚假新闻。其他的词也是模棱两可，用在党身上就是“好的”，用在敌人身上就是“坏的”。此外，还有大量的词汇乍一看不过是些缩写，其意识形态色彩并非来自其含义，而来自其结构。

只要安排得当，一切具有或可能具有任何政治含义的词都适合纳入 B 类词汇。任何组织、团体、学说、国家、机构或者公共建筑的名称，都必须缩减成容易辨认的形式，即用一个音节最少、容易发音的词来保留其原有的含义。例如在真理部，温斯顿·史密斯工作的记录司被称为“Recdep”（记司），小说司被称为“Ficdep”（说司），电屏节目司被称作“Teledep”（电司），诸如此类。这样做并非单纯为了节省时间。甚至早在二十世纪初，电报式语言已经成为政治语言的一个鲜明特征。人们注意到，使用这种缩略语倾向最明显的正是极权国家和极权组织。比如有这样一些词：“Nazi”（纳粹）、“Gestapo”（盖世太保）、“Comintern”（共产国际）、“Inprecorr”（国际新闻通信）、“Agitprop”（宣鼓）。

一开始，人们使用缩略语是出于本能，但在新话中却是有意为之。人们意识到，通过这样的缩略语可以去除之前大部分容易令人产生联想的含义，并得以缩减和巧妙改变该词的含义。譬如“Communist International”（共产主义国际组织）一词，能使人联想起一幅由全人类友爱、红旗、街垒、卡尔·马克思和巴黎公社组成的画面。而另一方面，“Comintern”（共产国际）一词仅仅意味着一个严密的组织和一种明确的教义。它所指代的东西几乎就像桌椅板凳一样容易辨认，目的也很有限。“Comintern”几乎可以不假思索地脱口而出，而“Communist International”却需要思索片刻才能说得出来。同样，“Minitrue”所能引起的联想比“Ministry of Truth”更少，也更易于掌控。这不仅能够解释为何缩略语的使用会成为习惯，也说明了为何要想方设法让每个词都变得易于发音。

在新话中，除了词义精准，最重要的就是发音悦耳。必要时，甚至不惜牺牲语法规则来达成这一点。这样做也是理所当然的，出于最重要的政治目的，新话就应该言简意赅，能脱口而出，而在说话人心中所激起的回响也应降至最低限度。B 类词汇甚至因为彼此类似而更具气势。这些词——“goodthink”“Minipax”“prolefeed”“sexcrime”“joycamp”“Ingsoc”“bellyfeel”“thinkpol”——几乎都只有两三个音节，重音均匀地落在第一音节和最后音节上。这些词的使用，有助于形成一种急促而含糊的语调，既断断续续，又单调乏味，而这正是创造新话的目的，它能使语言，尤其是涉及意识形态并非中立的话题时，尽可能剥离意识。日常生活中，一个人总是需要，或者有时候需要在讲话之前稍作思考，但党员却被要求在发表政治或道德言论时，能像机关枪迸射子弹一样不假思索地射出正确的见解。他训练有素，新话又成了他几乎万无一失的工具，这些词发音刺耳，结构粗陋，正好与英社精神一致无二，使用时也就更得心应手了。

可供选择的词汇很少，也不无裨益。和我们如今的语言相比，新话的词汇量极小，而且各种减少词汇量的方法还在不断涌现。的确，新话与其他语言的区别就在于它的词汇量在逐年减少，而非逐年递增。每减少一次，就前进一步，因为选择的范围越小，对思想的诱惑也就越少。希望最终能达到这样的目的：说话者通过喉咙便可清楚地发音，而无须动用更高级的大脑中枢。新话中的“duckspeak”一词，意思是“像鸭子一样嘎嘎叫”，就坦率地承认了这一点。正如B类中的各种其他词汇，“duckspeak”的含义也是模棱两可。如果嘎嘎发表的是正统思想，那么除了赞美就没有别的含义了。当《泰晤士报》提到某个演说家，用“doubleplusgood duckspeaker”来形容他，那就是对他热情洋溢、极为难得的褒奖。

C类词汇。C类词汇是对另两类词汇的补充，完全由科技术语构成。这一类词汇与我们今天所使用的科学术语类似，也是由同样的词根组成，但通常要将其词义严格限定，并剔除不合适的含义。和其他两类词汇一样，C类词汇遵循的是同样的语法规则。C类词汇在日常会话或政治演说中很少用到。科学工作者或技术人员能在为他们行业特制的词汇表中，找到他们所需的全部单词，但是很少用到其他词汇表中的单词。只有很少几个词是各个词汇表中共有的，但是没有任何词汇能够表达科学作为一种思维习惯或思维方式的功能，无论哪个分支莫不如此。实际上，并没有“science”（科学）这样的词，任何它可能具有的含义早已被“ingsoc”（英社）悉数囊括了。

综上可见，若要用新话来表达不正统的思想，除非在很低的层次上，否则几乎是不可能的事。当然，异端邪说可能以十分粗鲁的方式说出来，类似于亵渎神灵的话，比如“Big brother is ungood”（老大哥不好）。不过在思想正统的人听来，如此言论无非是不言自明的谬论，无法用充分的理由来论证，因为根本不存在论证所需的词汇。任何与英社敌对的思想都只能是一种模糊不清、无法言说的状态，而且只能以非常笼统的术语为其命名。这些笼统的词汇堆砌在一起无须解释，就成了对所有异端邪说的谴责。

实际上，除非你将新话中的某些词胡乱译成旧话，否则它无法用于非正统目的。比如，“All mans are equal”（人人平等）这样的句子在新话中也可能存在，但它却和旧话里“All men are redhaired”（人人红发）表达的是同样的意义。这句话没有语法错误，但它的表述却明显与事实不符——也就是说，所有人在身高、体重、力量上都相同。政治平等的概念已不复存在，“equal”（平等）一词的次要含义也因此被废除。在一九八四年，旧话仍是日常交流的手段。在理论上，仍然存在这样的风险，即你在使用新话时，还会记起它在旧话中的含义。但在实践中，任何接受过“doublethink”（双重思想）训练的人都能轻松避免这样的错误。然而在两代人之后，甚至连发生这种失误的可能性都将不复存在。对于一个在把新话作为唯一语言的氛围中成长的人而言，他绝不会知道“equal”（平等）一词曾经有过“politically equal”（政治平等）这样的次要含义，也不会在知道“free”（自由）一词原来是思想自由的意思，正如一个没有听说过象棋的人不会意识到“Queen”（后）和“Rook”（车）还有别的意义。有许多罪行和错误他都无力去犯，因为它们无法命名，也无法想象。可以预见的是，随着时间的推移，新话的显著特色将愈益明显　词汇量越来越少，语义越来越严格，使用不当的可能性也越来越小。

当旧话被完全取代，与过去的最后一丝联系也被切断。历史已被重写，但过去的文献片段还会零星散落于各处，因为没有进行彻底的搜查，只要你还拥有旧话知识，你就能读懂它们。在将来，即使那些文献片段得以幸存，也是难以理解、无法翻译的。任何一段旧话要想翻译成新话都是困难的，除非它涉及的是某种技术性的操作或者简单的日常行为，又或者已有正统化（在新话中被称为“goodthinkful”）倾向。实际上，这就意味着凡是大约写于一九六〇年之前的书籍，没有一本是能被完整翻译的。革命以前的文献只能进行意识形态上的翻译——也就是说，在意义和语言上都需修改。以《独立宣言》中众所周知的一段话为例：

> 我们认为以下真理不言而喻：
>
> 人人生而平等，造物主赋予他们若干不可剥夺的权力，其中包括生命、自由与追求幸福的权力。为保障这些权力，人民创立了政府。而政府的权力，来自于人民的认可。任何政府一旦背离这些目标，人们便有权予以更改或废除，以设立一个新的政府。

如果将这段话翻译成新话，那就根本不可能保留原意。至多只能用“crimethink”（思想罪）一词来涵盖整段话。想要完全译出只能采取意识形态上的译法，将杰斐逊[①]的这段话译成对独裁政府的颂扬之词。

的确，许多过去的文献都被以这样的方式改头换面。考虑到他们的声望，有些历史人物的作品得以留存下来，但与此同时，还要将他们的成就与英社的哲学体系保持一致。多位作家，诸如莎士比亚、弥尔顿、斯威夫特、拜伦、狄更斯，以及其他作家的作品也因此都在翻译之中。此项工作一旦完成，他们作品的原稿连同所有旧文学残存下来的遗稿，都将被彻底销毁。翻译这些作品是一项缓慢而艰巨的工程，在二十一世纪的前一二十年恐怕难以完成。此外，还有大批仅仅是实用性的文献——不可或缺的技术手册之类——也必须以同样的方式加以处理。主要考虑到要给翻译工作留出前期准备的时间，所以才将最终采用新话的年代推迟至二〇五〇年。

① 杰斐逊（1743-1826），全名托马斯·杰斐逊，美利坚合众国第三任总统，同时也是《美国独立宣言》主要起草人，美国开国元勋之一。